Frieda Roth

# Dornreschen

[2005]

Zwei Kinderteller und eine Henkersmahlzeit

D1695122

## Zwei Kinderteller und eine Henkersmahlzeit zum Frühstück

Tess Dorn hat einen wundervollen Sohn, dessen Vater sie nicht kennt, und nächtlich wiederkehrende Träume von einem Henker.

Nach sechs Jahren zieht Tess von der anonymen Großstadt in ihre alte Heimat aufs Land zurück. Hier sorgt nicht nur der blutjunge Paul für Turbulenzen in ihrem Leben. Zu allem Überfluss muss sie sich auch mit einem äußerst unsympathischen Chef herumschlagen. Ganz zu schweigen von dem Gefühlschaos, das ihr Schwager in ihr hervorruft und welches es täglich zu ordnen gilt.

Wie gut, dass Tess sich da auf ihren besten Freund, den homosexuellen Alf, verlassen kann.

Denn das Leben ist oft ganz anders als es scheint...

Das Manuskript aus dem Jahr 2005 wurde 2021 ohne bedeutende Änderungen überarbeitet.

**Frieda Roth**

DORNRESCHEN

Liebesroman

# DORNRESCHEN
von Frieda Roth

2. Auflage 2022

Autorin: Frieda Roth

twitter.com/dietantefrieda
instagram.com/diefriedaroth
friedaroth.blogspot.com
frieda.roth@mail.de

Bibliografische Information der Deutschen Nationalbibliothek:
Die Deutsche Nationalbibliothek verzeichnet diese Publikation in der Deutschen Nationalbibliografie; detaillierte bibliografische Daten sind im Internet über http://dnb.dnb.de abrufbar.

© 2022 Frieda Roth

Herstellung und Verlag: BoD – Books on Demand, Norderstedt

ISBN: 978-3-7562-1256-9

**Frieda Roth**. 1969 geboren, geschieden, in Vollzeit berufstätig und zweifache Mutter bereits erwachsener Söhne.

Das Schreiben begleitet die tätowierte Indie-Autorin seit ihrer frühen Jugend, beginnend mit kurzen, später längeren Texten auf einer uralten *Triumph Adler*.

In ihren Romanen verarbeitet sie Hoffnungen und Ängste auf eine ganz eigene, sehr persönliche Weise. Wichtig ist ihr, dass alle Geschichten mit einer satten Portion Humor versehen sind. Das Leben ist nämlich bunt.

Mit ihren Heiligen Birmas Emil und Paul lebt sie in Südhessen und twittert täglich unter dem Account @dietantefrieda.

Weitere Veröffentlichungen:

ZIMTZICKE
FUNKENMARIE

# Mitwirkende

**Teresa (Tess) Dorn** Sekretärin | Mutter von Luca
**Luca Dorn** Schüler | Sohn von Tess

**Dr. Marius Allwisser** Architekt
**Paul Habermann** Auszubildender | Fußballtrainer

**Alf** Frisör | bester Freund von Tess
**Tom** Student | ehemaliger Nachbar und Freund von Tess

**Sarah Dubois de Luchet** Hausfrau | Schwester von Tess | Mutter von Enya und Miko | verheiratet mit Léon
**Léon Dubois de Luchet** Architekt | Schwager von Tess | Vater von Enya und Miko | verheiratet mit Sarah

**Vincent Allwisser** | Sohn von Fiona | bester Freund von Luca
**Fiona Allwisser** | Mutter von Vincent

**Anna und Georg Dorn** | Eltern von Tess und Sarah

*Mitarbeitende Architekturbüro Dubois de Luchet:*

**Susanne Beyer**
**Marco Römer**
**Otto Kern**
**Uli Schönling**
**Karla Klarster**
**Eva Schnell**

**Gitte Habermann** Erzieherin | Mutter von Paul
**Ottfried Habermann** | Vater von Paul

*Die Fußballeltern:*

**Christiane** | Mutter von Julian
**Sabrina** | Mutter von Emily
**Thomas** | Vater von Tom

Und natürlich:

**Einsteins Theorie** | Meerschweinchen von Luca

# Es ist geil ein wilder Kerl zu sein
Bananafishbones

„Verflixte Hühnerkacke
Blitz und Donner bäumten sich gegen uns auf
Doch wir nahmen die Herausforderung an"

Wir sind wilde Kerle
Und wir ha'm vor nix und niemanden Schiss (hey, hey)
Und wenn ihr glaubt euer Hausarrest, der hält uns fest
So glau'm wir das nicht (nein, nein)
Alles ist gut, solange wir wild sind
Mensch, sagt mal
Habt ihr das endlich kapiert? (habt ihr's kapiert?)
Wir schießen euch auf den Mond
Und danach direkt in die Hölle
Dort oben der Mond ist kalt
Und Junge, unten brennt die Hölle

Es ist cool
Es ist toll
Es ist fett und es ist wundervoll
Es ist cool
Es ist toll
Es ist wundervoll
Es ist geil ein wilder Kerl zu sein
Es ist geil ein wilder Kerl zu sein

Fußball ist nun mal das Größte
Was es gibt auf dieser Welt
Uns ist es Scheiß-schnurz-piep-egal
Ob euch das so gefällt (hey)
Wir schießen euch auf den Mond
Und danach direkt in die Hölle
Dort oben der Mond ist kalt
Und Junge, unten brennt die Hölle

Es ist cool

(...)

Es ist geil mit euch zu lachen
Schreien, nichts bereuen
Fußball spielen und abzuräumen
Ein Kerl zu sein
Und wir gehen los
Auf die wilde Jagd
In den Teufelstopf 'rein
Wir spielen dort
Und wir sind daheim
Nichts kann schöner sein
Nichts kann schöner sein

Quelle: LyricFind
Songwriter: Peter Jr. Horn / Sebastian Horn / Florian Rein
Songtext von Es ist geil ein wilder Kerl zu sein © Universal Music Publishing Group, BMG Rights Management

# Ich hasse dich schrecklich

Bananafishbones

*Gespräch*
Mädchen sind immer nur brav
Mädchen sind immer nur scheiße
Mädchen sind immer zickig
Mädchen sind alle so
Auch dich hass' ich schrecklich
Und ich weiß jetzt wieso
Auch dich hass' ich schrecklich
Ich weiß wieso

Jungen sind immer nur fies
Jungen sind immer nur peinlich
Die haben ‚ne große Klappe
Jungen sind alle so
Auch dich hass' ich schrecklich
Und ich weiß jetzt wieso
Auch dich hass' ich schrecklich
Ich weiß wieso

Jungen sind immer nur fies
Mädchen sind immer nur scheiße
Die lügen doch alle schrecklich
Die sind echt alle so
Auch dich hass' ich schrecklich
Und ich weiß jetzt wieso
Auch dich hass' ich schrecklich
Ich weiß wieso
Ich hasse dich schrecklich

Quelle: Musixmatch
Songwriter: Lukas Hilbert / Klaus Hirschburger
Songtext von Ich hasse dich schrecklich © Edition Zeros And Ones, Hanseatic Musikverlag Gmbh &
Co KG

*Für Alex.*
*Meine weltbeste Beste.*

*Mein ganz besonderer Dank geht an*
*Barbara [twitter.com/Seelenauftrag] und Heike*
*für ihre Unterstützung bei der Überarbeitung.*

## KAPITEL eins

„Mama." Luca hatte die Stirn angestrengt in Falten gelegt und kam energisch auf mich zu. „Jetzt hör mal genau hin." Belehrend hielt mein sechsjähriger Sohn seinen kleinen Zeigefinger in die Höhe und holte tief Luft. „Mama", wiederholte er und nahm mich mit seinen tiefblauen Augen ins Visier, um sich meiner uneingeschränkten Aufmerksamkeit sicher zu sein. „Der Mond ist ein Himmelskörper, der die Erde als Trabant umkreist."

„Ah!", nickte ich und verkniff mir ein Grinsen. „Ist der also auch mit dem Auto unterwegs?"

„Ach, Mama", stöhnte Luca. Er tat, als hole er mit dem Buch zum Schlag aus. „Das ist doch ein Satelli-hit!" Er kniff die Augen zusammen und schüttelte verständnislos den Kopf. „Ein Satellit. Verstehst du?"

Ich grinste bemüht unauffällig.

Luca warf mir diesen Stell-dich-nicht-so-blöd-an-Blick zu und fuhr unbeirrt fort: „Seine mittlere Entfernung von der Erde ist dreihundertvierundachtzigtausend... vierhundertund..." Er legte die Hand in den Nacken und dachte angestrengt nach. „...vierhundertundfünf Kilometer. Der Mond hat einen Durchmesser von... Moment mal... von dreitausendvierhundertundachtzig Kilometern. Stell dir das doch mal vor, Mama! Und er rotiert in siebenundzwanzig Komma drei zwei Tagen um seine Achse", kam es schließlich fließend aus seinem Mund. Mit dem Zeigefinger der rechten Hand zeichnete er weit ausholend imaginäre Kreise in die Luft.

Ich griff schützend nach meiner Kaffeetasse, die sich bedrohlich nahe in der Umlaufbahn des Mondes befand.

„In derselben Zeit bewegt er sich um die Erde. Daher kehrt er der Erde stets die gleiche Seite zu..."

„Kleiner Klugscheißer", murmelte ich – keinesfalls ohne von Stolz erfülltem Herz – und nahm am Küchentisch Platz.

Luca hatte das Buch aufgeschlagen und schlenderte damit in den Nebenraum. Seinen Blick konzentriert auf das geschriebene Wort gerichtet, ließ er sich langsam auf das Sofa sinken. „Der Mond hat keine Atmosphäre", dozierte er unverwandt weiter. „Die Oberfläche ist mit einer nur wenige Zentimeter dicken Staubschicht überlagert und besteht aus meist dunklem, ziemlich festem Gestein."

Ich sah ihm nach und seufzte. „Das Kind macht mich noch wahnsinnig."

Ganz ernst durfte man diese Aussage nicht nehmen.

Ich strich mir eine Haarsträhne hinters Ohr und klemmte meine Finger in den Henkel der Tasse. Gespielt mitleidheischend blickte ich auf.

Alf schenkte mir ein warmes Lächeln. „Schätzchen", summte er und tätschelte meine Hand. „Du kannst dich wirklich glücklich schätzen, einen so klugen Jungen zu haben."

„Alfi. Luca ist sechs Jahre. Hörst du? Sechs!"

Er tat es mit einem Achselzucken ab. „Sechseinhalb", korrigierte er. „Und er kommt in zwei Wochen in die Schule".

Ich schob meinen Kaffee zur Seite und beugte mich über den Küchentisch. Beschwörend sah ich meinen besten Freund an. „Er kommt", betonte ich, „erst in die Schule. Deswegen braucht er ja auch jetzt noch nicht lesen können. Dort lernt man so was nämlich." Ich blickte mich nach Luca um und fixierte die Fachliteratur auf seinem Schoß. „Und schon gar nicht solche... solche...". Hilflos wedelte ich mit den Händen in der Luft. „Warum liest er denn nicht einfach noch *Benjamin Blüm*chen?"

„Schätzchen." Alf ergriff meine Handgelenke und führte sie sachte auf den Tisch zurück. „Das ist ein Buch über den Mond und die Sonne und Planeten. Ist doch okay", erklärte er beschwichtigend. „Viele kleine Jungs wollen Astronaut werden." Wieder zuckte er mit den Schultern. „Er bereitet sich eben schon früh darauf vor."

„Pfff", seufzte ich und starrte in das Innere meiner Tasse.

„Wäre es dir lieber, er würde den *Hustler* lesen?", lächelte Alf süffisant. „Vielleicht noch in englischer Originalausgabe?"

„Sind wir heute wieder witzig?", schnarrte ich, ohne aufzublicken.

„Komm, Schätzchen. Freu dich doch einfach, dass Luca ein so schlaues Kerlchen ist."

Ich stand auf, um mir Kaffee nachzuschenken. „Ja, klar. Und in nicht mal zehn Jahren sagt er mir dann, wie dumm ich bin."

„Du weißt genau, dass er das nie tun würde, Tess-Schätzchen." Alf sah mich vorwurfsvoll an. Dann jedoch verzog sich sein Mund zu einem frechen Grinsen. „Braucht er schließlich auch nicht. Denn das tut deine Mutter ja schon."

Unwillkürlich stieß ich ein verächtliches Lachen aus. „Du auch noch?"

„Schätzchen, *ich* doch nicht", ereiferte er sich und hob abwehrend die Hände.

Ich schwenkte die Kanne vor seiner Nase. „Kaffee?"

Alf zögerte einige Sekunden und verdrehte die Augen, als er verstand. „Kaffee? Kaffee. Ach, so. Ja. Bitte", stammelte er und hielt mir seine Tasse entgegen.

Ich schenkte ihm nach, stellte die Kanne zurück und lehnte mich an den Küchenschrank. Mit über der Brust verschränkten Armen beobachtete ich meinen Sohn. Er saß noch immer ganz vertieft über seinem Planetenbuch.

Luca war ein außergewöhnlich hübsches Kind und legte nicht weniger außergewöhnlich großen Wert auf seine Erscheinung. Schon mit vier Jahren traf er seine Kleiderwahl selbst. Ich kapitulierte, als er Mitte Dezember darauf bestand, seine coolen Skaterhosen zu tragen, statt der von mir vorgeschlagenen Thermojeans. Sein linkes Ohr zierte eine kleine Kreole. Es war sein Wunsch zum fünften Geburtstag. Jeden ersten Samstag im Monat suchten wir Alfs Frisörsalon auf und Luca legte ihm immer neue, mit Buntstift gezeichnete Haarkreationen vor, die mein bester Freund mit Feuereifer umsetzte. Derzeit trug Luca sein haselnussbraunes Haar an den Schläfen auf einen Millimeter rasiert. Das Deckhaar war länger und akribisch mit Gel in Form gebracht, sodass die blondierten Spitzen wie ein Hahnenkamm nach oben standen.

„Du schaust aus wie ein kleiner Punker", frotzelte ich.

Doch Luca ließ sich nicht beirren. „Das ist trendy, Mama", grinste er nur.

Ich ließ meinen Sohn gewähren. Er war für sein Alter nicht nur sehr selbstbewusst. Auf seinen kleinen Schultern trug er auch schon jede Menge Verantwortung. So kümmerte er sich seit über einem Jahr ganz allein hingebungsvoll um sein Meerschweinchen, Einsteins Theorie, und konnte sich bereits mit fünf ein kleines Mittagessen zubereiten, ohne die Küche in Brand zu setzen.

Liebevoll sah ich meinen Sohn an. Er war groß und schlank und hatte dichte, gerade Brauen, die tief über seinen Augen lagen. Die für ein Kind verhältnismäßig aristokratische Nase ergab mit den leicht hohen Wangenknochen ein anmutiges Gesamtbild. Das markante Kinn verlor angesichts seiner vollen Unterlippe an Strenge. Und ich liebte seine Augen, wie sie ständig geheimnisvoll funkelten. Sie waren von so intensivem, dunklem Blau wie Lapislazuli. Man glaubte, darin untergehen zu können, ohne zu ertrinken.

„Er kommt ganz nach seinem Vater", seufzte ich gedankenverloren.

„Tess-Schätzchen. Du hast doch gar keine Ahnung, wer sein Vater ist. Also woher willst du das wissen?"

Ich senkte die Lider und drehte den Kopf langsam in seine Richtung.

„Sieh ihn dir doch an", flüsterte ich Alf zu. „Er hat überhaupt keine Ähnlichkeit mit mir. Also muss er zwangsläufig aussehen wie sein Vater."

Alf warf einen Blick auf Luca und nickte kurz. „Tut es dir leid?"

„Leid?", wiederholte ich überrascht und nahm wieder am Küchentisch Platz. „Luca ist das Beste, das mir in meinem Leben je passiert ist."

Alf griff nach meiner Hand und drückte sie sanft.

„Aber mal ganz ehrlich, Schätzchen. Würdest du nicht gerne wissen, wer sein Vater ist?"

Ich schnaubte.

„Schon gut, schon gut", ereiferte er sich und verstärkte den Druck. „Das Thema haben wir schon durch. Ich weiß." Er grinste und kniff die Augen zusammen, als sich ein Sonnenstrahl seinen Weg durch die Wolken direkt auf sein Gesicht bahnte. „Außerdem sind die Gerüchte, wer der Vater sein könnte, immer wieder herzerfrischend."

„Vor allem die vom Bundeskanzler", bespöttelte ich. „Dabei hat Luca sich selbst noch nie Gedanken über seinen Vater gemacht."

„Oder es einfach noch nicht ausgesprochen?" Alf sah mich an und blickte dann zu Luca hinüber. Dieser war noch immer völlig vertieft in die kosmische Atmosphäre und bekam von unserer Unterhaltung nichts mit. Vermutlich.

Ich schloss die Augen, atmete tief durch und griff nach der Schachtel Zigaretten, die in einer bunten Schüssel auf der Anrichte lag. Luca hatte sie in seinem letzten Kindergartenjahr gefertigt. Die Tonschüssel natürlich.

„Mama, du weißt doch, dass der Rauch für die Umwelt und für dich schädlich ist. Da kannst du sterben von!" Luca hatte sich unbemerkt in die Küche geschlichen und schmiegte sich zärtlich an meine Schultern.

„Ich weiß, mein Spatz. Und du weißt, wie schädlich deine dauernden Kommentare deswegen sind, oder?", entgegnete ich schmollend und gab ihm einen Kuss auf die Wange.

„Deine Mama ist ein hoffnungsloser Fall, Luca-Schätzchen."

Sie warfen sich zusammenstimmende Blicke zu.

„Ich geh dann noch mal ein bisschen auf den Bolzplatz. Kicken. Ja?"

„In Ordnung", sagte ich.

Er hauchte mir einen Kuss auf die Wange und schnappte sich beim Hinausgehen seinen schwarzen Lederfußball. „Bis später, Alfi."

„Hast du ihn schon beim FSV angemeldet?" Alf legte sein Augenmerk auf den bekritzelten Notizblock, der neben mir lag.

Ich zündete mir eine Zigarette an, blies bedächtig den Rauch aus und griff nach meinem Kugelschreiber. Langsam zog ich das Papier herbei und studierte meine Notizen. „Ummeldung Grundschule", las ich vor. „Hat noch prima geklappt. So kurzfristig, wie es war." Zufrieden hakte ich den Text ab.

„Konnte ja keiner wissen, dass der Laden so schnell dicht macht", bemerkte er.

„Na ja", erwiderte ich gereizt. „Bei *der* Geschäftsführung." Ich sah kurz von meinen Notizen auf. „Oben links."

Alf suchte nach den dänischen Butterkeksen und hatte bereits sämtliche Schränke geöffnet und enttäuscht wieder geschlossen.

Selbst für ihn war es nicht ganz einfach, sich in meinem mir angeborenen Chaos zurecht zu finden. „Aha. Ja, da sind sie ja." Er drehte sich mit einem feierlichen Grinsen zu mir um, während in Windeseile ein Keks nach dem anderen in seinem Mund verschwand. „Kann dir aber jetzt auch egal sein", nuschelte er. „Hast ja wieder einen Job. Und was für einen!"

Mein Gesicht erhellte sich nur schwach bei dem Gedanken, in der übernächsten Woche meine neue Stelle als Sekretärin des Betriebs meines Schwagers anzutreten. Léon führte seit über zwölf Jahren ein gutgehendes Architekturbüro und hatte vor drei Monaten eine Außenstelle eingerichtet. Er selbst hielt sich die meiste Zeit in München, dem Hauptsitz, auf und besaß dort ein kleines Appartement. Er und meine Schwester Sarah bewohnten außerdem ein stattliches Häuschen mit ansehnlichem Grundstück in Hennelin, unserem Heimatort. Mit ihren beiden Kindern Enya und Miko gaben sie genau das Bild ab, welches unsere Eltern unter der Rubrik *Lebensplanung erfolgreich abgeschlossen* verbuchten. Ich hingegen war bei jedem Zusammentreffen den verständnislosen Vorwürfen meiner Mutter ausgesetzt und überstand diese Begegnungen nur dank der stillen Unterstützung meiner drei Jahre älteren Schwester relativ katastrophenfrei.

„Alfi", bremste ich seine Euphorie. „Erstens bin ich nichts weiter als eine stinknormale Sekretärin..."

„....die dann aber dreihundert Euro mehr im Monat auf ihrem Konto hat als bisher. Außerdem solltest du deine Tätigkeit nicht so unterbewerten."

„Und zweitens hätte ich diesen Job..."

„....auch bekommen, wenn du *nicht* seine Schwägerin wärst", beharrte Alf und schob mir einen dänischen Butterkeks zwischen die Zähne.

Widerspruch zwecklos. Dennoch behielt ich meinen kritischen Gesichtsausdruck, während ich mich erneut den Notizen zuwandte.

Alf lächelte selbstzufrieden. „Umzugswagen?"

„Ist bestellt und kann morgen ab eins abgeholt werden."

„Wohnung gekündigt?"

„Jepp."

„Nachsendeantrag bei der Post gestellt?"

„Erledigt."

Ich hakte einen Punkt nach dem anderen ab.

„Einwohnermeldeamt?"

„Alfi..." Ich ließ den Kugelschreiber sinken und griff nach seinem Arm. „Luca und ich werden nur vorübergehend bei dir wohnen. Bis wir eine bezahlbare Wohnung gefunden haben. So war es abgemacht. Wir..."

„Jajaja", tat er meine Aussage mit einer Handbewegung ab. „Zieht ihr nur erst mal ein und dann werdet ihr sehen, wie schön es bei dem guten, alten Alfi ist." Alfs Blick verdunkelte sich. „Ist doch sowieso viel zu groß für mich... Allein..." Theatralisch warf er seinen Kopf zur Seite. Seine grünen Augen glänzten und begannen sich zu röten. Den Bruchteil einer Sekunde später schniefte er.

Ich stand auf und riss ein Blatt Küchenpapier ab. Als dem Schniefen ein leiser Schluchzer folgte, reichte ich ihm gleich die ganze Rolle.

„Armando hat eine solche Leere hinterlassen... In meinem Haus... In meinem Herzen... In meinem Leben..." Inzwischen wurde er von Weinkrämpfen geschüttelt.

Ich kannte Alf nun schon mehr als dreißig Jahre. Dennoch überrumpelten mich seine plötzlichen Gefühlsausbrüche jedes Mal aufs Neue. Ich ging neben seinem Stuhl in die Hocke, umfasste seine nicht vorhandene Taille und lehnte meinen Kopf gegen seinen Bauch, der so rund und prall war, als hätte man einen Medizinball implantiert.

„Ich weiß, Alfi. Ich weiß. Wird ja alles wieder gut", sprach ich leise auf ihn ein.

„Eine solche Leere", bäumte er sich ein letzten Mal mit überschnappender Stimme auf, war aber innerhalb weniger Minuten schneller beruhigt als ein Säugling beim Zahnen.

„Wieder gut?"

„Wieder gut", nickte er zaghaft und prustete kräftig in das siebte Blatt Küchenpapier.

Alf war eine emotionale Zeitbombe. Als wir mit zwölf Jahren gemeinsam *Bambi* auf Video gesehen hatten, brauchte ich annähernd zwanzig Minuten, um ihm glaubhaft zu versichern, dass Bambis Mama ein von Walt Disney erdachtes, nicht wirklich lebendes Reh war und konnte ihn nur mit Mühe davon abhalten, alle im örtlichen Telefonbuch registrierten Träger des Namens Jäger anzurufen, um diese aufs Übelste zu beschimpfen. Bis zum heutigen Zeitpunkt weigerte ich mich standhaft, mit ihm *Titanic* anzuschauen – um somit einige Damen und Herren Eisberg vor überraschendem Telefonterror zu bewahren.

„Hach, ich freu mich ja schon so auf euch", jubelte Alf und untermauerte seine Aussage mit aufgeregtem Händeklatschen. Seine annähernd minutiös wechselnden Gefühlsausbrüche hatten in der Schule so manchen Lehrer zur Verzweiflung gebracht.

Ein schwacher Lichtstreifen hatte sich durch das Fenster geschlichen und breitete ein Stück Spätsommer auf dem Küchentisch aus.

Versonnen stierte ich ins Leere. „Wir freuen uns auch, Alfi."

„Wird es dir fehlen?"

„Was?"

Er warf einen Blick aus dem Küchenfenster. „Das Großstadtleben? Die Wohnung?"

„Der Lärm hier?", fragte ich zynisch. „Der Gestank überall in den Straßen?" Ich verzog das Gesicht zu einer Grimasse. „Klar. Er wird mir fehlen, der Balkon und der Garten – den ich nie hatte. Und vor allem die Angst wird mir fehlen, wenn Luca fast zwanzig Minuten mit dem Rad unterwegs ist, nur um einen Bolzplatz zu finden, auf dem er Fußball spielen kann, ohne dass irgendein Hausmeister ihn zum Teufel jagt."

Alf zwinkerte mir verständnisvoll zu. „Und die Schule ist auch gerade mal nur zwei Straßen weiter. Ist das nicht herrlich?", strahlte er.

Gedankenverloren überprüfte ich den Sitz meines Bauchnabelpiercings. „Allerdings... Mit der Anonymität ist's dann auch vorbei."

„Früher war dir das egal." Alf sah mich beleidigt an. Fast, als hätte ich ihn persönlich angegriffen.

„Früher hatte ich auch noch kein Kind, dessen Vater ich nicht kenne", gab ich schnippisch zurück. „Und ich hatte achtzehn Jahre lang einen Job in Frankfurt. Das schindete Eindruck."

„Und..."

„Und jetzt", fiel ich ihm ins Wort, „arbeite ich als Tippse in der Zweigstelle meines Schwagers, weil meine ehemals so angesehene Firma Pleite gegangen ist. Und ich ziehe bei meinem schwulen Kumpel ein, weil ich mir keine eigene Wohnung leisten kann. Große Leistung. Ganz große Leistung." Ich spürte, wie mein Gesicht zu prickeln begann.

„Nun übertreib aber nicht gleich mal so", fuhr Alf mich an. Er war aufgestanden und baute sich vor mir auf.

Man konnte fast sagen, Alf war mindestens genauso breit wie hoch. Er verteilte stattliche hundertzehn Kilo Gewicht auf einen Meter zweiundsechzig. In seinem dunkelbraunen Cordzweiteiler sah er aus wie ein überdimensionaler Lebkuchen. Die grünen Augen blickten keck in die Welt und er hatte Wimpern, so lang, dass ihn jede Kuh im Allgäu darum beneidete. Die prallen Pausbacken nahmen bei der geringsten Aufregung oder Anstrengung eine zartrosa Färbung an.

„Hast du gehört?", hakte Alf energisch nach und ich sah ein paar Schweißperlen auf seinem fast kahlen Kopf schimmern. „Tess? Teresa!"

„Mein Gott, ja!", knurrte ich und ließ beide Handflächen auf den Tisch schnellen.

„Natürlich hast du noch immer keinen Vater für Luca. Aber", er streckte seinen fleischigen Zeigefinger in die Höhe, „so sensationell war die Firma, in der du gearbeitet hast, nun auch wieder nicht. Und du wolltest eh aus dieser miefigen Großstadt raus, wenn Luca in die Schule kommt." Seine Stimme überschlug sich fast. Dazu gehörte allerdings nicht viel. Alf klang ein bisschen wie Daniel Küblböck. „Und der Grund, weshalb ihr vorerst bei mir wohnt, ist, dass..." Alf verstummte und runzelte die Stirn.

„Was?"

„Tess-Schätzchen. Es wäre nett, wenn du in deinem üblichen Sprachgebrauch vielleicht das Wort ,schwul' durch ,homosexuell' ersetzen könntest?"

„Aber du bist doch schwul."

„Homosexuell, Schätzchen."

Ich rümpfte die Nase. „Es wäre auch nett, wenn du bei ‚Tess‘ bleiben könntest?"

Einen Augenblick sahen wir uns ernst an. Als Alf jedoch zaghaft auf seine Unterlippe biss und sein Kinn zu vibrieren begann, brachen wir in schallendes Gelächter aus.

„Tereeesaaa!", quäkte Alf.

„Schwuler Kumpel", prustete ich.

„Das heißt ‚homosexuell‘", merkte Luca an. „Und das ist, wenn Männer Männer lieben."

Ich fuhr zusammen. „Wann bist du denn nach Hause gekommen, mein Spatz?"

„Als du immer noch auf der Suche nach einem Vater für mich warst und einen blöden Job hattest."

Alf horchte besorgt auf.

„Spatz, ich bin nicht auf der Suche nach einem Vater für dich..."

Luca legte seinen matschverschmierten Fußball auf den Küchentisch und kletterte auf meinen Schoß. „Weiß ich doch, Mama. Schließlich haben wir ja uns, oder?"

## KAPITEL zwei

„Mama? Mamaaa!"

Unsanft wurde ich aus dem Schlaf gerissen. Luca rüttelte an meinen Schultern, als wäre ich ein Presslufthammer.

„Was? Was'n los?" Verschwommen erkannte ich Tom Hanks, der schwerelos im Raum umher schwebte.

„Mama, du schnarchst so. Ich kann gar nix verstehen. Du machst immer *Krch-krch-chchch*", ahmte er fürchterliche Grunzlaute nach und zog dazu eine Grimassse.

Alf und ich hatten zum gemeinsamen Abendessen zwei Flaschen *Dornfelder* getrunken. In ausgelassener Stimmung konnte Luca mir das Versprechen abringen, heute Abend *Apollo 13* mit ihm zu schauen. Nachdem Alf sich rasch verabschiedet hatte, um seine neunzehn-Uhr-dreiundvierzig-Bahn zu erreichen, ließ ich mich mit Luca, leicht angesäuselt, auf das Sofa fallen.

„Kannst ruhig schon ins Bett gehen."

„So siehst du aus!", wehrte ich sofort ab. „Damit du dir dann noch das ganze Nachtprogramm anschauen kannst? Nee, junger Mann."

Enttäuscht wandte Luca sich wieder dem Fernseher zu. „Aber du hörst auf, so *krch-krch* zu machen", warnte er mich schmollend und legte – wie es seine Angewohnheit war – die Hand in seinen Nacken.

Mit schweren Augen quälte ich mich bis zum Happy End und schlurfte anschließend gähnend und leicht wankend ins Schlafzimmer. Kaum hatte ich eine horizontale Position eingenommen, fiel ich schon in den Schlaf.

„Kostüm-hicks!-zwang. Sowas Doofes", maulte Alf und begutachtete kritisch den roten, kreisrunden Abdruck um seine Nase.

„Alfi, hätten wir dir eine richtige Karotte als Nase gegeben, hättest du die sicher auch schon gefuttert", piepste Sarah und betrachtete amüsiert Alfs Schneemannkostüm.

„Dieses dämliche Plastikteil schneidet in meine zarte Haut. Der Gummi ist einfach zu eng."

„Oder dein Kopf zu dick", bemerkte ich im Vorbeigehen.

Alf sah mir gekränkt nach und ließ den Taschenspiegel in den Rucksack gleiten, der neben ihm stand.

„Ganz schön was los hier", schätzte Frieder die Stimmung auf der Faschingsparty richtig ein.

„Super, oder?", bestätigte ich und zupfte an seinem Affenkostüm.

Frieder zwinkerte mir zu und schob umgehend drei Wodka-Lemon über den Tresen. Er sah mich fragend an. „Auch drei?"

„Eine reicht", erklärte ich und wartete, bis seine Hand wieder neben den Flaschen ruhte. Unauffällig legte ich meine darüber, hauchte ihm einen Kuss auf die Wange und ließ die geschnorrte Selbstgedrehte in die Tasche meiner Dirndlschürze gleiten, bevor ich zu Sarah und Alf zurückkehrte.

„Und?", empfingen sie mich erwartungsvoll.

Ich nickte grinsend und war bemüht, das Gleichgewicht zu halten. Auch Sarah stützte sich seit geraumer Zeit am Stehtisch ab. Wir waren stramm wie zehn Matrosen. Dieser Wodka gab uns den Rest.

„Hast du...", presste Sarah heraus und versuchte, die Worte in ihrem Mund zu sortieren. „Hast du-uuu..."

Alf und ich stierten sie ratlos an.

Sarah hob langsam ihren linken Arm und visierte mit ausgestrecktem Zeigefinger und zusammengekniffenen Augen die Menge. Sie atmete tief ein.

„Hast du eigentlich schon den heißen Henker gesehen?", brachte sie endlich fließend heraus.

Mein Blick folgte ihrem leicht schwankenden Finger. Ich rückte meine Brille zurecht, um besagten Henker unter all den Kostümierten auszumachen, als er auch schon direkt auf uns zukam.

Mir stockte der Atem. Mit offenem Mund starrte ich auf die maskierte Gestalt und meine Wangen begannen zu prickeln. Der Henker war einsneunzig groß, sein Körper durchtrainiert, jedoch nicht aufgepumpt. Kein Haar zierte seine Brust. Das Gesicht wurde fast vollständig von der Maske verdeckt, deren fließender Stoff sich sanft auf breite Schultern legte. Die schwarze Hose hing locker auf den Hüften.

Im Halbdunkel war es ohnehin schwer auszumachen, wer sich wo bewegte. Doch ich spürte seinen taxierenden Blick, während er langsam auf unseren Tisch zusteuerte. Etwa zwei Meter davor blieb er stehen. Mein Magen machte einen nervösen Hüpfer, als sich seine Augen in meinem Gesicht vergruben.

Es war mir unmöglich, nachzuvollziehen, wie lange wir uns ansahen. Einfach nur ansahen. Mit einem Augenzwinkern war er kurz darauf verschwunden.

„Was? War? Das?", prustete Sarah.

Auch Alf horchte gespannt auf.

Ich stand noch immer mit offenem Mund am Tisch.

„Was war das?", wiederholte meine Schwester und rüttelte an meinem Arm.

„Ich hab keine Ahnung", krächzte ich und rang nach Fassung. Es war, als würden tausend kleine Insekten über meine Haut wandern. Ich beäugte die Flaschensammlung vor mir und schrieb dieses unglaubliche Gefühl meinem inzwischen stark erhöhten Blutalkoholspiegel zu.

„Sowas nennt man Charisma, meine Schätzchen", säuselte Alf grinsend. Seine kleinen, speckigen Finger krabbelten unter meine Dirndlschürze. „Das haut einen manchmal ganz schön um."

„Quatsch!", widersprach ich hitzig. „Bloß weil da ein Kerl mit nacktem Oberkörper vor mir steht, haut mich das doch nicht um."

Alf und Sarah schüttelten ungläubig den Kopf.

„Hey!", wehrte ich sofort ab. „Wer weiß, wie der Typ unter der Maske aussieht."

Ich schnitt eine üble Grimasse, um meinem Argument mehr Ausdruck zu verleihen.

Alfs Finger hatten endlich gefunden, wonach er begehrte, und hielten nun das selbstgedrehte Etwas fest umklammert.

Wir waren zwar nicht die einzigen, die in den Genuss von Frieders gratis Gras kamen. Doch gerade das Geheimnisvolle, Verbotene, gaben dem Rauchen von Gras seinen besonderen Reiz. Und so machten Sarah, Alf und ich ein regelrechtes Ritual daraus.

Bereits nach zwei Zügen fühlte ich mich leicht, beschwingt und hemmungslos. Ich zurrte den Ausschnitt des Dirndls um drei Zentimeter tiefer und schob im Gegenzug die Brüste höher. Selbst in bekifftem Zustand war mir nicht entgangen, dass ich unter anhaltender Beobachtung des Henkers stand. Er lehnte lässig am Tresen – und ich ging davon aus, dass er inzwischen auch nicht mehr ganz nüchtern war.

Sarah hatte den Hals ihrer Flasche zwischen Zeige- und Mittelfinger geklemmt und schwenkte sie hin und her. Alfs Augen folgten dem Pendel wie paralysiert.

„Wer holt?"

„Ich hole Nachschub", bot ich hastig an.

Nachdem ich mich sachte vom Tisch abgestoßen und noch einmal tief durchgeatmet hatte, steuerte ich mutig den Tresen an. In meiner Brust war deutlich zu spüren, wie sich der Herzschlag mit jedem Schritt beschleunigte und fast einen Aussetzer hatte, als ich eine halbe Ewigkeit später neben dem Henker zum Stehen kam. Dieser richtete sich neben mir auf. Dabei berührte er wie zufällig meinen rechten Oberarm. Elektrisiert starrte ich auf die drei Flaschen Wodka-Lemon, die Frieder vor mir aufgestellt hatte.

„Braucht ihr noch?", fragte er und beäugte kritisch die Situation.

Ich verneinte und richtete meinen Blick auf den Henker. Er taxierte mich langsam von den Fußspitzen aufwärts und sah mir dann geradewegs in die Augen.

Frieder räusperte sich laut.

„Ich hol sie dann gleich", versprach ich und entfernte mich zügig vom Tresen.

Das Kribbeln im Bauch, welches sich spontan in meinen Unterleib verlagerte, führte mich nach draußen.

Der Himmel war tiefschwarz und leichter Nebel legte sich wie ein seidiger Film auf meine Haut. Mich fröstelte. Ich trug ein viel zu enges Dirndl, darunter nicht mehr als halterlose Strümpfe und einen String, dessen zarter Stoff in meine Speckfalten schnitt.

Die Wirkung des Joints hatte voll eingesetzt. Es war ein Gefühl, als stünde ich außerhalb meines Körpers. Den eisigen Wind, der mit jedem Zug über meine Wangen schnitt, spürte ich kaum. Meine Sinne fuhren Achterbahn. Alle Gedanken fixierten sich auf den Unterleib und ich schluckte schwer, als ich Schritte hörte.

Verschwommen nahm ich die Gestalt des Henkers wahr, der auf mich zukam. Regungslos blieb er vor mir stehen. Statt jedoch unsicher oder gar ängstlich zu sein, erregte mich seine düstere Erscheinung – bis hinab in die Zehen. Zitternd berührte ich seine durchtrainierte Brust. Meine Fingerspitzen fuhren die Konturen seiner Muskeln nach, bis meine Schenkel zu glühen begannen.

Ungezügelte Lust machte sich in mir breit. Ich wollte diesen Mann. Hier und jetzt! Ohne Wenn und Aber. In diesem Moment waren Scham und Vernunft Fremdworte für mich. Begierig schlang ich meinen Arm um seine schlanke Taille, als ich ein deutliches Zögern in seiner Haltung verspürte. Verwirrt merkte ich auf. Der Anblick der Maske, die Gewissheit, vielleicht nie zu erfahren, wer darunter steckte, erregte mich nur noch mehr. Meine Haut prickelte, mein Puls raste und ich sehnte mich nach ihm – mit jeder Faser meines Körpers.

„Schschsch", flüsterte er und legte den Zeigefinger auf meine Lippen.

Wir verharrten einige Sekunden. Als er sich sicher glaubte, völlig unbeobachtet zu sein, senkte er seinen Kopf und hob die Maske so weit an, dass ich Mund und Kinn sehen konnte.

Die Bilder vor meinen Augen verschwammen, seine Lippen zogen mich magisch an. Ich versank in einem Kuss, der beinahe Ewigkeiten dauerte. Er war warm und weich und schmeckte nach Himbeeren.

Das Herz hämmerte in meiner Brust. Meine Hand wanderte unter die Maske, um mehr von seinem Gesicht zu erkunden. Er zuckte zusammen. Schneller als ich reagieren konnte, packte er danach und presste sie unsanft an die Wand. Seine Atemzüge wurden fester. Alsbald lockerte er jedoch den Griff, ließ die Innenfläche seiner Hand langsam meinen Arm hinabgleiten und strich zärtlich über mein Dekolleté. Ich schloss die Augen und spürte seine Berührungen so intensiv wie kein anderes Gefühl je zuvor. Jede Pore meines Körpers war auf Empfang gestellt.

Wieder lüftete er nur die Lippen und zog mich dichter an sich heran. Seine Küsse wurden fordernder, als er sich unter meinen Rock vortastete. Ich konnte seine Erregung spüren, während er die Finger zwischen meine brennenden Schenkel schob. Unwillkürlich gab ich dem leichten Druck nach und stöhnte leise auf, als er mit einem Ruck meinen String zerriss.

Mir wurde schwindelig. Seine Hand glitt über meinen Oberschenkel in die Kniekehle und hob mein Bein an. Instinktiv schob ich seine Hose hinab und konnte zunächst nur erahnen, wie gut er gebaut war. Als die Spitze seines Penis' meinen Venushügel berührte, war mir, als müsste ich augenblicklich explodieren. Unsere Blicke verschmolzen für wenige Sekunden, bevor er endlich in mich eindrang.

Es war, als würde ich den Boden unter den Füßen verlieren. Ich schnappte nach Luft. Der Henker legte seine Hand auf meinen Mund, sodass meine Schreie bei jedem seiner heftigen Stöße kaum wahrnehmbar waren.

Mir rauschte das Blut in den Ohren und ich hatte bereits meinen dritten Orgasmus, als ich spürte, wie sein Körper sich entspannte. Erschöpft senkte er den Kopf und liebkoste meinen Hals mit Küssen. Zitternd berührte ich die Maske und seinen Nacken, als mich mit einem Mal tosender Lärm aufschrecken ließ.


KAPITEL drei

„Verdammt!" Ich hämmerte auf den Radiowecker ein und schlug anschließend beide Hände vors Gesicht. Schweißgebadet und den Blutdruck spürbar über Normwert, quälte ich mich ins Bad und blickte dort in mein trauriges Spiegelbild. „Mädchen, Mädchen", murmelte ich kopfschüttelnd und drehte den Wasserhahn auf. Das kühle Nass holte mich relativ rasch in die Wirklichkeit zurück.

Was für ein Traum! Und doch so wahr...

Ich konnte nicht umhin, mir einzugestehen, dass dieser Sex der beste meines Lebens war. Und seit meiner Schwangerschaft auch der letzte. Annähernd sieben Jahre war das nun her. Dass mir etwas fehlte, bewies diese immer wiederkehrende, spürbar nahe Erinnerung. Rasch zog ich meinen Slip aus und eilte unter die Dusche.

„Luca? Beeilst du dich, bitte? Wir haben nur vier Stunden, um unser ganzes Hab und Gut in die Kisten zu packen", rief ich wenig später durch den Flur.

Er saß sicher vor Einsteins Käfig und vermittelte den Eindruck, nichts in der Welt könne ihn belasten.

„Und vergiss nicht, jede Kiste zu beschriften."

„Jaja", summte es aus dem Kinderzimmer.

Ich hetzte in die Küche, um mir auf die Schnelle einen löslichen Kaffee aufzubrühen. Ohne war ich unerträglich.

*Wir hätten ja auch schon gestern damit anfangen können*, schalt ich mich in Gedanken und kramte nervös nach meinen Zigaretten.

„Luca?" Meine Stimme klang nun hörbar gereizt.

„Ja-haaa."

Himmel! Das Kind hatte aber auch die Ruhe weg. Außer beim Fußball – da platzte er beinahe vor Tatendrang und war deshalb nicht umsonst der begehrteste Spieler auf dem Feld.

Ich klemmte eine Zigarette in den Mundwinkel und begann, die Umzugskartons ganz nach Vorschrift zu falten. „Luuu-ca!"

„Immer noch ‚Jaaa'."

Ich seufzte. Bei meinem recht eigenen Sinn für Ordnung schien mir ein Beschriften der Kartons zwecklos. In den Schränken stapelten sich Papiere und Gegenstände aller Art und ich konnte gewiss mehr als die Hälfte der Müllverbrennung überlassen.

Das Klacken meines Wasserkochers rief mich zurück in die Küche. In der Spüle stand eine gebrauchte Müslischale. Luca hatte bereits gefrühstückt.

„Lu, um eins kann ich den Umzugswagen holen und Tante Sarah wird um zwölf schon da sein. Also sei so lieb und..." Mir verschlug es die Sprache, als ich Lucas Zimmer betrat.

„Kann ich Einsteins Theorie denn solange noch aus seinem Käfig lassen, bis Tante Sarah kommt?" Er sah mich flehend an.

„Äh... Klar. Ja...", stotterte ich und ließ meinen Blick durch sein Zimmer wandern.

Die Schränke waren allesamt geöffnet und leer. An der Wand standen ordentlich gestapelt sieben Kisten. In kindlicher Schrift war der Inhalt dokumentiert: BÜSCHER, BLEJMOBIL, SCHBIELE, KLEIDER KUHL, KLEIDER DOOF, EINSTEINS THEORIE und letztendlich, zusätzlich mit einer Schultüte und drei Ausrufezeichen bemalt: SCHULE.

„Wann...?" Fassungslos stand ich im Zimmer und starrte auf die verschnürte Bettwäsche. „Meine Güte!"

Luca fischte einen Schokodrops aus seiner Hosentasche und bot ihn seinem Meerschwein mit ausgestreckter Hand an.

„Aber pass auf, dass Theo nicht in eine Kiste springt", bat ich abwesend.

„Er heißt *Einsteins Theorie*, Mama." Luca sah mich strafend an. „Und so möchte er auch genannt werden. Nicht *Theo!*"

„Ist okay. Aber sag mal, wann...?" Ich war noch immer völlig verblüfft.

Luca stemmte seine Hände in die Hüften. „Das haben wir dir schon vor einem Jahr gesagt."

„Hä?"

„Einsteins Theorie und ich", wiederholte er. „Schon vor einem Jahr."

„Was? Quatsch."

„Doch!", beharrte mein Sohn. „Vor einem Jahr."

Ich schüttelte den Kopf. „Das meine ich doch nicht. Ich meine... Wann hast du das nur alles gemacht?" Ich machte eine raumgreifende Geste.

Luca zuckte mit den Achseln. „Heute früh", erklärte er unbeeindruckt. „Du hast so gestöhnt im Bett und da dachte ich, du bist bestimmt krank und wollte dir einfach helfen."

Augenblicklich schoss mir das Blut in den Kopf. Dennoch war ich zutiefst gerührt über seine aufmerksame Fürsorge. „Mein Gott,

Luca", presste ich heraus. „Das ist... Du bist... Komm her, mein Spatz." Ich nahm meinen Sohn in die Arme und hätte am liebsten geweint.

„Ich lieb dich auch, Mama", flüsterte er.

„...die Mama doch krank ist", vernahm ich Lucas besorgte Stimme und mir schwante nichts Gutes, als Sarah mit süffisantem Lächeln die Küche betrat.

„Soso. Hatte mein Schwesterherz also heute Morgen ein feuchtes Höschen?"

„Pscht!" Ich horchte Richtung Kinderzimmer.

„Du hast mal wieder von ihm geträumt, oder?"

„Hab ich nicht", widersprach ich ein bisschen zu nachdrücklich und sortierte Pizza, Pasta und Salat.

„Süße, lüg mich doch nicht an." Sarah streichelte meinen Oberarm. „Er ist schließlich Lucas Vater."

„Sei leiser!" Ich senkte den Kopf und presste meine Hand gegen die Stirn. „Ja, ich weiß", erklärte ich dann frustriert. „Aber soll ich ihm vielleicht erzählen, dass sein Vater ein Henker ist? Dass ich bekifft und zu wie eine Handbremse war? Und dass wir ihn im Stehen hinter einem Dixi-Klo gezeugt haben? Und der Typ sich in Luft aufgelöst hat?"

Sarah blickte mich ernst an. Sie ergriff meinen Arm und zog mich auf den Stuhl direkt vor ihr. „Teresa...", sagte sie leise und nahm Platz. „Irgendwann wird er nach seinem Vater fragen. Und diese Story solltest du ihm dann besser nicht erzählen."

Ich stand auf und stellte drei Plastikbecher auf den Tisch.

„Jetzt hör mir mal zu, kleine Schwester. Erstens ist er kein Henker, sondern war nur als einer verkleidet." Sie suchte nach den passenden Worten und augenblicklich verlor ihre Stimme etwas an Strenge. „Es war eine Party, meine Güte. Da trinkt man immer mal ein bisschen zu viel." Sarah räusperte sich. „Gut, den Joint hätten wir auch weglassen können... Aber wie und wo er gezeugt wurde, geht ja wohl kein Kind was an, oder?"

„Und weiter?", fragte ich schnippisch. „Soll ich ihm einfach nur sagen: *Luca, mein Spatz, du warst quasi das Tischfeuerwerk auf 'ner Fete? Hersteller unbekannt?*"

„Hey! Es war nicht seine Schuld."

„Aber es war auch keine unbefleckte Empfängnis."

Sarah stemmte ihre Fäuste in die Hüfte. „Du warst es doch, die ihn direkt nach dem Akt einfach draußen hat stehen lassen. Und du warst es schließlich auch, die sich dann noch mal drei Flaschen Wodka hinter die Binde gekippt hat und abgehauen ist."

„Willst du dir von deinem Lover beim Kotzen zusehen lassen?", schnauzte ich sie an.

„Léon hat mich schon in ganz anderen Situationen gesehen. Und die waren, weiß Gott, auch nicht gerade appetitlich."

„Ich hab ebenfalls ein Kind gekriegt, und weiß, wie's dabei da unten aussieht. Also komm mir nicht damit."

„Warum streitet ihr?", fragte Luca mit besorgter Miene.

„Luca!"

Meine Schwester hatte sich als erste wieder gefasst. „Luca, wir... wir streiten doch nicht. Wir, äh, diskutieren."

„Das macht ihr aber ganz schön laut", murrte er und rümpfte die Nase.

Ich sah meine Schwester strafend an und stellte mich auf eine längere Diskussion ein. „Luca, Spätzchen..." In Gedanken suchte ich verzweifelt nach einer plausiblen Erklärung für das verantwortungslose und unentschuldbare Verhalten, das nun mehr als sieben Jahren zurücklag. „Also..."

Er sah mich mit seinen großen, blauen Augen an. „Ist meine Pizza mit extra Käse?"

## KAPITEL vier

„Geschafft!", schnaufte Sarah atemlos und ließ sich neben mir auf der untersten Treppenstufe nieder. Ihre Wangen glühten nicht weniger als meine von der Anstrengung der letzten Stunden.

Alf war nur Minuten, nachdem ich den Umzugswagen vor unserer Mietwohnung rangiert hatte, eingetroffen. Unter Mithilfe meines Nachbarn Tom, einem ewigen Studenten, hatten wir Kiste für Kiste aus dem sechsten Stock geschleppt und im Kleinlaster verstaut.

Die Sonne brannte mit aller Kraft. Ich hatte acht Flaschen Bier und zwei Dosen Fanta kaltgestellt, bevor ich den Stecker des Kühlschranks zog.

„Prösterchen", stießen wir vier miteinander an und begutachteten unser Tagwerk.

„Ihr werdet mir fehlen, Tess", seufzte Tom.

„Du uns nicht", entgegnete ich flapsig und bemüht ernst.

Aus Toms Gesicht war mit einem Mal alle Farbe gewichen. Seine mausgrauen Augen hatte er weit aufgerissen und er schien den Tränen nahe.

„Weil du uns bitte ganz oft besuchen kommst, Tom", prostete ich ihm zu.

„Im Ernst?"

„Nein, in Hennelin", feixte ich und boxte spielerisch gegen seinen dünnen Oberarm.


Tom war wesentlich kleiner als ich und ähnelte mit seiner kurzen, schmalen Nase, den dünnen Lippen und dem spitzen Kinn irgendwie einer Feldmaus. Er hatte Beine wie ein Spatz Krampfadern und war auch sonst nicht der Typ, nach dem sich Frauen umdrehten. Dennoch besaß er nicht nur Charme, sondern auch eine gehörige Portion Humor. Wir waren seit meinem Umzug nach Frankfurt vor sechzehn Jahren enge Freunde.


„Versprochen?"

„Versprochen", nickte er zufrieden und nahm einen kräftigen Schluck aus seiner Flasche.

„Gib mal noch 'ne Kippe", forderte ich ihn auf.

„Kannst dich wohl nicht von mir trennen?", grinste Tom und reichte mir die Schachtel. „Oder zieht es dich nur nicht in deine alte Heimat zurück?" Er hatte unter anderem zwei Jahre Psychologie belegt und studierte nun angestrengt meinen Gesichtsausdruck.

Ich streckte ihm die Zunge heraus und gab mir selbst Feuer.

„Wir sollten aber jetzt wirklich mal langsam...", bemerkte Sarah mit einem Blick auf ihre teure Armbanduhr und rutschte ungeduldig auf ihren Pobacken hin und her.

„Nur die Kippe noch", bettelte ich und trank mein Bier in einem Zug aus. „Du kannst ja schon vorfahren. Alfi kutschiert mein Auto nach Hennelin."

Alf nickte und klimperte mit dem Schlüsselbund. „Ich warte aber auf dich und fahre hinter dem Umzugswagen her. Nicht, dass Tom euch noch hierbehält", gl_uckste er, legte seinen Arm um Toms Schultern und drückte ihn kurz an sich.

Es war unübersehbar, dass Toms Wangen eine zartrosa Färbung annahmen. Sofort begannen sich alle Rädchen in meinem Kopf zu drehen. Neugierig erfasste ich die Situation.

„Soll... Soll ich vielleicht mitfahren? Und euch beim Einräumen helfen?", schlug er heiser vor.

„Hast du denn so viel Zeit?", fragte Alf verzückt.

„Tom ist Student." Geschickt kickte ich den Zigarettenstummel auf die Straße. „Der hat immer Zeit."

Tom hatte jedoch gar nicht mehr zugehört. Er war bereits auf dem Weg zu seiner Wohnung, um Geldbörse und Schlüssel zu holen.

Alf zwinkerte mir verschwörerisch zu.

„Ja. Er fährt bei *dir* mit." Ich machte eine abwinkende Handbewegung und eilte zum Wagen. „Auf dem Heimweg kann er dann gleich diese Schleuder bei der Spedition abliefern."

Zehn Minuten später manövrierte ich das ungewohnt große Gefährt durch Frankfurts Innenstadt. Luca saß stolz auf dem Beifahrersitz und umklammerte sicher die Transportbox von Einsteins Theorie.

„Freust du dich auf unser neues Zuhause?"

Er nickte und warf einen Blick in die Box. „Ja. Und weißt du was? Ich freue mich auch schon ganz dolle auf die Schule."

Es war beruhigend, dass Luca keinerlei Berührungsängste hatte. Ich war sicher, er würde sich schnell in Hennelin einleben. „Dann siehst du Oma und Opa auch ein bisschen öfter."

„Hmhm."

„Freust du dich denn nicht auf Oma und Opa?", fragte ich zögerlich. „Du wirst dann auch Tante Sarah, Onkel Léon und Enya und Miko öfter sehen."

„Mama, Enya und Miko sind doch noch Babiiieees."

Ich schenkte ihm ein warmes Lächeln. Natürlich! Natürlich mochte er die Kinder meiner Schwester sehr und war auch stets bereit, die inzwischen acht Monate alten Zwillinge für eine gewisse Zeit zu beschäftigen, damit Sarah und ich mal ungestört reden konnten. Aber als Spielkameraden waren sie leider noch nicht seine Liga.

„Mama, ich glaube, Einsteins Theorie wird übel."

„Wie kommst du denn darauf?" Besorgt blickte ich zur Box. Ich hatte noch nie ein Meerschweinchen kotzen sehen. „Er ist sicher nur nervös."

„Dann sollte ich ihn wohl besser auf meinen Schoß nehmen?" Ich hielt das für keine gute Idee.

„Mama. Wenn ich Angst habe, nimmst du mich doch auch auf deinen Arm. Und dann geht es mir gleich wieder besser."

Das war ein Argument, dem ich schon allein deswegen nichts entgegenzusetzen hatte, weil sich die Verkehrslage in Frankfurts Straßen um diese Uhrzeit ihrem kritischen Punkt näherte. Ich musste mich auf den Verkehr konzentrieren. „Dann mach halt", lenkte ich ein, „aber pass bitte auf, dass er dir nicht vom Schoß springt."

Luca fischte mit seinen kleinen Händen die wohlgenährte Meersau aus seinem sicheren Unterschlupf. „Schon gut, Einsteins Theorie, wir sind bald zu Hause."

„Pass... Shit!"

Im Augenwinkel konnte ich noch erkennen, wie Einstein aufgeregt mit seinen Füßchen strampelte und unversehens in den Fußraum hopste. „Spätzchen, bitte. Sieh zu, dass du ihn wieder einfängst", flehte ich.

„Einsteins Theorie!", rief Luca panisch aus.

„Nein! Nicht abschnallen!"

„Aber ich muss ihn doch fangen."

„Aber..."

Ich war mit der momentanen Situation vollkommen überfordert. Meine erste Fahrt in einem Kleinlastwagen, ein nervöses Meerschweinchen im Fußraum, die Sicherheit meines Kindes – und die plötzlich aufleuchtenden Bremslichter direkt vor mir.

Sekundenbruchteile, bevor ich das nun zwingend notwendige Pedal betätigen konnte, spürte ich Einsteins Theorie unter meine Sandale schlüpfen und riss instinktiv die Handbremse nach oben – Einsteins Leben war gerettet.

Der Erleichterung darüber, meinem Sohn nicht mit einem einzigen Fußtritt das Herz gebrochen zu haben, folgte der Schock nach dem Auffahrunfall, welcher diese Aktion verursacht hatte. Ich schlug die Hände vors Gesicht und ließ meinen Kopf auf das Lenkrad sinken. „Verdammte Scheiße."

Statt mich wegen meiner derben Ausdrucksweise wie üblich zu rügen, hielt Luca Einstein nun fest umklammert und sah schuldbewusst zu mir herüber.

Den Tränen nahe blieb ich verständnisvoll. „Schon gut, mein Spatz. Schon gut."

Ich schaltete den Motor aus, die Warnblinkanlage ein und blickte kurz aus dem Seitenfenster, um sicherzugehen, dass sich kein Wagen neben mir befand. Dann riss ich schwungvoll die Tür auf und sprang nach draußen.

„Verdammt!", folgte einem dumpfen *Klonk!* und ich erschrak.

„Oh, mein Gott." Ich schlug die Wagentür rasch wieder zu. „Das tut mir leid."

„Hmhm", stöhnte der Mann und hatte seine linke Hand aufs Gesicht gepresst. Mit der rechten zog er ein Papiertuch aus der Tasche seines sündhaft teuren Anzugs und hielt es sich unter die blutende Nase.

„Haben Sie sich verletzt?"

Er schob seine Sonnenbrille nach oben und hielt das blutdurchtränkte Taschentuch einige Zentimeter von seiner Nase weg.

„Haben... Haben...", stotterte ich.

„Wonach sieht es denn aus?" In seiner außerordentlich maskulinen Stimme schwang eine gute Portion Arroganz mit.

Nervös schlang ich die Arme um meine Hüfte und sah mitleidig und schuldbewusst zu ihm auf. Mein vermeintliches Unfallopfer war einen Kopf größer als ich und machte alles in allem und schon wegen des teuren Anzugs eine gute Figur. Nun ja, momentan eher weniger. Seine vanillegelbe Krawatte war mit Blut besprenkelt und er hatte die Stirn in Falten gelegt. Mir fiel der angenehme Kontrast zwischen seinen dichten, dunklen Augenbrauen und dem platinblond gefärbten, in Form gegelten Haar auf.

Er räusperte sich.

Durch die dunkle Sonnenbrille und natürlich auch wegen des Taschentuchs, konnte ich seinen Gesichtsausdruck nur schwer deuten. Ich trat näher an ihn heran. „Ist es sehr schlimm?", fragte ich vorsichtig und versuchte, einen Blick auf sein Riechorgan zu erhaschen. „Ich kann Ihnen behilflich sein. Ich kenne mich mit Nasenbluten aus. Mein Sohn hat das ständig, wenn er sich zu sehr aufregt. Lassen Sie mich doch mal sehen. Bitte? Darf ich?"

Als er das Taschentuch einige Sekunden später entfernte und achtlos auf den Boden warf, erkannte ich, dass das Blut die ganze Sache hatte schlimmer aussehen lassen. Zumindest war seine auffallend gerade Nase nicht angeschwollen oder regenbogenfarben verfärbt.

„Sie haben getrunken!", ignorierte er meine Frage.

„Ich? Nein." Pikiert schlug ich mit der Hand auf meine Brust.

„Sie haben getrunken!", wiederholte er und beugte sich tiefer zu mir herab.

Nervös drehte ich meinen Kopf zur Seite. Er riet bloß. Er konnte das gar nicht riechen. Nicht, nachdem seine Nase gerade erst Direktkontakt mit meiner Wagentür hatte. „Hören Sie. Ich fahre hier einen Umzugswagen. Und mein Sohn sitzt drin."

Hinweisend deutete ich auf das Wageninnere. Luca verfolgte gespannt die Situation. Noch immer hielt er Einstein fest umklammert.

„Ich kann es doch riechen", beharrte er. „Bier?"

„Ich... Nein."

Oh, Gott. Es hätte mir gerade noch gefehlt, dass ich wegen dieses blöden Vorfalls meinen Führerschein verlor.

„Schlagen Sie deshalb Ihrem Vordermann die Wagentür ins Gesicht, wenn Sie einen Auffahrunfall verursachen? Oder haben Sie grundsätzlich ein Problem mit Alkohol am Steuer?"

„Ich... Ich habe kein Problem mit Alkohol. Auch nicht am Steuer", gab ich entrüstet zurück.

„Dann sind Sie einfach nur eine beschissene Autofahrerin."

Nun stieg Wut in mir hoch – und das zwingende Bedürfnis, ihm auf der Stelle einen weiteren Schlag auf die Nase zu verpassen.

„Ich schätze, das wird Sie ihren Führerschein kosten", erklärte er distinguiert und zog ein Handy aus der Innentasche seines Jacketts.

In Sekundenschnelle wandelte sich meine Wut in Panik.

„Bitte, hören Sie", flehte ich händeringend. „Das... Daran ist nur Einsteins Theorie schuld."

„Einsteins Theorie", wiederholte er verwirrt und räusperte sich. „Jetzt mal ganz ehrlich: Wie viel haben Sie tatsächlich getrunken?" Niedergeschlagen drehte ich mich von ihm weg.

Vorbei. Adieu Fahrerlaubnis. Gegen so einen arroganten Typen würde ich nie im Leben ankommen. Wie er da vor mir stand, überlegen, mit dem Handy in der Hand, vor seinem nur leicht an der Stoßstange verbeulten, schwarzen Mercedes SL.

Und ich?

Meine dünnen Haare, die mir fast bis zum mittleren Rückenwirbel reichten, waren heute früh nur notdürftig zu einem Knoten gebunden worden. Inzwischen hatten sich etliche Strähnen den Weg in die Freiheit zurückerobert. Unpassender Weise fiel mir just in diesem Moment ein, dass eine erneute Blondierung schon lange überfällig war. Einzelne, graue Härchen ragten in alle Himmelsrichtungen. Mein Kopf sah aus wie ein von Mäusen angenagtes Vogelnest.

Vom nachmittäglichen Fußballspielen mit Luca war mein Teint herrlich gebräunt. Dennoch trug ich vom letzten gemeinsamen Spiel noch einen biestigen, kleinen Sonnenbrand auf Nase und Wangen. Mein Top war mehr grau als weiß und erst jetzt wurde mir fast körperlich bewusst: auch viel zu kurz. Die ausgebeulte rosa Trainingshose hing schlampig auf meinen Hüften. Ich zog sie erfolglos nach oben, um ihm nicht meine Tätowierung über dem Steiß zu präsentieren, die sich fast über die ganze Hüfte zog. Sinnlos, denn ich spürte seinen Blick auf den chinesischen Schriftzeichen haften, welche sich wenige Zentimeter unter dem Haaransatz befanden.

Lange vor Lucas Geburt war ich mit einem Tätowierer liiert, dem ich außerdem meine Piercings in Nase, Bauchnabel und beiden Ohren verdankte.

Ich wusste, was Typen wie er von Typen wie mir hielten: Dieser aufwändige Körperschmuck sollte vom Mangel an Selbstwertgefühl ablenken. Und ich schätzte, das stimmte. Ich wollte der Welt und allem voran mir selbst irgendetwas beweisen. Zu dieser Zeit war ich zwar immerhin zwanzig Kilo schwerer, hatte Backen wie ein Hamster und trug dazu eine grauselige, schwarz getönte

Kurzhaarfrisur. Doch auch heute, Jahre später, konnte ich noch nicht mit strotzendem Selbstbewusstsein überzeugen.

„Hach, Gottchen, nee. Was ist denn passiert?", keuchte Alf.

„Bitte hören Sie", ignorierte ich ihn und flehte den Herrn im Anzug an. „Ich gebe ja zu, dass ich ein Bier getrunken habe. Ein einziges! Aber das alles ist ja auch nur passiert, weil das Meerschweinchen meines Sohnes in den Fußraum gesprungen ist."

Er dachte einen Augenblick lang angestrengt nach. „Das also ist Einsteins Theorie", blickte er zu Luca hinüber, dessen Nase inzwischen an der Windschutzscheibe klebte.

„Hätte ich ihn zertrampeln sollen?"

Hinter uns war bereits gereiztes Hupen zu hören. Die anderen Verkehrsteilnehmer drängten sich teilweise wütend vorbei.

„Um Himmels Willen! Ist euch was passiert? Luca?" Tom tänzelte nervös von einem Fuß auf den anderen. Er sah zu dem Herrn im Anzug auf. „Übrigens, Sie haben da was an der Nase."

Zeitgleich warfen wir ihm einen ermahnenden Blick zu.

„Schon gut, schon gut."

„Es ist nichts passiert", spielte ich den Vorfall rasch herunter.

„Nichts?", hakte der Mann nach und nickte Richtung Stoßstange.

Die Nachmittagssonne hatte noch reichlich Kraft und mir drang der Schweiß aus allen Poren. Ich warf einen abschätzenden Blick auf seine Luxus-Karosse.

„Das wird sich doch gütlich regeln lassen, oder?", trat Alf einen Schritt auf den Herrn zu und musste zwecks Augenkontakt seinen Kopf in den Nacken legen. „Wir sind doch alle hier erwachsene Menschen."

Er sah auf seine Uhr. „Bei Letzterem bin ich mir zwar nicht sicher. Aber ich bin sowieso schon ziemlich spät und muss meinen Flug noch erreichen", knurrte er, ging zu seinem Wagen und kramte im Handschuhfach.

Ich blinzelte auf seinen wohlgeformten Po und kam dadurch nur noch mehr ins Schwitzen.

„Geben Sie mir Ihre Adresse und meine Versicherung wird sich irgendwann mit Ihnen in Verbindung setzen", sagte er bestimmt.

Alf hatte seine Visitenkarte gezückt und tauschte sie gegen das Versicherungskärtchen des Mercedesfahrers aus.

Er ließ sie in der Innentasche seines Jacketts verschwinden, sah mich herablassend an und griff wieder nach seinem Handy. „Halten Sie jetzt bitte genügend Abstand zu mir", forderte er mich auf, „und Ihre Meersau im Zaum."

*Arrogantes Arschloch*, sagte ich still, war jedoch erleichtert, so glimpflich davongekommen zu sein. Ich verabschiedete mich mit einem gezwungen freundlichen „Danke schön."

„Da haben wir ja nochmal Schwein gehabt", grinste Tom und klopfte mir beruhigend auf die Schulter.

„Meerschwein, ja", murmelte ich.

„Und mehr Schwein wäre auch gar nicht mehr auszuhalten gewesen."

Ich konnte inzwischen wieder lachen und knuffte Tom für diesen Spruch in den Bauch. „Wir müssen jetzt aber weiter, bevor wir noch mehr den Verkehr behindern."

„Ja, das denke ich auch." Toms Gesicht blieb regungslos. Doch ich wusste, dass unter der Oberfläche alles Mögliche ablief.

Schmunzelnd stieg ich in den Wagen.

„Mama, es tut mir leid", piepste Luca schuldbewusst, „Kriegen wir jetzt riesigen Ärger?"

Ich sah meinen Sohn an und strich ihm zärtlich über die Wange, bevor ich den Motor startete. „Es ist schon okay, mein Spatz. Wir werden sicher keinen großen Ärger bekommen", sagte ich beruhigend und fügte leise hinzu: „Hoffe ich."

Wer war dieser Typ überhaupt? Ich musste mir später unbedingt seine Versicherungskarte anschauen.

„Dir geht's auch wirklich gut?"

„Ja. Ganz wirklich Mama."

Luca hatte zu meiner Erleichterung das immer noch nervös fiepende Meerschwein zurück in die Box verfrachtet. „Und Einsteins Theorie?"

Er legte seine Hand in den Nacken. „Hat sich nur erschrocken. Aber du hast ihm ja das Leben gerettet."

Ich sah das zwar ein bisschen anders, war aber froh, dass er dieser Meinung war.

„Wo bleibt ihr denn so lange?", empfing Sarah uns in Hennelin.

Ich konnte schon von Weitem erkennen, wie sie ungeduldig vor Alfs Wohnhaus auf und ab ging.

„Die Mama hatte einen Unfall", brüllte Luca, bevor ich zu einer Erklärung ansetzen konnte. „Einsteins Theorie ist ausgebüxt. Und Mama hat ihm das Leben gerettet! Und dann hat sie dem Mann eine blutige Nase gemacht", sprudelte es aus seinem Mund.

„Einen Unfall?" Sarah lief bestürzt auf mich zu. „Und welchen Mann hast du geschlagen?"

Ich spielte Lucas Aussage mit einer Handbewegung herunter. „Einstein ist mir unter das Bremspedal gekrabbelt und da bin ich meinem Vordermann draufgefahren."

„Oh, Gott. Ist er schwer verletzt?"

Ich konnte Sarah ansehen, wie sie gedanklich die tragischsten Theorien aufstellte und beruhigte sie schnell. „Nein, Schwesterchen. Er ist eigentlich gar nicht verletzt."

„Eigentlich?"

Inzwischen kam mir die Situation schon lächerlich vor. „Er stand nur hinter der Wagentür, als ich sie aufgerissen habe", erklärte ich belustigt.

„Du lachst da noch?"

Sie nahm meinen Kopf zwischen ihre Hände, beugte sich nach vorn und schnupperte an meinem Mund. „Du stinkst nach Bier", warf sie mir augenblicklich vor. „Hat das die Polizei...?"

„Wir haben keine Polizei gerufen", fiel ich ihr hastig ins Wort. „Die Versicherung wird das klären. Es sind ja auch nur ein paar kleine Kratzer an seiner Stoßstange."

„Wie heißt der Typ? Hast du wenigstens Fotos gemacht? Nicht, dass er dir nachher noch ans Bein pinkeln will. Hast du das Kennzeichen notiert?"

Oh, wie ich es hasste, wenn Sarah die große Schwester raushängen ließ. Sie meinte immer, mich bevormunden zu müssen. Als sei sie meine Mutter. Und manchmal ähnelte sie ihr sogar. Aber nur manchmal.

„Alfi hat das Kärtchen", erwiderte ich dennoch eingeschüchtert.

„Die Mama kann doch nichts dafür!" Luca hatte sich in seinem ungewöhnlich ausgeprägten Beschützerinstinkt zwischen uns gestellt.

Sarah zog ihre rechte Augenbraue nach oben und streichelte die Wange ihres Neffen. „Na, ich werde mir auf jeden Fall mal die Karte ansehen."

„Wenigstens hast du mal endlich wieder gebumst", flüsterte sie mir ins Ohr. „Wenn auch nur eine Stoßstange."

## KAPITEL fünf

„Wer ist bloß auf die saublöde Idee gekommen, meine Eltern zum Barbecue einzuladen?", knurrte ich Alf im Vorbeigehen zu. Ich tat außerordentlich beschäftigt mit der kleinen Enya und hatte somit eine Ausrede, nicht an der inszenierten Wohnungsführung teilzunehmen zu müssen.

„Eltern können manchmal echt eine schwere Bürde sein, was?"

„Léon!" Ich hatte ihn gar nicht kommen hören und strahlte jetzt wie ein Honigkuchenpferd. „Ich dachte, du bist dieses Wochenende in München?"

„Das dachte ich auch." Er trat näher an mich heran und hauchte mir einen Kuss auf die Stirn.

Ich atmete seinen frischen Duft tief ein.

Léon. Professor Doktor Léon Dubois de Luchet. Ein anmutiger Name für einen anmutigen Mann. Er war ein Traum von Kerl. Groß, gut gebaut, gepflegte Erscheinung, klug, charmant, witzig – und verheiratet mit meiner Schwester.

„Aber dann dachte ich, du könntest vielleicht meine Unterstützung gebrauchen?"

Gott! Wäre er nicht mein Schwager, könnte ich ihn noch für ganz andere Dinge gebrauchen. Ich schenkte ihm mein einnehmendstes Lächeln und schämte mich zugleich für meine wüsten Gedanken. „Du bist ein Schatz, Léon."

„Ich weiß", schmunzelte er und nahm lässig neben mir auf der Gartenbank Platz.

Er blickte liebevoll auf seine Tochter und strich ihr sachte über die Bäckchen.

Enya war vor wenigen Minuten in meinen Armen eingeschlafen. Miko schlummerte bereits seit einer Stunde in seinem Kinderwagen, der im schützenden Schatten eines großen Kirschbaumes stand.

Ich streichelte Léon zärtlich über kahlen Kopf. „Na? Hast du dir extra für mich nochmal die Melone poliert?", feixte ich.

„Klar, doch."

Ich sah ihn an und seufzte. Léon hatte den typisch südfranzösischen Teint. Seine Augen waren blau wie das Meer und er zwinkerte mir durch die langen, dichten Wimpern schelmisch zu. Ich war überzeugt, dass das schmale Bärtchen um seine wohlgeschwungenen Lippen sicher die einzige Körperbehaarung war.

„Wie lange sind sie denn schon unterwegs?"

„Haben gerade erst angefangen."

Léon lehnte sich zurück und begann, sich ausgiebig zu strecken. Die Knochen seiner Finger knackten. „Dann kann's ja noch ‚ne Weile dauern, bis wir endlich zum Grillen kommen?"

„Hmhm", knurrte ich. „Vor allem, wenn Mama in jeder einzelnen Schublade schnüffelt. Und das wird sie."

Ich stand auf, um Enya in ihrem Kinderwagen abzulegen. Ihre schwarzen Härchen klebten bereits in meiner Armbeuge und kleine Schweißperlen sammelten sich auf ihrer Stirn.

„Mit dem Umzug hat ja alles hervorragend geklappt?"

„Bis auf einen kleinen Zwischenfall."

Léon grinste. „Ja, Sarah erzählte es mir schon."

Nachdem ich über Enya den Mückenschutz ausgebreitet hatte, ging ich zu Léon zurück.

Er sah einfach fantastisch aus. Seit Sarah ihn mir vor fünf Jahren auf einem Sommerfest vorgestellt hatte, war ich heimlich in ihn verliebt. Aber Léon war – als Mann meiner Schwester – ein absolutes Tabu. Leider.

„Wir haben den ganzen Samstag geschuftet wie die Ochsen", erzählte ich munter, „und ich bin immer wieder erstaunt, wie viel Energie Luca an den Tag legt."

„Ja, der Junge ist echt faszinierend. Ganz die Mutter."

Ich zog die Augenbrauen kraus und knuffte ihm spielerisch gegen den Arm. „Rede keinen Blödsinn."

„Gut. Dann wird er's wohl vom Papa haben?"

Ich stöhnte. „Fängst du jetzt auch noch damit an?"

„Nicht böse sein, Tessa."

Léon nahm mich zärtlich in den Arm. Ich schloss die Augen. Himmel, wie gut er roch! Und er war so stark.

Er gab mir einen Kuss auf die Nase. „Ich meine es doch nicht böse."

„Weiß ich doch." Ich kuschelte mich an seine Brust.

„Nun schau sich mal einer unsere beiden Turteltäubchen an", rief Sarah fröhlich und trat über die Terrasse in den Garten.

Ich sah, wie meine Mutter Augen und Lippen zusammenkniff und meinem Vater eine – davon war ich überzeugt – gehässige Bemerkung ins Ohr zischte.

Sarah zwinkerte mir aufmunternd zu. Ich stand auf. Bereit, mich in den Nachmittag mit unseren Eltern zu stürzen.

„Wirklich, wirklich beeindruckend", erklärte Mama zynisch. „Wie ihr da so alle beisammen wohnt... Mein Enkelkind und du und dein... Dein *Freund*."

Ich schnaufte.

„Anna, du musst doch zugeben, dass Luca jetzt ein viel schöneres und größeres Zimmer hat", besänftigte mein Vater ihren eindeutigen Unmut über unser Zusammenleben mit einem schwulen Frisör. „Und Teresa hat auch ein Zimmer, in das sie sich mal zurückziehen kann. Und schlafen natürlich."

„Schlafen. Natürlich."

Meine Mutter formte kleine Kügelchen aus den Fetzen ihrer Serviette. „Etwas anderes wird sie in dem Bett auch nicht tun, wenn sie mit einem... Einem... Ihrem *Freund* zusammenlebt. Oder, Kindchen?"

Ich spürte, wie meine Finger zu kribbeln begannen. „Mama? Hast du plötzlich etwas gegen Alf? Oder seine sexuelle Gesinnung?"

„Natürlich nicht!", rief meine Mutter entrüstet aus. „Du weißt, wie gerne ich Alf mag. Du weißt es ganz genau."

„Aber?"

„Aber? Es gibt kein *Aber*", blaffte sie mich an. „Ich weiß nur nicht, ob es gerade vorbildlich für meinen kleinen Luca ist, wenn er... Nun ja... Wenn er bei einem Mann aufwächst, der Männer..."

So war sie. Meine Mutter.

„Es ist *mein* Luca, nicht deiner", erklärte ich bestimmt. „Und er lernt vor allem Toleranz. Er lernt, dass man Menschen akzeptiert und liebt, wie sie sind. Und dass man sie ihr Leben so leben lässt, wie es ihnen gefällt."

„Spielst du schon wieder auf irgendetwas an?"

Ich schüttelte den Kopf. „Wer von uns beiden spielt hier denn ständig auf irgendetwas an?" Meine Stimme zitterte.

„Allerliebste Schwiegermutter." Léon hatte die Situation sofort erfasst und entschärft. „Willst du mich denn nicht endlich mal begrüßen?"

Sofort hellte sich ihr Gesicht auf und sie genoss die Umarmung ihres Schwiegersohns.

„Deine Mutter meint es nicht so." Papa hatte den Arm um meine Schultern gelegt und zog mich beiseite.

„Doch, sie meint immer alles so", schmollte ich.

„Ach, was!"

Papa seufzte. „Sie kann es halt nur nicht verknusen, dass du ums Verrecken nicht den Namen von Lucas Vater preisgeben willst. Ich habe das ja akzeptiert. Aber deine Mutter... Na ja, wir kennen sie ja." Ich schluckte. Es war nicht einfach für mich, meinen Eltern die Wahrheit über Lucas Vater zu verschweigen. Alf, Sarah und ich hatten gemeinsam entschieden, dass diese Version wohl die bessere wäre. Für meine Eltern, für Luca und auch für mich.

„Léon ist einfach großartig", schwärmte Mama und malträtierte das Steak auf ihrem Teller. „Nicht wahr, Teresa?"

„Hmhm."

„Dass er dir diesen Job gegeben hat..."

„Hmhm."

Sie ließ das Besteck laut klirrend auf den Tisch fallen und blickte um Aufmerksamkeit heischend in die Runde. „In der heutigen Zeit. Mein Gott, was wäre nur aus Teresa geworden? Bei diesen Arbeitslosenzahlen. Das Leben ist kostspielig geworden." Theatralisch schlug sie ihre Hand auf die Brust. „Was man da so alles hört. Nicht mal mehr die Butter auf dem Brot hättet ihr euch leisten können."

„Mein Kind wäre sicher nicht verhungert", knurrte ich leise.

„Anna, Tess hat diesen Job einzig und allein aufgrund ihrer Qualifikation bekommen. Nicht aus Mitleid", warf Léon ein. Er stützte seine Ellenbogen auf den Tisch und faltete die Hände. Mit ernster Miene fuhr er fort: „Es ist ausschließlich der Verdienst meiner Mitarbeiter, dass ich eine Zweigstelle einrichten konnte. Ohne sie würde in meinem Büro gar nichts laufen. Ich habe inzwischen einen beachtlichen Mitarbeiterstab, wie du weißt. Und alle sind sie hochqualifiziert. Vom Architekten bis zur Sekretärin. Und selbst unseren Reinigungsdienst könnte ich guten Gewissens an den Buckingham Palace verleihen", schob er lachend ein. „Du weißt, dass ich beinahe die ganze Woche in München bin. Und deshalb brauche ich gerade in der Zweigstelle Leute, auf die ich mich hundertprozentig verlassen kann, damit der Laden läuft. Ich kann dir versichern, Anna, ich hätte sowieso versucht, Tess ihrer alten Firma abzuwerben."

Ich war gerührt, zu welchen Mitteln Léon griff, um mich immer und immer wieder – wie Sarah auch – vor meiner Mutter in Schutz zu nehmen.

„Was? Du wirst also nicht in Hennelin arbeiten?", rief Mama entsetzt. „Georg, hast du das gehört?"

Mein Vater nickte teilnahmslos. Natürlich hatte er das gewusst. So wie er alles wusste, was Mama ihm wiederholt als brandneue Nachricht servierte. Tagtäglich.

„Ja, aber wer soll denn dann die Zweigstelle leiten? Wenn du nicht da bist?"

„Anna", sagte Léon geduldig. „Ich bin in München unabkömmlich. Gerade deswegen... Hörst du nochmal zu, bitte? Gerade deswegen habe ich für die Zweigstelle das beste Personal eingestellt."

„Aber, die können doch nicht... Ohne den Chef...?"

Wie blöd konnte ein Mensch nur sein? Ich schüttelte ungläubig den Kopf.

Léon ließ sich jedoch nicht aus der Ruhe bringen. „Die Leitung wird mein bester Mitarbeiter übernehmen. Hochqualifiziert und eine sehr kompetente Führungskraft. Du brauchst dir also überhaupt keine Sorgen zu machen, Schwiegermutter."

Mama schien sichtlich erleichtert, wenn auch enttäuscht darüber, Léon nun doch nicht öfter in ihrer Nähe zu wissen.

„Und wie geht es meinem kleinen Luca? Freut er sich schon auf Schule, ja?"

„Mama", erwiderte ich gereizt. „Er sitzt neben dir. Frag ihn doch selbst."

Meine Mutter warf mir einen geringschätzigen Blick zu und wandte sich lächelnd an ihren Enkelsohn. „Hast du denn schon Freunde gefunden?"

„Klar, nach zwei Tagen rennen sie uns schon die Bude ein", knurrte ich leise.

„Einsteins Theorie ist mein Freund!"

Sie räusperte sich. „Aber Engelchen, das ist doch ein Meerschwein."

Luca neigte den Kopf zur Seite. „Deshalb kann er doch trotzdem mein Freund sein?"

„Äh... Natürlich. Natürlich, ja."

Hitze stieg in mir hoch. Es war schon erstaunlich, mit welchen Kleinigkeiten meine Mutter mich immer wieder in Rage versetzen konnte. Vielleicht reagierte ich aber auch einfach nur zu sensibel auf alles, was sie sagte oder tat.

„Mama, Luca kommt nächste Woche in die Schule." Sarah hatte meinen Gesichtsausdruck bemerkt und klinkte sich schnell in das Gespräch ein. „Da lernt er mindestens zwanzig neue Kinder kennen. Und außerdem trifft er auch jede Menge Jungs in seinem Alter beim hiesigen Fußballverein. Tess hat ihn dort bereits angemeldet."

„Habe ich das?", fragte ich verwirrt.

„Klappe!"

„Ich habe schon gehört, was für ein großartiger Stürmer du bist, Luca", bemerkte mein Vater stolz und stupste mit dem Zeigefinger sachte auf Lucas Nase. „Wollen wir nachher eine Runde kicken?"

Lucas Köpfchen wackelte aufgeregt. Auffordernd sah er mich an.

„Was? Deine Mama soll auch mitspielen?", fragte Papa ungläubig.

„Mensch, Opa. Mama ist im Sturm schon fast so gut wie ich."

Grinsend zuckte ich mit den Schultern.

Das Schöne an Alfs Garten war, dass er sich von der Terrasse bis hinter das Haus zog. So konnten wir auf der relativ kleinen Rasenfläche Fußball spielen, während um die Ecke alle anderen beim Barbecue saßen. Luca und ich stellten zwei Regentonnen als Torpfosten auf.

„Könnt ihr nicht wenigstens warten, bis wir alle mit dem Essen fertig sind?", folgte uns meine Mutter und beobachtete missmutig unser Tun.

Während ich bereits zusammenzuckte, blieb Papa völlig unbeeindruckt. „Jetzt verdirb uns doch nicht den Spaß, Anna."

„Ich hole schon mal den Ball." Luca rannte ins Haus – und dabei seine Großmutter fast über den Haufen.

„Wann kommt er denn schon mal dazu, mit seinem Opa Fußball zu spielen", zwinkerte Papa ihr besänftigend zu. „Und außerdem scheint dein Schwiegersohn auch schon wieder dienstlich beschäftigt zu sein."

Mit dem Kopf deutete er auf Léon. Dieser lief, das Handy am Ohr, die Terrasse auf und ab.

„Anpfiff!", kreischte Luca und warf den Ball in die Mitte der Rasenfläche.

Papa hastete in unser provisorisches Tor.

Ich sprintete los. Doch innerhalb weniger Sekunden hatte mein Sohn nach einem fairen Zweikampf das runde Leder am Fuß, drippelte Richtung Kasten, zielte und versenkte den Ball in der linken Ecke.

„Tor! Tor! Tor!"

„Unhaltbar", lachte ich und beschloss, energischer in das Spiel zu gehen.

Sarah und unsere Mutter klatschten Beifall und auch Léon, noch immer im Telefonat, hob anerkennend den Daumen.

Ich machte mir meine Körpergröße zu Nutze und hinderte Luca so immerhin einige Minuten daran, in Tornähe zu kommen.

„Lu, dreihundertundvierundachtzigtausend... Uff... vierhundertundsechs Kilometer ist der Mond von der Erde entfernt", keuchte ich.

„Dreihundertvierundachtzigtausendvierhundertundfünf."

Mein Ablenkungsmanöver war geglückt. Ich kam kurzzeitig in Ballbesitz und drippelte nach vorn. Papa bewegte sich konzentriert im Tor, bereit, meinen Schuss abzuwehren. Luca sprintete nach und hatte mich schnell eingeholt. Ich sah meine Felle davonschwimmen, zog an und schoss völlig plan- und ziellos. Der Ball prallte mit Wucht an der rechten Regentonne ab, änderte beim Rückschlag Höhe und Richtung und flog direkt in unsere Zuschauer.

„LÉON!", schrie ich aus voller Kehle.

Zu spät.

Der Ball traf seine linke Hand. Das Handy flog in hohem Bogen davon und landete drei Meter weiter im Gras.

Sofort eilten wir zu Léon, um uns nach seinem Befinden zu erkundigen. Er hob abwehrend beide Hände und winkte ab.

„Bist du noch dran?", fragte er kurz darauf seinen eindeutig verwirrten Gesprächspartner. „Was? ... Ja. ... Sorry, aber meine Schwägerin hat mich gerade abgeschossen", erklärte er schnell und schickte einen Lacher hinterher. „Nee, mit dem Fußball. Ist nichts passiert. Ich bin das schon gewohnt. Sie ist immer so. ... Was? ... Ja, genau."

Léon zwinkerte keck und erntete dafür einen unsanften Knuff in die Rippen.


KAPITEL sechs


„Ein wirklich kluger Junge", stellte meine Mutter fest, nachdem sie von Luca über Mondzyklen und die Beschaffenheit sämtlicher Planeten aufgeklärt worden war.

Nach der erwarteten Zwölf-zu-drei-Schlappe lehnte ich erschöpft im Gartenstuhl und genoss Alfs selbst kreierte Bowle.

„Sein Papa ist bestimmt ein Studierter."

„Mamaaa", stöhnte ich.

„Na, von dir hat er das ja wohl nicht."

Sie konnte es einfach nicht lassen. Jedem Zusammentreffen folgte ihr verzweifelter Versuch, die Identität von Lucas Erzeuger zu erfahren.

„Wenn du meinst."

Mama gab nicht auf. „Und schau ihn dir doch an! So ein hübscher Junge."

„Das hat er wohl auch nicht von mir? Na, vielen Dank."

„Teresa. Der Junge braucht seinen Vater. Und sei es nur, um wenigstens Ambiente von ihm zu bekommen."

Ich richtete mich auf und atmete tief durch. „Mama", begann ich. „Erstens kommen wir sehr gut allein klar. Und zweitens heißt es *Alimente*. Und die brauchen wir ebenfalls nicht."

„Aber auch nur, weil dir dein Schwager einen so guten Job gegeben hat."

„Verdammt!"

Sie hatte es mal wieder geschafft, mich in Rage zu bringen. „Hörst du eigentlich auch mal zu? Du siehst doch, dass Luca und ich klarkommen. Auch ohne eure Hilfe habe ich von Anfang an gut für ihn gesorgt. Es fehlt ihm an nichts. Auch nicht an einem Vater. Ich habe einen guten Job, Luca hat Freunde. Wir bekommen alles geregelt. Dazu brauchen wir keinen Mann!"

„Natürlich, Kindchen. Natürlich." Ihr Stimme triefte vor Zynismus. „Du weißt natürlich mal wieder alles besser. Nur du allein weißt und bestimmst, was richtig für mein Enkelkind ist."

„Mama."

„Ich weiß, was Verantwortung heißt. Ich habe euch schließlich großgezogen."

Nervös spielte ich am Stecker meines Nasenpiercings. „Und deshalb glaubst du, allwissend zu sein. Siehst ja, was dabei rausgekommen ist."

„Das verbitte ich mir jetzt aber", zürnte meine Mutter. „Ihr habt beide eine hervorragende Erziehung genossen. Und deine Schwester hat einen angesehenen Architekten geheiratet. Was also ist deiner Meinung nach falsch daran?"

„Ich bin nicht Sarah."

„Nein, das bist du nicht."

„Und so wie du es darstellst, ist in meiner Erziehung wohl so einiges schiefgelaufen. Also hör auf, mir sagen zu wollen, was richtig oder falsch ist. Das weiß ich schon selbst." Ich glaubte, damit alles gesagt zu haben.

Doch meine Mutter setzte noch einmal nach: „Auch wenn du es weißt, heißt es noch lange nicht, dass du auch entsprechend handelst."

*Du kotzt mich an!*, fuhr es mir durch den Kopf. Doch ich schwieg.

„Was war denn schon wieder los?" Léon ging vor meinem Gartenstuhl in die Hocke und legte seine Hand auf meine Knie.

„Was schon?"

„Das übliche?"

Ich nickte betrübt. „Sie kann's einfach nicht lassen. Immer wieder die gleiche Leier. Alles weiß sie besser. Und komm mir jetzt nicht mit ‚So sind Mütter nun mal!'. Sie tut das ständig. Manchmal glaube ich, es ist ihre einzige Lebensaufgabe. Sie kann es einfach nicht verknusen, dass ich nicht ihren Vorstellungen entspreche. Dass ich so gar nicht bin wie Sarah. Mit einem tollen Häuschen auf dem Berg und zwei süßen Kindern, die auch noch einen erfolgreichen Vater haben. Ich habe das nun mal alles nicht."

Léon hörte geduldig zu. „Hättest du es denn gerne?"

Er strahlte eine solche Wärme aus, dass mein Ärger beinahe von selbst verflog. Ein Grinsen huschte über mein Gesicht. „Willst du mich heiraten?"

„Ja", antwortete er bedächtig. „Das will ich. Aber man kann nun mal nicht alles haben im Leben."

„Witzbold!"

„Meinst du?"

„Léon?"

„Ja?"

Ich war verwirrt. Natürlich war ich mir der großen Sympathie meines Schwagers bewusst. Und auch er spürte, wie sehr ich mich zu ihm hingezogen fühle. Sein Herz jedoch gehörte meiner Schwester. Und damit war das Thema beendet, bevor es begonnen hatte.

Ich stierte in mein leeres Bowleglas. „Schon gut."

Léon streichelte sanft meinen Oberschenkel. „Komm mit", forderte er mich auf. „Alfi und Tom haben ein noch paar Häppchen für uns gezaubert."

Angespannt nahm ich neben meinem Vater am frisch dekorierten Gartentisch Platz.

Er kramte in seiner Hosentasche und machte dabei komisch aussehende Verrenkungen. „Alles wieder okay?"

„Hmhm", nickte ich und beobachtete sein Tun. „Was machst'n da, Papa? Soll ich dir helfen?" Ohne eine Antwort abzuwarten, griff ich in seine hintere, linke Hosentasche und zog eine kleine Plastikdose heraus. „Das ist..." Ich war gerührt.

Er hatte sie immer noch! Das cremefarbene Behältnis war ein Werbegeschenk von *Tupperware* und nur wenig größer als ein Fünfmarkstück. Als Papa vor vierundzwanzig Jahren auf eine Geschäftsreise in die ehemalige DDR aufbrach, hatte ich ihm darin einen Kuss gefangen und mit auf den Weg gegeben.

„Ähm... Ja." Seine Wangen färbten sich rosa. „Ja. Ich hab sie noch. Danke." Nervös schob er die Dose unter seine Serviette und räusperte sich angestrengt.

„Papa, ist was?"

„Hm? Nein, nein. Alles in Ordnung." Seine Finger trommelten taktlos auf dem Tisch und er grinste beschämt.

„Was hast du denn da drin?", tastete ich mich vor.

„Herztabletten."

„Herztabletten? Papa!" Ich war entsetzt. Seit wann hatte mein Vater Probleme? Und warum wusste ich nichts davon?

„Blutdruck."

„Was?"

Papa griff nach der Dose. „Das sind meine Blutdrucktabletten."

„Blutdruck? Ich dachte, Herz?" Was sollte dieses Spielchen? „Zeig mal her", raunte ich und riss ihm die Dose aus der Hand.

„Teresa..."

„Viagra?" Meine Augen weiteten sich überrascht, als der Inhalt zum Vorschein kam. „Papa, du nimmst Viagra?"

Sein Gesicht hatte inzwischen die Farbe einer überreifen Tomate angenommen. Er rang nach Worten der Erklärung. „Nur ab und zu", presste er heraus. „Wenn ich mal was getrunken habe. Dann... Dann will *er* halt nicht immer so wie deine Mutter will."

„Wie meine Mutter will", wiederholte ich befremdet.

„Oder wie ich will."

Ich zog eine Grimasse. „Und dafür ziehst du dir dieses chemische Zeugs rein? Papa! Das ist nicht gesund."

„Es ist ja auch nur für den Notfall", verteidigte er sich. „Wenn wir mal was getrunken haben und dann trotzdem noch... Eben noch mal wollen und es von allein nicht geht."

„Papa!" Ich konnte es nicht glauben. „Warum lasst ihr es dann nicht einfach? Es gibt doch noch andere Tage."

„Na? Und was ist hier jetzt los?" Léon klopfte seinem Schwiegervater kameradschaftlich auf die Schulter.

„Papa nimmt Viagra", platzte es aus mir heraus und ich erntete dafür einen strafenden Blick.

„Was ist so schlimm daran?", fragte Léon und nahm neben ihm Platz. „Viele Männer nehmen das. Und nicht nur die in gehobenem Alter. Stress, Druck. Da ist es schon hilfreich, mit dieser Unterstützung auch mal wieder ordentlich Dampf ablassen zu können."

„Hä?"

Er hob abwehrend die Hände. „Ich brauch das Zeug natürlich nicht. Noch nicht."

„Dampf ablassen? Sag mal, was sind das denn für doofe Sprüche?"

„Tessa, mein Schatz. Wenn du meinst, nach sieben Jahren strenger Enthaltsamkeit bis in alle Ewigkeit auf Sex verzichten zu können, dann ist das deine Sache. Aber deinem Vater solltest du dieses Vergnügen schon noch gönnen."

„Das ist doch wohl etwas ganz anderes!", argumentierte ich. „Ich kann, wenn ich denn will. Und wenn Papa zwar will, aber grad mal nicht kann, sollte er es doch einfach lassen, statt sich diese Pillen einzuwerfen."

„Dann sortiere ich das jetzt mal gedanklich, meine liebe Tessa", meinte Léon in dem typisch trockenen Tonfall, der ihm zu eigen war. „Dein Vater kann also gerade nicht. Er würde aber gerne. Also schluckt er ein Viagra, damit er kann, wie er will."

Ich zuckte zustimmend mit den Schultern.

„Du, Zuckerschnute, behauptest, du könntest, wenn du wolltest." Ich nickte.

„Soll ich dir aber mal was sagen? Du willst, doch du kannst auch nicht. Mangels männlicher Beteiligung an dem ganzen Spaß."

Ich spürte, wie mir sämtliche Gesichtszüge entglitten.

Léon grinste nur. „Du würdest es doch nicht zugeben. Aber dir fehlt etwas. Und dazu wiederum fehlt dir ein Kerl. Den du nicht hast und nicht bekommst, weil du keinerlei Anstalten machst, mal einen abzuschleppen. So einfach ist das.

„So einfach ist das", echote mein Vater zufrieden.

„Ihr seid Arschgeigen. Wisst ihr das?" Beleidigt schleuderte ich den Steifmacher auf den Tisch und verzog mich hinters Haus.

Ich ließ mich im Gras nieder und verdrückte ein paar Tränen. Wie konnte Léon nur so gemein sein? Und Papa auch? Ach, einfach alle. Statt erleichtert zu sein, dass ich nicht wie blöd in der Welt herumhurte, waren sie so vermessen, mir vorzuschreiben, was gut für mich ist. Und sagten mir jetzt, was ich will und was nicht. Pah!

„Teresa."

Oh, Gott. Nein. Meine Mutter hatte mir jetzt gerade noch gefehlt!

„Teresa, es tut mir so leid. Nun weine doch nicht, Kindchen." Sie ging neben mir in die Hocke und streichelte sanft mein Haar. „Ich... Es verletzt mich nun mal, dass du mir so beharrlich den Vater von Luca vorenthältst. Und ich mache mir doch auch nur Sorgen um dich. Ich möchte doch nur, dass es euch gut geht und dass du glücklich bist. Teresa? Bitte, bitte, weine nicht mehr."

Ich fuhr mit dem Handrücken über meine Nase. „Lass gut sein, Mama."

„Aber ich will dir nur erklären..."

„Ach, Mama. Davon kann ich mir auch nix kaufen." Ich hatte momentan kein Interesse an einer weiteren Unterhaltung mit ihr.

„Brauchst du Geld? Ich gebe dir, so viel ich kann."

Ihre Gehirnakrobatik versetzte mich immer wieder in Staunen. „Mama, ich brauche kein Geld", erklärte ich bestimmt. Obwohl der Gedanke doch recht verlockend schien. „Ich meine, ich habe nichts davon, wenn du mir jedes Mal Vorhaltungen machst und dich dann hinterher dafür entschuldigst. Das könntest du dir sparen, wenn du es schlicht und ergreifend ganz lassen würdest."

Meine Mutter hüstelte unsicher. „Du bist mein Kind, Teresa. Es wäre nicht normal, würde ich mir keine Sorgen um dich und dein Wohlergehen machen. Aber ich verspreche dir, mich in Zukunft zusammenzureißen. Ich werde mich nicht mehr in dein Leben einmischen. Und ich werde akzeptieren, akzeptieren *müssen*, dass ich

Lucas Vater wohl nie kennen lernen darf. Es sei denn, du stellst ihn deiner Mutter doch irgendwann einmal vor." Ihre Stimme schnappte leicht über: „Bist du nun zufrieden? Ist es das, was du willst?"

„Ja. Genau das", antwortete ich knapp.

„Hier sind ja meine zwei Hübschen."

„Ach, Léon", piepste Mama, um Mitleid heischend. Sie stützte sich auf meine Schulter ab, um sich aufzurichten und ich stöhnte unter ihrem Gewicht.

„Léon", sagte ich patzig, „der Wandertherapeut. Wie nett. Kommst du auch, um dich zu entschuldigen?"

„Entschuldigen? Wofür denn?" Er ließ Lucas Fußball zwischen meine Beine rollen. „Kleines Spielchen? Nur du und ich?"

„Blödmann."

„Na? Zu feige, um es mit einem Kerl aufzunehmen?"

Energisch griff ich nach dem runden Leder. „Leck mich!"

Er grinste süffisant, als ich mein Haar zurückwarf und schnurstracks in die Rasenmitte lief. Ich legte die ganze Energie meiner Wut in dieses Spiel und machte ihm den Ballkontakt so schwer wie nur irgend möglich.

„Wofür soll ich mich entschuldigen, Tess?", fragte Léon, während ich versuchte, das runde Leder an ihm vorbeizuschleusen. „Dafür, dass ich die Wahrheit gesagt habe?"

„Dafür, dass du Scheiße laberst."

Léon war zwar größer und stärker, ich jedoch wendiger. So kam ich zum freien Schuss und versenkte den Ball in der linken Ecke.

„Looo-hoooser!", warf ich ihm schadenfroh an den Kopf.

Damit hatte ich seinen Ehrgeiz geweckt. Und das machte das Spiel um so schwerer.

Nach zehn Minuten spürte ich, wie mir der Schweiß aus allen Poren drang. Einem erbitterten Zweikampf folgte mein verzweifelter Versuch, mit unfairem Klammern den Ball wieder in meinen Besitz zu bringen. Unsere Füße verhakten sich, ich kam ins Straucheln und riss Léon mit zu Boden.

Der Rasen war weich, doch Léons Gewicht verstärkte den Aufprall. Ich stieß ein „Uff!" aus.

„Hast du dir wehgetan?", keuchte er und stützte sich mit den Ellenbogen ab.

Ich sah in seine sanften Augen und meine Gedanken drifteten ab. Wir lagen auf dem Gras, sein Körper auf meinem, und ich hätte jetzt am liebsten Gott weiß was mit ihm angestellt.

„Unwesentlich", antwortete ich mit verklärtem Gesichtsausdruck.

„Wirklich?"

Wir verharrten Sekunden in dieser Position.

„Léon?"

„Hm?"

„Ist das dein Handy in der Tasche?"

„Was, wenn ja?"

„Blödmann!" Barsch stieß ich ihn zur Seite und humpelte, an meiner verwirrt blickenden Mutter vorbei, zurück zu den anderen.

„Und du bist *doch* rollig!", rief er mir schadenfroh nach.


## KAPITEL sieben

„Mama, was ist *rollig*?"

Mir rauschte das Blut in den Ohren.

„Mama? Hat das was mit *rollen* zu tun? Nun sag schon", drängte Luca.

„Da siehst du, was dein Mann mit seinen blöden Sprüchen angerichtet hat", fauchte ich Sarah ungerechterweise an.

„Was? Wieso?"

„Was habt ihr denn da auf dem Boden getrieben? Und wieso, um alles in der Welt, bist du rollig, Teresa?", platzte unsere Mutter in das Gespräch.

„Du bist rollig?" Sarah verkniff sich ein Grinsen.

„Was habt ihr getrieben?", fragte Mama hitzig.

„Mama, du und Onkel Léon?"

Ich fühlte mich ertappt, ohne mir einer Schuld bewusst zu sein. „Mir wird schlecht."

„Musst du kotzen, Mama? Bist du deswegen rollig?"

„Ich erkläre dir das mal, Luca", nahm Sarah ihren Neffen zur Seite und warf mir einen skeptischen Blick zu: „Du hast mir dann auch noch was zu erklären."

Ich schluckte trocken und versuchte vom angekündigten Gespräch möglichst viel mitzubekommen. Doch aus unserer Mutter platzte ein Redeschwall, der es mir unmöglich machte.

„Kannst du vielleicht einfach mal den Mund halten?", fragte ich, nachdem sie mit den Worten „Himmel, Kind, das ist dein Schwager" geendet hatte.

„Ich weiß, dass Léon mein Schwager ist. Und wir haben nichts anderes gemacht als Fußball gespielt."

Die Schläfe an ihrer Stirn pochte. „Ich habe doch mit eigenen Augen gesehen, wie ihr euch auf dem Rasen gewälzt habt."

„Ach, Anna. Dann solltest du dir vielleicht mal eine Brille besorgen?" Léon sah erhaben auf seine Schwiegermutter herab. „Fußball ist nun mal ein Sport mit Körpereinsatz. Und was du da gesehen hast, war nichts anderes als ein böses Foul deiner jüngsten Tochter. Und bei dir, liebste Schwägerin", wandte er sich mir mit einem warmen Lächeln zu, „möchte ich mich für meinen, wie du es nennst, *blöden Spruch* entschuldigen."

Jedem anderen hätte ich nun mit erhobenem Mittelfinger geantwortet. Doch Léon konnte ich nicht böse sein. Ich schmollte nur.

Meine Mutter gab sich mit dieser Aussage zufrieden und eilte zu Papa an den Tisch, um ihm haarklein Bericht zu erstatten.

„Bist du mir böse?", fragte Léon und legte vorsichtig seinen Arm um meine Schulter.

„Hm."

Ein schelmisches Grinsen machte sich auf seinem Gesicht breit. „Komm schon, Tessa. Ich weiß doch, dass du mir nicht böse sein kannst."

„Und dass du ein Arschloch sein kannst, weißt du hoffentlich auch, oder?"

„Ja, das weiß ich auch."

„Dann ist ja gut."

„Wir werden sehen." Léon sah gespannt auf Sarah, die nun energisch auf uns zukam. Langsam ließ er seine Hand von meiner Schulter gleiten und berührte dabei wie zufällig meinen Po.

„So. Und jetzt hätte ich gerne mal gewusst, was hier los ist." Sarah kreuzte die Arme vor ihrer Brust und erwartete leicht angespannt eine Erklärung. „Ich habe ja wirklich nichts gegen eure kleinen Spielchen. Und die Sprüche kennen wir ja alle schon, die da immer so zwischen euch beiden hin und her geworfen werden. Aber wenn da jetzt solche Dinge wie *rollig* und *auf dem Rasen gewälzt* in einem Zusammenhang stehen, würde ich doch gerne schon mal wissen, was los ist?"

„Liebling..." Léon tat einen Schritt nach vorn.

„Nein!", unterbrach sie ihren Mann und hob abwehrend die rechte Hand. „Teresa soll mir das bitte erklären."

*Teresa.* Autsch! Sobald meine Schwester mich nicht mehr mit *Tess* oder *Süße* ansprach, wurde die Sache in aller Regel ernst.

Ich holte tief Luft. „Angefangen hat ja alles nur, weil Papa nicht mehr kann, wie er will."

„Was hat Papa damit zu tun?"

Verdammt! Ich wollte nicht petzen. Aber angesichts dessen, wie ich aus dieser Nummer am besten herauskam, war das doch zweitrangig? Meine Schwester war misstrauisch geworden. Und es ging nun darum, wahrheitsgemäß und doch besänftigend zu argumentieren.

„Léon, Papa und ich haben darüber diskutiert, wie relevant Sex für jeden von uns ist. Papa und Léon, typisch Mann, verstehen nun mal nicht, dass ich seit sieben Jahren ohne auskomme und damit zufrieden bin." Mit dieser Aussage vertraute ich auf schwesterliche Solidarität.

Doch Sarahs Gesichtsausdruck blieb undurchdringlich. „Ich bin *kein* Mann. Und verstehe es auch nicht, Teresa."

„Seid ihr alle bescheuert, oder was?" Nun gut, diese Argumentation war einer Schlichtung nicht gerade zuträglich. Aber allmählich stank mir das Thema gewaltig.

„Es kann doch nicht wirklich sein, dass du in deinem Alter..."

„Jetzt hör schon auf!", unterbrach ich sie barsch. „Willst du nun wissen, was los war, oder nicht?"

Sarah nickte gleichgültig.

Ich war unschlüssig, was das größere Interesse erregte. Das, weswegen sie offensichtlich zu einer Erklärung gebeten hatte? Oder mein auf Eis liegendes Sexualleben?

„Also", begann ich von Neuem. „Nachdem natürlich keiner der beiden Herren Verständnis für mich aufbringen konnte, war ich beleidigt und hab mich deswegen hinters Haus verzogen. Léon kam, um sich zu entschuldigen. Was ja auch angebracht war." Ich warf meinem Schwager einen warnenden Blick zu. „Dann haben wir eine Runde Fußball gespielt und er hat mich gefoult."

„Moment! Du hast *mich* gefoult", warf er ein.

Sarah wippte ungeduldig mit dem rechten Fuß. „Und? Weiter?"

Ich musste versuchen, die Situation zu entschärfen. Die augenblickliche Verfassung meiner Schwester machte mich nervös. „Léon hat *mich* gefoult, weil er's wohl nicht ertragen konnte, dass ich eins zu null in Führung lag." Diese Breitseite gab mir ein wenig Sicherheit. „Wir sind hingefallen und aus lauter Frust meinte er dann, er müsse mir einen dummen Spruch an den Kopf knallen. Das war's auch schon."

„Das war's auch schon", echote Sarah, schien allerdings zufrieden. „Da hat mein Göttergatte also nur mal den Macho raushängen lassen?"

„Jepp!", bestätigte ich zuversichtlich. Ich wusste, dass sie mir mehr Glauben schenken würde als den bekanntermaßen überzogenen Schilderungen unserer Mutter.

Léon übte sich in stiller Zurückhaltung.

Mikos hungriges Gebrüll verhinderte eine detailliertere Schilderung des Vorfalls und Sarah eilte zum Kirschbaum.

„Hast dich ja gut rausgeredet." Léon schien mir fast ein wenig gekränkt.

„So? Meinst du?", spöttelte ich. „Dann sei mal froh, dass ich ihr nichts von deinem Ständer erzählt habe."

„Und wenn's nun doch nur mein Handy war?", gab er flapsig zurück.

Ich spürte einen leichten Stich in der Magengrube. „Dann braucht's dich auch nicht wundern, dass ich seit sieben Jahren enthaltsam bin, oder?" Damit machte ich auf dem Absatz kehrt und stapfte über den Rasen zu Enyas Kinderwagen, welche nun in Mikos Gebrüll einstimmte.


„Alf ist ein richtig prima Kerl!" Selig lächelnd setzte sich Tom auf die Hängeschaukel.

Mein Blick schweifte hinüber zum Grill, während ich Enya sanft den Rücken tätschelte. Unter meinen Füßen hatte sich bereits ein Trampelpfad gebildet. Nach einem aussagekräftigen *Bööök!* nahm ich erleichtert neben ihm Platz und wischte mir die Muttermilch von den Schultern.

„Sieht ein bisschen eklig aus, das Zeug", presste Tom heraus und kräuselte die Nase.

„Da musst du dich schon bei Sarah beschweren", gab ich flapsig zurück. „Ich produziere das schließlich nicht. Aber mal ganz abgesehen davon, schmeckt das richtig gut."

„Was? Du hast das probiert?" Angewidert verzog er das Gesicht.

Ich zuckte mit den Schultern. „Als ich Luca gestillt habe. Klar. Ich muss doch schließlich wissen, was mein Kind da zu sich nimmt."

„Igitt!"

„Nein. Gar nicht. Es ist sogar richtig süß und lecker." Ein Grinsen huschte über mein Antlitz. „Kannst Alfi fragen. Er wird es dir bestätigen."

Tom schluckte schwer. „Alfi...? Er hat...?"

„Natürlich. Er ist doch mein bester Freund."

„Na ja, ich dachte..."

„Gerade deswegen." Ich beobachtete den völlig verstörten Tom und fühlte mich sogleich in meiner Annahme bestätigt. „Denkst du im Ernst, ich würde so etwas persönliches mit einem heterosexuellen Mann...? Hey. Muttermilch! So etwas bietet man seinem Lover ja nicht als Schlummertrunk an. Also, *ich* jedenfalls nicht."

„Wo...? Wie...?", stotterte Tom verlegen.

„Ich hab's mir auf den Finger geträufelt. Und da hat Alf mal diese zwei Tröpfchen probiert. Mehr nicht."

Enya strömte inzwischen einen recht unangenehmen Duft aus. Sie hatte ihre Lippen gespitzt, ihre Augen wurden glasig und das liebenswerte Gesicht unter der Anstrengung ganz rot. Ihre Windel vibrierte.

„Uh!", stöhnte Tom. „Dann doch lieber eine Muttermilchprobe."

„Du magst Alfi sehr gerne?", tastete ich mich vorsichtig voran, während ich Enya von ihrem stinkenden Übel befreite. „Ich meine, so *richtig* gerne?"

„Wer tut das nicht?", krächzte Tom.

Ich dachte einen Moment lang nach. Auch Tom hatte bereits einige Beziehungen begonnen und rasch wieder beendet. Sie waren alle rein weiblicher Natur gewesen.

„Alfi ist etwas ganz Besonderes", erklärte ich deshalb entschlossen. „Ich würde für ihn alles riskieren. Er ist eine treue Seele. Auf ihn kann man jederzeit zählen. Und", einen Augenblick wurde ich unsicher, „und ich finde, Alfi ist allemal eine Veränderung wert."

Tom schnappte nach Luft. „Ich... ich weiß nicht. Du... äh... Was? Das ist..."

„Ist schon gut, Tom." Fachmännisch überprüfte ich den korrekten Sitz der frischen Windel. „Wart's einfach mal ab."

„Du denkst, ich bin schwul?"

„Alfi bevorzugt ‚homosexuell'. Doch auch das habe ich nicht gesagt."

„Aber gedacht."

„Tom", ich schulterte meine zufriedene Nichte und fuhr ihm sanft übers Haar. „Wenn man jemanden liebt, dann sollte man alle Bedenken und Vorurteile über Bord werfen. Denn nur das beweist deine innere Stärke."

Tom blickte nachdenklich zu Boden. „Und wenn ich mich irre?"

„Ach, Schatz. Das kannst du nur herausfinden, wenn du diesen Schritt wagst."

„Ich bin doch nicht schw... homosexuell, oder?"

Zärtlich wog ich Enya in meinem Arm. Ihr Anblick zauberte ein Lächeln auf mein Gesicht. „Tom, du bist verliebt. Alles andere zählt da nicht."

Zufrieden beobachtete ich wenig später Toms zaghafte Annäherungsversuche.

„Da tut sich was", flüsterte Léon und hauchte Sarah einen Kuss auf die Nacken. Sie lag eng umschlungen in seinem Arm und mir wurde wehmütig ums Herz.

„Ich hoffe es doch", gab ich heiser zurück.

„Wie kommt's?"

„Tja, wo die Liebe eben hinfällt", erklärte ich schulterzuckend.

Sarah beugte sich näher zu mir. „Seit wann weiß Tom denn, dass er schwul ist?"

„Das weiß er wahrscheinlich noch gar nicht. Wir haben uns vorhin drüber unterhalten und ich sagte ihm, er solle es einfach mal drauf ankommen lassen."

„Drauf ankommen?" Sarah legte ihre Stirn in Falten.

„Na, wenn..." Ich fühlte mich vollkommen falsch verstanden. „Hey, ich habe nicht gesagt, er soll einfach rumexperimentieren, falls du das jetzt meinst. Aber es ist doch nicht zu übersehen, dass er mehr als nur kameradschaftliche Zuneigung empfindet."

„Und was hat die Fachfrau da geraten?" Gespannt neigte Léon den Kopf zur Seite.

„Tess", sagte Sarah warnend. „Du weißt, wie sensibel Alfi ist, oder?"

Trotzig schob ich das Kinn nach vorn und schenkte Bowle nach. „Ich habe ihm gesagt, wenn er verliebt sei, dann solle er alle Vorurteile und Bedenken über Bord werfen und es einfach wagen. Alles andere würde nicht zählen. Und? Ist da jetzt was falsch dran?"

„Nö", kam es wie aus einem Munde.

Ich spürte, dass beide gerne noch etwas nachgesetzt hätten. Doch angesichts der heutigen Ereignisse enthielten sie sich jedes weiteren Kommentars.


KAPITEL acht


„Hach!", seufzte Alf mit verklärtem Blick, „war das nicht ein wunderschöner Nachmittag?"

Es war bereits nach Mitternacht und die Anstrengung der letzten Tage machte sich fühlbar in meinen Gliedern bemerkbar. „Für die einen mehr, für die anderen weniger, Schätzchen", stöhnte ich und taxierte den Rest Rotwein in meinem Glas.

„Trinken wir noch einen?"

Meine Antwort war ein großer Schluck direkt aus der Flasche. Seine Frage war ohnehin überflüssig. Schon seit Jahren trieben wir die Entsorgung unseres Leergutes nach einer Party oder einem geselligen Beisammensein mit gnadenlosem Restetrinken voran. Es war ein Ritual. Das Aspirin am darauffolgenden Morgen inbegriffen.

„Tom ist ein richtig prima Kerl." Alf tat noch etwas Sekt und Bowle auf, welches es zu entsorgen galt.

„Ja, das hat er auch über dich gesagt." Ich schenkte ihm ein warmes Lächeln.

„Wirklich?"

„Wirklich."

Nachdenkliche Stille trat ein. Ich genoss die laue Sommernacht und blickte verzückt in den klaren Sternenhimmel. Luca kuschelte sich an meine Brust.

„Und du glaubst, Tess, er könnte wirklich...?"

„Alfi-Schätzchen, ich *weiß*, dass er ein ehrliches Interesse an dir hat."

„Aber..."

„Als Partner", fiel ich ihm ins Wort. „Nicht als Kumpel."

Alf lehnte sich erleichtert zurück.

„Mama?", gähnte Luca derweil herzhaft. „Darf ich heute Nacht bei dir schlafen?"

„Klar doch." Ich küsste seine Stirn und ließ die noch verbliebene Bowle meine Kehle hinunterfließen.

„Tante Sarah hat mir nämlich erklärt, dass du endlich mal wieder richtig kuscheln möchtest", erklärte er – was zur Folge hatte, dass sich gut fünfzig Milliliter hochprozentigen Fruchtsafts über den Gartentisch ergoss.

„Was?", hustete ich fassungslos.

„Na, weil du doch rollig bist, Mama?"

Alf kippte fast vom Stuhl. „Luca-Schätzchen", grölte er, „dafür braucht sie aber einen erwachsenen Mann." Er schüttelte sich vor Lachen und fügte unnützerweise hinzu: „Denn da wird nicht nur gekuschelt."

Luca zog verunsichert sein Näschen kraus. „Brauchen wir jetzt doch einen Papa?"

„Nein! Brauchen wir nicht", erklärte ich entschlossen. „Oder brauchst *du* einen Papa?"

Luca dachte einen Augenblick lang angestrengt nach. „Nö. Brauche ich nicht. Ich bin ja nicht rollig."

Die letzte Woche war wie im Flug vergangen. Die Aufregung über Lucas Einschulung ließ meine Bedenken gegenüber einem erneuten Zusammentreffen mit meiner Mutter ganz in den Hintergrund treten.

„Und?"

„Oberaffengeil, mein Sohn!", kommentierte ich lächelnd Lucas Parade. „Siehst richtig cool aus!"

Stolz präsentierte er mir und seinem Spiegelbild das neue Outfit, das er bei einem Stadtbummel mit Sarah erstanden hatte. Alf legte in den frühen Morgenstunden noch einmal Hand an seine Haare und so kam Luca frischgeschnitten und spitzenblondiert die Treppen vom Salon hinauf.

Nach dem Einschulungsgottesdienst, bei dem man sich einen Überblick verschaffen konnte, mit wem man es bei den Elternabenden zu tun haben würde, begann die eigentliche Feier auf dem Schulgelände. Die Erstklässler wurden mit Plakaten und bunten Luftballons begrüßt und verbrachten die kommenden zwei Stunden im Gebäudeinneren.

„Tess? Teresa?", hörte ich jemanden quer durch die Menge rufen und drehte mich um.

Ich stutzte einen Moment. „Annalena?"

„Mensch!", rief sie aus. „Kommt dein Kleiner auch schon in die Schule? Wahnsinn! Seid ihr jetzt hierhergezogen? Ich hab's schon gehört. Du, finde ich klasse, dass wir uns endlich mal wiedersehen. Wie war denn so das Leben in Frankfurt? Bestimmt aufregender als hier. Und du hast jetzt einen Job in Hennelin. Das finde ich praktisch. Klappt dann besser mit der Betreuung. Aber dafür ist ja auch Alf da, oder? Und deine Eltern wohnen schließlich auch in der Nähe, von Sarah ganz zu schweigen. Wo ist sie denn? Sicher auch hier irgendwo. Meine Güte, ist die Hölle los hier. Wie geht's dir denn? Ich bin inzwischen auch verheiratet. Wir wohnen in der Friedrichstraße. Du weißt doch noch, wo die ist, oder? Aber, mein Gott, ich lasse dich gar nicht zu Wort kommen, Tess." Sie kicherte.

„Jepp."

Annalena und ich kannten uns aus der Schulzeit. Sie saß ein Jahr vor unserem Abschluss neben mir und wir kamen immer gut miteinander aus. Ihre liebenswürdige und quirlige Art machte es unmöglich, böse auf sie zu sein. Auch wenn man von ihrem Redeschwall manchmal regelrecht überschüttet wurde.

Erwartungsgemäß traf ich noch einige Bekannte mehr. So kam ich aus dem Plaudern fast gar nicht mehr raus. Erleichtert stellte ich fest, dass die Vertrautheit alter Tage nichts von ihrem Glanz verloren hatte. Es war ein Gefühl des Nachhausekommens.

„Das ist meine Mama", stellte Luca mich seinem neuen Freund vor. „Sag einfach Tess zu ihr. Teresa mag sie nämlich nicht. Oder *Mama*, wenn du willst."

„Hallo Tess-Mama. Ich bin der Vincent", strahlte der Junge und reichte mir seine Hand.

„Hallo Vincent", lächelte ich herzlich zurück. „Schön, dich kennenzulernen. Du bist also in Lucas Klasse?"

Er nickte eifrig und deutete dann auf eine attraktive Frau im schwarzen Jil Sander-Kostüm. Ihr Bauch ließ erahnen, dass es bis zur Geburt nur noch wenige Tage dauern dürfte. „Das ist meine Mama. Und die heißt Fiona. Und die telefoniert schon wieder."

Fiona war unverkennbar in ein Gespräch vertieft. Als sich unsere Blicke begegneten, hob ich die Hand zu einem freundlichen Gruß. Sie lächelte schüchtern zurück.

„Die sind auch erst kürzlich nach Hennelin gezogen", klärte Christiane, ebenfalls eine alte Bekannte, mich auf.

Noch immer hafteten meine Augen auf Fionas außergewöhnlich hübscher Erscheinung. Ihr haselnussbraunes Haar war dezent gesträhnt und fiel seidenglatt über ihre Schultern. Der makellose Teint benötigte kein Make-up. Er erstrahlte engelsgleich. Doch in ihren Augen lagen Kummer und Schmerz.

„Aber nichts Genaues weiß man nicht." Elvira tat ihren Unmut über den Mangel an Details auf ihre Art kund. „Nichts, wo die herkommt und was die so macht. Aber das sind die, wo immer solche dicken Autos fahren."

Würde ich nicht Gefahr laufen, Elvira damit furchtbar auf die Füße zu treten und womöglich noch einen Kleinkrieg heraufzubeschwören, hätte ich ihr schon längst eine logopädische Behandlung nahegelegt. So zog ich es vor, sie schlicht zu akzeptieren, wie sie war.

„Und wann tust du wieder arbeite gehen, Tess?"

„Nächste Woche, Elvira."

„Und wer tut dann nach dem Kleinen gucken?"

„Das macht Alfi, wenn Luca aus der Schule kommt."

„Der ist doch *andersrum*. Kann der überhaupt kochen?"

Ich atmete scharf aus. „*Er*", sagte ich betont, „kann hervorragend kochen. Und zwar genau richtig herum."

„Ah!" Sie hatte das Wortspiel nicht verstanden.

„Ihr wohnt zusammen?" Christiane reichte mir eine Zigarette. „Das nenne ich praktisch."

„Danke", nuschelte ich und verfluchte still das Feuerzeug. „Ja, aber nur vorübergehend. Bis Luca und ich etwas Geeignetes gefunden haben."

„Was ist denn jetzt eigentlich mit dem Kleinen seinem Papa? Tut der sich überhaupt gar nicht um den kümmern wollen?"

„Elvira", zischte Annalena und sprang für mich in die Bresche. „Das geht die Leute einen feuchten Furz an. Und dich erst recht."

„'tschuldigung."

Einige Meter entfernt entdeckte ich meinen Vater. Er hob den linken Arm und tippte mit dem Zeigefinger auf seine Armbanduhr. Luca hatte sich bereits bei meinen Eltern und Sarah eingefunden. Das war das Zeichen zum Aufbruch.

„Sorry, Mädels", entschuldigte ich mich, nun doch erleichtert. „Aber ich muss los. Alfi hat unser Mittagessen gekocht."

„Sehen wir uns morgen auf dem Sportplatz?", rief Annalena mir nach. „Deine Mama hat gesagt, Luca sei so ein guter Fußballer?"

„Sicher", versprach ich und eilte zu meiner Familie.


KAPITEL neun

„Mama, wir kommen zu spät!", drängelte Luca am darauffolgenden Abend. Verärgert ließ er seinen schwarzen Fußball immer wieder auf und ab prallen.

Nur mit Unterwäsche bekleidet hetzte ich ins Schlafzimmer. „Wir kommen *nicht* zu spät. Und hör auf damit. In der Wohnung wird kein Fußball gespielt."

„Wir kommen trotzdem zu spät", maulte er und blieb von meiner Warnung unbeeindruckt.

Ich schlüpfte hektisch in meine weiße Cargohose und die ausgelatschten Kangoroo-Slipper. Dann riss ich mein braunes Top aus dem Kleiderschrank – und den Rest des Wäschestapels gleich mit. „Verdammte Hühnerkacke!"

Lucas Gesicht wurde immer länger. Es war sein erster Trainingstag mit der neuen Fußball-Mannschaft. Und *ich* hatte mich im Bad vertrödelt. „Na, komm", meinte ich einsichtig und schob den Haufen Wäsche mit dem Fuß zur Seite, „wir fahren mit dem Auto. Dann sind wir noch pünktlich."

Das Sportgelände lag etwas außerhalb. Auf die Minute genau trafen wir dort ein. Erleichtert stellte ich fest, dass wir nicht die Letzten waren. Voller Vorfreude sprang Luca vom Rücksitz und rannte zielstrebig zum Eingangstor, während ich den Wagen abschloss.

„Hallo."

Mein Kopf ruckte nach oben und mir war, als träfe mich die geballte Energie einer ganzen Reanimationsapparatur. Der junge Mann, kaum älter als zwanzig, kam strahlend auf mich zu. Mein Herz hatte einen Aussetzer, als sich seine blaugrauen Augen in mein Gesicht vergruben.

„H-hallo", kam es stotternd aus meinem Mund.

Bevor ich meine Fassung wiedererlangte, war er bereits durch den Eingang verschwunden. Ich sammelte mich einige Sekunden und folgte ihm zitternd und irritiert.

Am Spielfeldrand sah ich mich zunächst verunsichert um, entdeckte dann jedoch Annalena und Christiane in der Gruppe und ging selbstbewusst auf sie zu.

„Hi Tess", wurde ich freudig von Annalena begrüßt.

„Na? Was gibt's Neues?"

Ich runzelte die Stirn. „Was soll's Neues geben seit gestern, Christiane?"

„Hey. Gibt's denn nichts Neues heute?"

„Nein. Nur Aufgebackenes von gestern", plärrte eine Stimme aus dem Hintergrund.

Annähernd zwanzig Elternteile hatten sich eingefunden und standen plaudernd beisammen. Eine Konstellation, die den Eindruck eines Hühnerstalls erweckte – der nun durch lautes Getöse aufgescheucht wurde.

„Jedes Mal dasselbe", meckerte eine erschrockene Mutter und schnappte nach Luft.

Ich zündete mir eine Zigarette an und grinste still in mich hinein.

Eine ganze Schar Kinder rannte brüllend auf den Rasenplatz. Luca, wie selbstverständlich Vincent im Schlepptau, mittendrin. Ich sah mich suchend nach Vincents Mutter um, als mein Blick auf den blutjungen Herzrhythmusstörer fiel. Erschrocken brach ich in einem Hustenanfall aus.

„Wenn man nicht rauchen kann, soll man's halt lassen", belehrte mich Christiane und klopfte unsanft meinen Rücken.

„Schon gut", keuchte ich, „brauchst mir nicht gleich die Wirbelsäule zertrümmern."

„Das ist übrigens Paul." Annalena zeigte in seine Richtung. „Der Trainer."

„Ach", brachte ich hervor und fixierte ihn. „Ganz schön jung."

Sie tätschelte beruhigend meine Schulter. „Du, Tess. Der Paul macht das echt klasse mit den Kleinen. Hat's richtig gut drauf und sie mögen ihn alle. Wirklich."

„Hm", erwiderte ich rasch und nahm einen tiefen Zug aus meiner Zigarette.


Die Atmosphäre war locker und entspannt, die Unterhaltungen unkonventionell. So, und nicht anders, kannte ich es aus früheren Zeiten und fühlte mich auf Anhieb wohl. Mal abgesehen von den Blicken, die ich nur allzu deutlich von meinem weit entfernten Gegenüber spürte. Doch auch ich kam nicht dagegen an und blinzelte immer wieder in Pauls Richtung.

„Du interessierst dich ja echt für Fußball", merkte die junge Mutter rechts neben mir an. „Spielst du auch selbst?", hakte sie nach.

Ich schmunzelte. „Ich bolze eher", gab ich kleinlaut zu. „Letzten Samstag habe ich sogar meinen Schwager abgeschossen."

„Na, das ist doch schon mal was." Wir lachten beide.

Ich fand die junge Frau äußerst sympathisch. Ihre grünen Augen blitzten während unserer Unterhaltung verschmitzt und strahlten Herzlichkeit und Wärme aus.

„Du bist heute zum ersten Mal hier?" Es war mehr eine Feststellung, denn eine Frage und sie deutete auf ein schlaksiges Mädchen, gegen das selbst Luca seine wahre Mühe hatte. „Das ist meine Tochter. Emily."

„Und der, den sie gerade umgebügelt hat, ist mein Sohn Luca."

„Oh!", stieß sie betroffen aus und weitete entsetzt die Augen.

Sichtlich überrascht von dieser unerwarteten Niederlage – und das ausgerechnet gegen ein Mädchen – blieb Luca auf dem Rasen sitzen und starrte Emily an.

Paul war herbeigeeilt und betrachtete die Lage. „Was passiert? Nö? Dann weiter." Er schaute kurz zu mir herüber und ich spürte, wie mir heiß und kalt wurde. Verwirrt schüttelte ich den Kopf.

„Das tut mir jetzt aber leid", entschuldigte sich Emilys Mutter.

Ich winkte ab. „Quatsch. Das ist Fußball. Und ich denke, den Jungs tut es gut, wenn sie auch mal gegen ein Mädchen einstecken müssen."

Sie nickte beruhigt. „Ich bin übrigens Sabrina und..."

Weiter kam sie nicht. Paul hatte den Kindern eine Trinkpause angekündigt und nun stürmten neunzehn durstige Racker laut schnatternd auf uns zu.

„Wo hast du denn Vincent gelassen?", fragte ich Luca und reichte ihm eine Flasche Wasser.

„Da hinten", antwortete er knapp.

Ich konnte auf die Schnelle kein *da hinten* ausmachen, musste mir allerdings eingestehen, dass ich auch kein gesteigertes Interesse daran hatte.

Paul saß wenige Meter von uns entfernt im Gras und entspannte sich. Was ich von mir nicht behaupten konnte. Sein Anblick ließ mein Herz rasen, so eine unglaubliche Faszination übte er auf mich aus. Dabei entsprach er überhaupt nicht dem Bild Mann, der mein Blut üblicherweise in Wallung brachte. Paul war weder groß noch durchtrainiert und seine zarten Gesichtszüge weckten eher mütterliche Instinkte, denn feuchte Träume bei einer Frau.

„...jetzt bin ich meinen Lappen erstmal für sieben Monate los", bellte Thomas und riss mich aus meinen Gedanken.

Schadenfrohes Gelächter brach aus.

„Da ist er doch selbst schuld, wenn er meint, sich mit einem Polizisten anlegen zu müssen, oder? Betrunken auch noch. Und du?"

„Hm?" Ja, es war genau wie in der Schule. Einmal nicht aufgepasst und schon konntest du davon ausgehen, dass der Lehrer ausgerechnet *dich* drannahm.

„Auch schon mal so ein Ding gelandet?"

Ich starrte Christiane ratlos an.

Thomas, den ich schon aus dem Kindergarten kannte, trat näher. „Bist du auch schon mal betrunken Auto gefahren?"

„Öhm, nicht direkt", gab ich kleinlaut zu. „Nur mal mit zwei Bier." Ich blickte in enttäuschte Gesichter. „Ziemlich unspektakulär."

„Na ja", setzte ich deshalb nach. „Dafür gab's mal eine blutige Nase."

„Echt? Erzähl!", forderte Sabrina mich auf.

Die Zahl der Mithörer hatte sich mit einem Schlag erhöht.

„Das war letzten Donnerstag", begann ich. „als wir umgezogen sind. Ich hatte mir so einen kleinen Umzugslaster gemietet. Und wenn man sonst Käfer fährt..."

„...macht das doch eigentlich gar keinen Unterschied?" Thomas grinste breit.

„Hey, das hat jetzt nichts mit Fahrkünsten zu tun", protestierte ich. „Luca hatte Einsteins Theorie... Also, sein Meerschweinchen eben..."

„Sein Meerschweinchen heißt *Einsteins Theorie*?"

Ich schnaufte. „Wollt ihr's nun hören oder nicht? Und, ja. Sein Meerschwein heißt *Einsteins Theorie*."

„Na, was ist jetzt mit der klugen Sau?"

Ich warf Thomas einen tadelnden Blick zu. „Das Meerschweinchen ist mir unter die Pedale gekrabbelt. Vor mir plötzlich Bremslichter ohne Ende. Leute? Was hätte ich machen sollen?"

„Bremsen?"

„Sehr witzig, Christiane", schüttelte ich den Kopf. „Da wäre die Sau jetzt Matsch. Nein, ich habe wie blöd an der Handbremse gezogen. Wäre ja auch alles gut gegangen, hätte nicht dieser protzige SLK im Weg gestanden."

„Oh, das wird teuer", stellte Thomas fest und verzog das Gesicht.

Ich seufzte. „Genau das habe ich auch gedacht. Ich will also aussteigen, reiße die Fahrertür auf und ,Klonk!'..."

„Was? Ist die Tür ab?" Sabrina schlug erschrocken die Hand auf den Mund.

Ihr Anblick amüsierte mich. „Nein. Da steht dieser Trottel hinter der Tür und fängt mit seiner Nase den Aufprall ab."

Meine Zuhörer brachen in schallendes Lachen aus.

„Und? Was hat's gegeben?"

Ich fühlte mich inzwischen wohl in meiner Rolle als Alleinunterhalterin. „Nur eine blutige Nase. Polizei hat er Gott sei Dank nicht gerufen. Er hatte *einen dringenden Termin*", fügte ich näselnd hinzu.

„Dein Glück." Thomas klopfte mir kameradschaftlich auf die Schulter.

Ich nickte. „Ich hatte noch nichts gegessen. Dafür aber bei fünfunddreißig Grad zwei Bier getrunken. Dem Typ habe ich gesagt, es war nur eins."

„Und er hat's geglaubt?", fragte Sabrina erstaunt.

Ich grinste gehässig. „Klar. Der ist doch blond."

In das Gelächter mischte sich nun das bunte Stimmengewirr der Kinder. Ihr Training war beendet und viele von ihnen rannten bereits Richtung Ausgang. Im Vorbeigehen warf mir Paul noch einmal einen langen Blick zu. Als er hinter der Tür zur Umkleide verschwand, wandte ich mich Luca und Vincent zu. Verschwitzt teilten sie sich das noch verbliebene Mineralwasser.

„War ich gut, Mama?"

Ich schenkte ihm ein herzliches Lächeln. „Natürlich. Und du auch, Vincent."

Lucas kleiner Freund nickte stolz und reichte mir die leere Flasche. Ich verstaute sie in der Sporttasche. Im Augenwinkel erkannte ich eine Hand, die nach ihm ausgestreckt wurde – und erstarrte.

„Oh! Mein! Gott!", stieß ich entsetzt aus.

Sabrina drehte sich besorgt zu mir um. „Tess? Was ist denn passiert?"

Ich spürte, wie mir die Farbe aus dem Gesicht wich und flüsterte stotternd: „D-d-das ist der Typ mit der blutigen Nase."

Wir sahen ihm nach. Mit Vincent an der einen und dessen Sporttasche in der anderen Hand, schlenderte er gemächlich zum Ausgang.

„Scheiße! Der stand schon eine Weile neben uns", stellte Sabrina erschrocken fest, „und hat alles gehört!"

Plötzliche Übelkeit überkam mich, als er kurz innehielt und sich zu mir umdrehte. Ich sah eine winzige Gereiztheit über sein Gesicht huschen. „Einen schönen Tag noch."

## KAPITEL zehn

„Weißt du eigentlich, wie *peinlich* das war?", beschwerte ich mich etwa eine Stunde später.

Alf räumte den letzten Teller in die Spülmaschine, während ich frustriert am Kühlschrank lehnte. Meine Wangen glühten.

„Das weiß ich zwar nicht, Schätzchen. Aber ich kann es mir gut vorstellen."

Ich rümpfte die Nase.

„Warum musst du deine Klappe auch immer so weit aufreißen?"

„Na, entschuldige mal, bitte", wetterte ich. „Ich habe doch nur erzählt, was war. Mehr nicht. Und außerdem", fügte ich schmollend hinzu, „reiße ich meine Klappe *nie* auf."

„Nein, gar nicht", erwiderte Alf zynisch. „Der gute Mann weiß jetzt nur, dass du mehr als *ein* Bier getrunken hast. Und wie du dich über ihn lustig gemacht hast, findet er bestimmt auch ganz toll."

„Hast ja Recht", musste ich kleinlaut zugeben. Ratlos ließ ich mich auf einen Küchenstuhl sinken. „Hat seine Versicherung sich denn schon mal gemeldet?"

Alf schüttelte den Kopf.

„Wie heißt der Typ eigentlich? Und wo wohnt er?"

„Allwisser."

„Hä?" Irritiert sah ich zu ihm auf.

Alf hatte das Versicherungskärtchen von der verchromten Pinnwand genommen und hielt es mir unter die Nase.

„Allwisser", wiederholte ich. „Doktor Marius Allwisser... Möchte gerne mal wissen, worin *der* seinen Doktor hat?"

„Hoffentlich nicht in Rechtswissenschaft oder sowas. Dann siehst du jetzt nämlich ziemlich alt aus, Schätzchen."

Ich streckte Alf die Zunge heraus und spielte mit dem Kärtchen. „Allwisser. Marius. Was für ein selten blöder Name."

„Teresa Dorn. Tja. Du bist halt unser *Dornreschen*", zog er mich auf und erntete dafür einen mürrischen Blick.

„Sag, warum nimmst du den Kerl eigentlich in Schutz? Gefällt er dir etwa? Dieser arrogante Armani?"

Alf hob abwehrend die Hände. „Quatsch. Ich nehme ihn doch gar nicht Schutz. Obwohl er wirklich nicht übel aussieht. Mir kommt's nur gerade vor, als würdest du auf Radikalfeministin machen. Oder was ist sonst los mit dir?"

„Radikalfeministin." Ich tippte mit dem Finger gegen meine Stirn und stand auf. „Du spinnst wohl."

Alf folgte mir auf die Terrasse. „Tess, Schätzchen", versuchte er einzulenken, „ich hab's nicht so gemeint."

„Aber so gesagt", schmollte ich.

Eine Weile saßen wir uns schweigend gegenüber. Ich blickte versonnen gen Himmel und lauschte dem munteren Gezwitscher der Vögel.

„Was ist los mit dir?", fragte Alf dann vorsichtig. Er hatte Wein geholt und stellte ein paar Cracker auf den Tisch.

„Hm." Ich wusste es selbst nicht und sah hilfesuchend zu ihm auf. „Alfi, ich bin irgendwie völlig durch den Wind."

„Das ist klar", erwiderte er verständnisvoll. „Du bist umgezogen, hast bald einen neuen Job..."

„Nein, nein. Das ist es nicht", murmelte ich ratlos. „Aber... Ach, ich weiß selbst nicht, was los ist."

„Hat es vielleicht etwas mit diesem Dr. Allwisser zu tun?"

„Alles, bloß das nicht!", rief ich aus. „Nein, es... Mir ist heute etwas ganz Komisches passiert. Ich kann... Ich weiß selbst nicht, was."

Alf zog die rechte Augenbraue nach oben. „Du weiß nicht, was dir passiert ist?"

„Es war..." Ich fand nicht die passenden Worte. Deshalb atmete ich zunächst tief ein und beschloss, die Geschehnisse so zu schildern, wie sie sich zugetragen hatten. Viel war es schließlich nicht.

„Lass mich rekonstruieren." Alf stand auf und wiederholte das soeben Gehörte. „Du kommst auf dem Sportplatz an, siehst dort diesen blutjungen, noch nicht einmal besonders attraktiven Jugendtrainer und dir haut's sprichwörtlich die Beine weg. Außer, dass er dir ein paar Blicke zuwirft, welche du jedoch nicht einordnen kannst, ist nichts weiter passiert. Mal abgesehen von dem Fauxpas mit Allwisser. Du legst also dein natürliches und, bitte verzeih, mitunter auch anstrengendes Wesen an den Tag. Bist gewohnt cool und witzig. Allerdings nur so lange, bis dieser Grünschnabel in deine Nähe und dein Bewusstsein rückt. Dann nämlich mutierst du zu einer stotternden, einem Herzinfarkt bedrohlich nahekommenden und unzurechnungsfähigen Schwachmatikerin. Soso."

Ich starrte ihn mit offenem Mund an. „Äh..."

„Oh, entschuldige. Genau *diesen* dämlichen Gesichtsausdruck habe ich vergessen."

„Äh..."

Alf tätschelte sanft meinen Arm. „Das hatten wir schon, Tess-Schätzchen. Die Sache ist ganz einfach: Du bist verliebt."

„Verliebt? Ich?"

„Ja, selbst dir ist so etwas schon ab und an mal passiert. Erinnerst du dich noch?"

Ich schnaubte. „Hey, er ist noch ein Kind!"

„Luca. Luca ist noch ein Kind, Tess." Alf hob belehrend den Zeigefinger seiner rechten Hand und tippte mir dann immer wieder auf die Nase. „Paul ist volljährig, ausgewachsen und sicher schon lange einsatzbereit. Wo liegt dein Problem?"

„Mein Problem?" Ich lachte hysterisch auf. „Mein Problem ist, dass ich fünfzehn Jahre älter bin als der Bursche. Ich bin eine alleinerziehende Mutter. Er ist der Trainer meines Sohnes. Wir leben hier in einem Kaff, in dem der eine die Konfektionsgröße des anderen kennt. Wie stellst du dir das vor?"

„Dann pass mal auf, Tess. *Wenn man jemanden liebt, dann sollte man alle Bedenken und Vorurteile über Bord werfen. Denn nur das beweist deine innere Stärke. Alles andere zählt da nicht*", zitierte er. „Na? Wer hat das wohl gesagt?"

Ich schluckte trocken. „Nun rede mal nicht gleich von Liebe. Hey, ich... Alfi, Paul hat in meinem Kopf heute ein ziemliches Durcheinander angerichtet. Ich weiß nicht mal, ob man das ‚Verliebtsein' nennen kann. Und selbst wenn", fügte ich missmutig hinzu, „weiß ich noch lange nicht, ob es auf Gegenseitigkeit beruht."

## KAPITEL elf

„Da vorne kommen schon Sabrina und Emily", deutete ich auf den moosgrünen Opel Corsa, der auf uns zusteuerte und nun unter Ächzen versuchte, rückwärts einzuparken.

Alf kniff die Augen zusammen und beobachtete gespannt das Manöver. „Das also ist Lucas kleine Freundin?"

„Pscht!", ermahnte ich ihn leise. „Wenn Luca das hört, ist hier der Teufel los. Mädchen sind doch doof."

„Damit könntest du gar nicht mal so unrecht haben", feixte er und erhielt dafür einen sanften Klaps gegen den Hinterkopf.

Heute war offizieller Rundenbeginn nach der Sommerpause. Ein Auswärtsspiel. Und so trafen sich die Eltern aller spielberechtigten Kinder zunächst vor dem Marktplatz im Ortskern Hennelins. Nach und nach füllte sich der Treffpunkt mit Autos und aufgewecktem Geschnatter.

„Könnte knapp werden heute", erklärte Christiane. „Meerhaus ist echt stark."

Wir spekulierten über Sieg oder Niederlage der Mannschaft und versicherten geschlossen, unsere Sprösslinge nach Leibeskräften anzufeuern.

„In Frankfurt haben die Trainer das gar nicht gerne gesehen, wenn wir am Spielfeldrand so laut gebrüllt haben, dass sie ihr eigenes Wort nicht mehr verstehen konnten", erklärte ich lachend.

„Apropos Trainer. Wo ist er denn eigentlich?", fragte Alf und grinste frech.

Christiane warf einen genervten Blick auf ihre Uhr. „Paul? Ach, der kommt doch immer auf den letzten Drücker." Ihre Augen wanderten prüfend durch die Menge. „Es fehlen sowieso noch ein paar. Julian und... Ah, da hinten kommt Vincent."

Mein Kopf fuhr herum und ich erkannte enttäuscht, dass Lucas kleiner Freund auch dieses Mal nicht in Begleitung seiner Mutter war.

„Oh, deine blutige Nase", feixte Sabrina.

„Na, das kann ja lustig werden." Alf trat ein Stück näher an mich heran und presse seine Schulter gegen die meine.

„War er Freitag nicht auch auf dem Sportplatz?", erkundigte sich Christiane. Auch sie war inzwischen über mein Fettnäpfchen aufgeklärt. Hier sprachen sich selbst Belanglosigkeiten in Windeseile herum.

Sabrina nickte. „Ja, aber er stellt sich ja nie zu uns. Doch du hättest mal sehen sollen, wie er Tess angeguckt hat. Grrr.“

„Wenn Blicke töten könnten, was?“

Ich machte eine abwinkende Handbewegung. „Ach, Quatsch.“

Ich musste mir eingestehen, dass ich mir über Allwissers freitägliche Anwesenheit gar keine Gedanken gemacht hatte. Ich war vielmehr damit beschäftigt, das Training und insbesondere Paul zu beobachten und stellte entzückt fest, mit welcher Hingabe er sich meinem Sohn widmete.

„Guten Morgen“, grüßte Allwisser unterkühlt und lehnte lässig an der Motorhaube seines Wagens.

Ich ignorierte beschämt seinen Gruß und zündete mir eine Zigarette an, als mein Herz einen kurzen Aussetzer hatte, um kurz darauf wie wild zu pochen. Paul.

„Moin“, rief er gutgelaunt in die Runde und wurde sogleich von einer Horde aufgeregter Kinder überrannt.

Alf knuffte mir unauffällig in die Seite. Ich beugte mich zu ihm hinüber und flüsterte: „Ich wäre dir dankbar, Schätzchen, wenn du dich jeden Kommentars enthalten würdest. Bin eh schon nervös genug.“

„Das sieht man dir auch an“, bemerkte er grinsend.


„Es ist wirklich erstaunlich“, sinnierte Alf, als wir uns wenig später in die Kolonne Richtung Meerhaus eingereiht hatten. „Da sagst du mir so oft, wie unberechenbar ich sei. Und dann kann ich beobachten, wie aus meiner coolen, schlagfertigen, besten Freundin innerhalb von Sekundenbruchteilen ein stotterndes, verunsichertes, dämliches Mädchen wird, sobald ein gewisser Jemand auf der Bildfläche erscheint.“

Ich warf einen nervösen Blick in den Rückspiegel. Luca war jedoch völlig in sein *Die wilden Fußballkerle*-Buch vertieft und schenkte uns keine Beachtung.

„Hast du denn eigentlich schon mal mit ihm gesprochen? Ich meine, es muss sich ja mal irgendetwas tun, damit sich irgendetwas tut?“

74

Genervt schielte ich nach rechts. „Hasi, wie du selbst schon so treffend festgestellt hast, bin ich in meinem Zustand wohl kaum in der Lage für eine vernünftige Konversation. Und dann weiß ich gar nicht, ob sich überhaupt irgendetwas tun *soll*.“

„Ach, komm schon, Tess-Liebling“, bettelte er. „Bring doch endlich mal wieder ein bisschen Schwung in dein Leben.“

„Den Schwung bringst du mir heute Abend noch“, erinnerte ich ihn und fuhr mir mit der Hand durchs Haar, „indem du mir eine ordentliche Frisur verpasst, damit ich mich an meinem ersten Arbeitstag nicht schämen muss.“

„Und damit du kommenden Mittwoch fürs Training gut aussiehst.“ Alf schlug sich lachend auf den Oberschenkel.

Ich war erleichtert, als wir endlich am Sportgelände des FC Meerhaus eintrafen und parkte gleich neben Pauls Wagen. Während ich ausstieg, warf ich einen unauffälligen Blick in das Innere. Neben zwei, nein, vier leeren Wasserflaschen tummelten sich dort auf und unter den Sitzen zerknüllte Snacktüten, McDonalds-Verpackungen, Unmengen an Papierkram und verschiedenes Zubehör aus der Werkzeugkiste. Alles weich gebettet auf einer beachtlichen Krümelsammlung. Die Heckscheibe war mit Radiowerbung beklebt und beim Grundton der Lackierung tippte ich auf schwarz. Der Allgemeinzustand des Wagens war definitiv als katastrophal zu bezeichnen.

„Hasi?“, rief ich Alf nach, der bereits mit Luca zur Umkleidekabine schlenderte. „Hast du die Schienbeinschützer eingepackt?“

Erst jetzt bemerkte ich, dass sich Paul und Allwisser ebenfalls nach mir umgedreht hatten. Sofort spürte ich Hitze in mir aufsteigen.

Ich beobachtete, wie Alf hektisch in der Sporttasche wühlte und mir dann ein erleichtertes Nicken zuwarf.

Die Kabine war brechend voll mit Eltern, die eilends ihren Kindern beim Umkleiden zu Hilfe kamen. Ich war stolz auf die Selbständigkeit meines Sohnes und beobachtete das Treiben vom Türrahmen aus, als Paul die Trikots verteilte.

„Wie werden denn hier die Nummern vergeben?“, fragte ich Thomas, der umständlich am T-Shirt seines Sohnes zerrte. Das

Gesicht des kleinen Tom war schon rot und ich fürchtete um seine Luftzufuhr. Entschlossen packte ich ihn unterm Kinn und hielt kurz darauf das Oberteil in der Hand.

„Danke", atmete Thomas auf und auch Tom machte einen sichtlich erleichterten Eindruck. „Die Nummern werden jetzt erst mal so verteilt. Interessiert keinen."

„Luca, *vier*", zischte ich ihm zu.

Er faltete das Trikot auseinander und hielt mir die Rückseite entgegen. Drei.

Paul sah kurz zu mir auf.

„Warum die Vier?", fragte Thomas. „Ist doch egal, welche Nummern sie haben."

„Mir aber nicht. Mein Papa hat immer mit der Vier gespielt." Enttäuscht machte ich mich auf den Weg zum Spielfeld.

„Hast du vielleicht einen Fotoapparat dabei?" Sabrina kramte in ihrer Handtasche. „Ich glaube, ich habe meinen zu Hause vergessen."

Ich winkte mit meiner *Fuji*. „Die Bilder kann ich dir dann mailen."

Wir stellten uns mittig an den Spielfeldrand. So hatten wir alles bestens im Blick.

Im Entenmarsch kam Paul kurz darauf mit den Kindern zum Platz. „Warmmachen, Jungs!", forderte er die Kleinen auf. Emily zupfte entrüstet an seinem Shirt. „Und Mädels, natürlich."

Mit dem Objektiv fing ich Luca ein und stellte überraschend fest, dass er sein Trikot gewechselt haben musste. Auf seinem Rücken prangerte unübersehbar eine große Vier.

„Ich habe nichts gesagt", erkannte Alf meine Verwunderung. „Und Luca auch nicht."

Gleich nach dem Anpfiff drückte ich Alf die Digitalkamera in die Hand und schob mir eine Zigarette in den Mundwinkel. Ich war bei Lucas Einsätzen jedes Mal aufgeregt.

„Mann decken, Kinder", knurrte ich und ließ das Spiel keine Sekunde aus den Augen. „Mann decken!", wiederholte ich eine Spur eindringlicher. Meine Nerven prickelten. Die gegnerische Mannschaft hatte sich in den ersten vier Minuten bereits zwei Chancen erarbeitet, welche nur durch den aufmerksamen Einsatz unseres Torhüters vereitelt wurden. „Schlaft doch nicht ein! Der

Neuner steht völlig frei." Wenn ich jemals mit Inbrunst bei einer Sache war, dann beim Fußball. „Mann decken, verdammt nochmal!"

Oje, gleich geht's wieder los", drang Alfs Stimme in mein Ohr.

Ich trat einen Schritt nach vorne, denn ich würde mich auf keinen Fall ablenken lassen. „Geht mit nach vorn", flehte ich deutlich lauter. „Wo ist eure Abwehr? Herrgott!" Mein Kiefer knackte und ich ermahnte mich selbst zu Zurückhaltung.

Paul stakste erregt an uns vorbei. Immer wieder gab er der Mannschaft Anweisungen, die sie völlig zu ignorieren schienen.

Nach dem ersten Gegentreffer warf ich wütend meine nur halb gerauchte Zigarette zu Boden. „Das kann doch nicht wahr sein! Seid ihr überhaupt anwesend?", wetterte ich. „Das ist Fußball und kein Murmelspiel!"

„Mensch, Tess" Sabrina tätschelte besänftigend meinen Oberarm. „Nimm dir das doch nicht so Herzen. Du bist ja völlig..."

„Übergeschnappt", fiel Alf ihr unverblümt ins Wort. „Völlig übergeschnappt."

„Ich bin nicht übergeschnappt", raunte ich. „Die pennen da vorne. Und der Schiedsrichter pfeift wohl auch nur aus dem letzten Loch."

Alf seufzte.

„Jetzt mach, geh nach vorn", feuerte ich Luca an und kniff die Augen zusammen. „Ja, der gehört dir... Tobi, anbieten, anbieten, mitlaufen... Emily steht frei, gib ab... Los, los, los!" Meine Stimme war kurz vorm Überschnappen und ich inzwischen auch. „Zuspiel... Zieh ab! Tooor!" Ich ballte die Fäuste, riss die Arme nach oben und jubelte meinem Sohn zu. Sogleich überprüfte ich, ob Alf diesen Treffer digital festgehalten hatte.

„Ich habe schon siebenunddreißig Bilder verknipst", zwinkerte er. „Da sind sicher so einige dabei, die dir gefallen werden."

Mit einem Schlag rückte mir Pauls Anwesenheit wieder ins Bewusstsein und meine Wangen nahmen eine zartrosa Färbung an. „Bin ich etwa peinlich?", hüstelte ich unsicher. „Bin ich peinlich, Sabrina? Hä? Sag schon: Bin ich peinlich?"

„Öh. Nicht wirklich. Nö."

„Dann ist ja gut", atmete ich auf.

## KAPITEL zwölf

Die Halbzeitpause diente den Kindern nicht nur zum Ausgleich ihres Flüssigkeitshaushalts, sondern in erster Linie der Rekonstruktion des bisherigen Spiels.

Während Luca gierig an seiner Wasserflasche nuckelte, textete ich ihn mit meinen üblichen Anweisungen zur Spielverbesserung zu.

„Bin ich froh, dass deine Mama nicht unsere Trainerin ist", murmelte Vincent erleichtert im Vorbeigehen, hakte sich bei Luca ein und zog ihn zur Mannschaftsbesprechung.

Paul stand nun wenige Meter von uns entfernt und ich übte mich in stiller Zurückhaltung. Nun ja, zumindest so lange, bis Vincent durch ein offensichtliches Foul zu Fall gebracht wurde. Er presste beide Hände auf das linke Knie und weinte bitterlich.

„Verdammt! Warum pfeift dieser Blindfisch nicht ab?", schrie ich erbost und tat instinktiv einen Schritt nach vorn.

Erst jetzt entdeckte ich Allwisser, der – die Hände in den Hosentaschen vergraben – am Spielfeldrand stand. Seine Augen waren besorgt auf Vincent gerichtet.

„Ist der blind?", ereiferte ich mich erneut. „Das war ein klares Foul. Warum pfeift die Pfeife nicht ab?"

Allwisser blieb völlig regungslos.

„Der Junge muss da runter", stellte ich fest und war mit meiner Sorge um das Wohl des Kindes nicht allein.

Paul trat entschlossen aufs Feld. Sehr zum Missfallen des Schiedsrichters, welcher sofort wild zu gestikulieren begann. Paul ignorierte die ermahnenden Handbewegungen, hob Vincent auf den Arm und trug ihn vom Platz.

Ich beobachtete ihn voller Zärtlichkeit und spürte beinahe so etwas wie Bewunderung.

„Das war richtig so", wurde sein Auftritt mehrheitlich kommentiert. Und in Pauls Gesicht zeichnete sich eine Spur stolzer Zufriedenheit ab.

Doch kaum war dieses Schauspiel beendet, ergab sich erneut Anlass zur Aufregung.

„Das war klar Abseits!", erregte mich die verlorene Torchance. „Welchen Mist pfeift diese Pfeife eigentlich? Sowas gibt's doch nicht! Hat der etwa eine Wette laufen, oder was?", setzte ich wutschnaubend nach.

Alf begann penetrant zu husten und knuffte mich in die Seite.

„Was?" Ich blickte auf und sah die nominierte Pfeife zügigen Schrittes näherkommen.

„Sie! *Sie* mit dem durchdringenden Organ", begann er schroff und baute sich drohend vor mir auf. „Ich wäre Ihnen dankbar, wenn Sie einen gemäßigteren Ton anschlagen könnten. Ich kenne die Regeln und *ich* mache hier das Spiel." Mit einem entschlossenen Kopfnicken untermauerte er seine Aussage und wandte sich zum Gehen.

„Wenn Sie die Regeln so gut kennen", keifte ich, „dann pfeifen Sie doch gefälligst auch so." Trotzig schob ich das Kinn nach vorne.

Sein Kopf schoss herum. „Ich habe Sie auch in Nullkommanichts des Platzes verwiesen!"

„Das werden wir doch mal sehen", gab ich erbost zurück.

Während Sabrina hektisch an meinem Arm zerrte, sprang Alf schützend vor mich. Meine Versuche, ihn zur Seite zu drängen, blieben erfolglos.

„Geht's jetzt hier auch mal weiter?" So sensationslüstern Christiane auch war, half sie mir damit dennoch aus der Patsche.

Missmutig flogen die Augen des Schiedsrichters über die beachtliche Zuschauermenge. Mit einer abwinkenden Handbewegung pfiff er das Spiel erneut an.


Während der zweiten Halbzeit hielt ich mich tatsächlich zurück. Paul gab nur unweit von uns entfernt seine Anweisungen und ich wollte auf keinen Fall noch einmal dermaßen peinlich auffallen.

„Noch zwei Minuten", atmete Sabrina auf, „wenn er nicht nachspielen lässt."

„Hmhm."

Das Spiel hatte nach der Pause eine erstaunliche Wendung genommen. Energisch gingen die Kleinen an den Ball, spielten sich gekonnt zu und tricksten fachmännisch aus. Meine Augen hafteten an Luca, der völlig ohne Deckung mit dem Ball in die gegnerische Hälfte drippelte.

„Mach, mach, mach, mach", flehte ich und spürte die Aufregung wie Feuerzangenbowle durch meine Nerven fließen. „Ja. Ja."

Luca war pfeilschnell, seine Wangen glühten, er setzte zum Schuss an und versenkte das runde Leder unhaltbar im Kasten.

„Tooor!", schrie ich aus voller Kehle, machte einen Sprung in die Luft und riss jubelnd die Arme nach oben.

In meiner grenzenlosen Begeisterung über diesen knappen Sieg vergaß ich einen Augenblick die Welt um mich herum. Ich freute mich wie ein kleines Kind.

„Sie können es nicht lassen, oder?" Erst jetzt drang seine Stimme in mein Bewusstsein durch.

„Allwisser?" Verwirrt drehte ich mich zu ihm um.

Er machte einen leicht entnervten Eindruck, während seine Hand vorsichtig über die Nase glitt.

„O-oh!", stammelte ich und spürte Panik in mir aufsteigen. „Habe ich...?"

„Meine Nase gefällt Ihnen wohl nicht?", blaffte er mich an.

Der Schlusspfiff ersparte mir eine Antwort.

Ich ging in die Hocke und Luca fiel mir jubelnd in die Arme.

„Du bist mein Held, Luca", herzte ich ihn. „Du bist der Größte!"

„Wir haben gewonnen, Mama", strahlte er mit stolzgeschwellter Brust. „Freust du dich?"

Alf fuhr ihm lächelnd das Haar. „Sieht man das deiner Mutter denn nicht an?"

„Du warst einsame Spitze!"

Zwei kleine Finger zupften an meinem Haar. „Und ich?"

Ich schenkte Vincent mein herzlichstes Lächeln und drückte ihn kurz. „Du natürlich auch, Vincent. Ganz ehrlich."

Zufrieden griff er nach Allwissers Hand und zog ihn Richtung Umkleidekabine.

Als wir kurz darauf gemächlich den Parkplatz ansteuerten, fragte Christiane mit einem Blick auf die Sporttasche: „Na? Hast du dir heute das Trikotwaschen aufschwatzen lassen? Viel Spaß. Das hast du jetzt wahrscheinlich jeden Sonntag an der Backe."

Verzückt bemerkte ich, wie Paul mir ein schüchternes Lächeln zuwarf. Ich blieb stehen, ließ die Tasche von meinen Schultern zu Boden gleiten und schloss den Wagen auf.

„Verdammt!", fluchte jemand hinter mir, der ganz offensichtlich gestolpert war.

„Oh, die hat wohl im Weg gestanden", stellte Christiane fest und verabschiedete sich schnell. „Wir sehen uns am Mittwoch."

„'tschuldigung, das war meine."

„Hätte ich mir ja denken können", gab Allwisser flapsig zurück.

Seine überhebliche Art machte mich wütend. „Dann hätten Sie auch gucken können, wo Sie hinlaufen."

Kopfschüttelnd stieg er in seinen protzigen SLK und rauschte davon.

Paul räusperte sich. „Tschüss dann."

„Tschö."

„Liebes, es tut mir ja leid", Alf legte seine Hand auf meine Schulter und küsste meine Stirn. „Aber du *bist* peinlich."

## KAPITEL dreizehn

„Was?" Alf bestrich eine Haarsträhne nach der anderen mit Farbe und wickelte sie in jeweils ein Stück Alufolie.

„Was *was*?"

„Na, du bist so ruhig."

„Pff. Na und?"

Ein Grinsen huschte über sein Gesicht. „Das ist man gar nicht gewohnt von dir. Bist du etwa beleidigt?"

Was sollte die blöde Frage? Er *wusste* schließlich, dass ich beleidigt war.

„Nö. Wieso?" Ich presste die Lippen aufeinander und betrachtete mürrisch mein Spiegelbild.

Eine ganze Weile schwiegen wir eisig.

„Du hast gesagt, ich sei peinlich", presste ich dann schmollend heraus.

Alf lachte kurz auf. „Tess-Schätzchen. Du schlägst einem Kerl die Autotür ins Gesicht. Du reißt deine Klappe auf und trittst dabei furchtbar ins Fettnäpfchen. Du schießt Leuten das Handy aus der Hand, reißt deinen Schwager beim Fußball so zu Boden, dass er einen Ständer kriegt..."

„Was? Woher...?", fuhr ich erschrocken herum.

„Ich habe gute Ohren, Schätzchen. Und jetzt lass mich ausreden." Er zog unsanft an meinem Haar. „Wo war ich noch? Ach, ja. Du

81

brüllst am Spielfeldrand wie eine Irre, legst dich mit jedem Schiri an, schlägst anderen Leuten die Faust ins Gesicht und merkst es nicht mal. Der arme Dr. Allwisser kann sich ja kaum mehr in deine Nähe trauen, ohne dass du ihm *versehentlich* etwas antust. Und bei deinem Paul machst du dir vor Angst fast in die Hose und benimmst dich wie der letzte Vollidiot."

„Stimmt ja gar nicht", behauptete ich verbissen. „Er ist nicht *mein* Paul."

Alf rollte mit den Augen. „Gut. Aber alles andere musst du doch zugeben?"

„Hm."

„Ach, Tess", seufzte er. „So kenne ich dich nun schon über dreißig Jahre. Und so liebe ich dich. Also, mach dich locker, mein Mädchen, und sei deinem besten Freund nicht böse, ja?"

Wie könnte ich? Alf war mein allerbester Freund. Mein Seelenheil.

„Mama, aufstehen!", summte Luca mir am darauffolgenden Morgen ins Ohr.

Verschlafen blinzelte ich ihn an und gähnte herzhaft.

„Wir haben dir Frühstück gemacht."

Frühstück? Wenn ich sonst schon ein ausgesprochener Morgenmuffel war, so fürchtete ich heute, vor Aufregung keinen Bissen hinunterzubekommen. Mein erster Arbeitstag in der neuen Firma. Eine fremde Umgebung, noch völlig unbekannte Mitarbeiter – und ein ganz neues Aufgabengebiet. War ich in Frankfurt ausschließlich in der Buchhaltung eingesetzt und arbeitete weitestgehend nach Anweisung, so umfasste meine künftige Tätigkeit nicht nur den abrechnungstechnischen Bereich. Ich sollte zusätzlich das Sekretariat des Außenstellenleiters übernehmen und, wie Léon es ausdrückte, mich flexibel und offen den täglichen Herausforderungen des Geschäfts stellen.

Ich war, weiß Gott, nicht schüchtern. Aber allem Neuen trat ich mit gesunder Vorsicht entgegen, in die sich immer eine Spur Unsicherheit mischte. Und in diesem Fall war mir schließlich besonders daran gelegen, meinen Schwager nicht zu enttäuschen.

Wenn er nun zu viel von mir erwartete? Mich schlicht und ergreifend überschätzte? Anders als beim Fußball, spornte dies meinen Ehrgeiz leider nicht an. Es machte mir Angst.

„Guten Morgen, meine Schöne", lächelte Alf, als ich in die Küche schlurfte.

„Hm", knurrte ich und vermied es aus Prinzip, vor der ersten Tasse Kaffee in den Spiegel zu schauen, geschweige denn, zu kommunizieren. Meine Aufnahmefähigkeit kurz nach dem Erwachen war gleich Null.

„Was macht die Sau auf meinem Teller?" Verwirrt rieb ich meine Schläfen und starrte auf das zerzauste Fellknäuel vor mir. Einsteins Theorie war augenfällig nicht viel länger wach als ich und knabberte träge an seinem Knäckebrot.

„Er soll dir Glück bringen, Mama", erklärte Luca und balancierte einen großen Pott Kaffee auf den Tisch. „Weil du doch heute deinen ersten Arbeitstag hast."

„Aha." Gähnend kraulte ich Theos Nacken. Angesichts meines dabei weit aufgerissenen Mundes warf er mir einen verstohlenen Blick zu.

„Bist du aufgeregt, Mama?"

„Na, Luca? Wonach sieht's denn aus?" Alf strich ihm sachte über den Hinterkopf. „Mach dir keine Sorgen. Deine Mama ist nur hundemüde."

Luca nickte erleichtert und verabschiedete sich ins Badezimmer.

„Dir geht der Arsch auf Grundeis. Nicht wahr, Schätzchen?"

Ich nahm einen großen Schluck Kaffee. „Wie kommst du darauf?", fragte ich, ohne aufzublicken. „Ich bin wirklich nur müde. Gib mir noch ein bisschen von dieser bewusstseinserweiternden Droge und schon bin ich frisch wie der Frühling."

„Also machst du dir keinen Druck?" Alf sah mich durchdringend an. „Wegen Léon?"

„Léon?", echote ich flapsig. „Wie kommst du denn darauf? Weil er mein Schwager ist?"

„Weil du verknallt in ihn bist."

„Was?" Mein Kopf ruckte hoch. Knappe zehn Minuten nach dem Erwachen überforderten mich solche Gespräche. „In wen soll ich denn noch verknallt sein?"

Er lachte und tätschelte meine Hand. „Lass gut sein, Tess-Liebling." Vorsichtig schob er das Meerschwein vom Teller. „Jetzt frühstücke erst einmal ausgiebig und dann komm in die Pötte. Dein Dienst fängt in weniger als einer Stunde an."

Ich sah erschrocken auf die Uhr, schnappte mir einen Müsliriegel und eilte ins Badezimmer.

Luca war bereits angezogen und schulterte seinen Schulranzen. Mit einem zärtlichen Kuss und „Viel Glück, Mama!" verließ er das Haus.


Die Dusche hatte meine Lebensgeister geweckt. „Im here without you baby...", sang ich munter meinem Spiegelbild zu und klemmte mein Haar im Nacken nach oben.

„....but you're still with me in my dreams", fiel Alf ein. „Und so wird es auch bleiben. Oder, Tess?"

Entnervt schlug ich mit den Händen aufs Waschbecken. „Was glaubst du denn, Alfi? Denkst du allen Ernstes, ich würde meinen Schwager angraben?"

„Nein", antwortete er, ohne zu überlegen. „Ich weiß, dass du so etwas nie tun würdest. Aber du leidest. Und, Liebchen, wenn du leidest, tut mir das auch weh." Seine Augen füllten sich mit Tränen.

„Alfi", beruhigte ich ihn, „ich leide nicht. Also, könnten wir das Thema bitte lassen? Ich habe im Moment wirklich andere Sorgen."

„Und die wären?"

„An meinem ersten Arbeitstag rechtzeitig im Büro zu sein." Im Vorbeigehen schnappte ich mir Autoschlüssel und Handtasche. „Bis heute Nachmittag, mein Schatz."


KAPITEL vierzehn


Als ich vor der Tür des imposanten Neubaus stand, wurde mir aber dann doch etwas mulmig. Nervös trat ich in das zweistöckige Gebäude.

„Guten Morgen. Frau Dorn?"

Ich wandte mich der freundlichen Stimme zu. „Ja. Guten Morgen."

Eine junge Frau in lachsfarbenem Kostüm reichte mir die Hand. „Ich bin Susanne. Susanne Beyer. Hallo. Sie sind doch Frau Dorn?", fügte sie fragend an.

„Ja. Tess. Hallo", erwiderte ich überrascht.

Susanne lachte. „Entschuldigung. Sie sehen Ihrer Schwester zum Verwechseln ähnlich."

„Oh."

„Äh, nein. Nein!" Ihre Wangen nahmen eine zartrosa Tönung an. „Es ist nur, dass du... Äh, Sie... Jünger? Nicht wahr?"

Amüsiert beobachtete ich ihre verzweifelten Versuche, sich aus diesem Fettnäpfchen heraus zu winden. „Ja, ich bin die kleine Schwester. Und das ‚Du' ist okay. Susanne?"

Sie nickte erleichtert. „Ja. Ich bin hier übrigens immer am Empfang. Na ja, eigentlich ist es nur die Telefonzentrale. Aber ich kann dir dein Büro zeigen."

„Gerne, danke."

Susanne hakte sich bei mir ein und führte mich zum Aufzug. „Dein Büro ist im zweiten Stock. Alle wichtigen Architekten sitzen im zweiten Stock."

„Gibt's denn auch weniger wichtige?"

Susanne lachte schallend. Dabei blies sie ihre Wangen auf und erinnerte mich unwillkürlich an Einsteins Theorie.

„Der Chef hat das größte Büro. Natürlich", klärte sie mich auf. „Deines ist direkt davor und in seins kommt man auch nur darüber." Mit diesen Worten öffnete sie eine Milchglastür und führte mich in den lichtdurchfluteten Raum.

„Boah." Ich hielt einen Moment den Atem an. „Das ist ja..."

„Schön groß, gell?" Susanne huschte an mir vorbei zum mittig stehenden Schreibtisch. „Und wenn du mal Probleme mit dem Telefon haben solltest: Hier steht die Fachfrau."

„Mein Gott", keuchte ich beeindruckt. „Ich werde schon Probleme damit haben, mich hier nicht zu verlaufen." Mein Blick schweifte über den hellen Parkettboden zu einer weiteren Tür. Sie stand offen. „Ist das das Büro des Chefs?"

„Hmhm."

Neugierig ging ich darauf zu.

„Hier fehlen natürlich noch ein paar mehr Blumen." Susanne räusperte sich. Sie lehnte an meinem Schreibtisch und wies mit dem

Daumen auf den üppigen Strauß Callas. „Es gibt in der Nähe einen netten Laden. Die sind auch recht günstig", tat sie gespielt desinteressiert.

„Für mich? Wer...?"

„Hm. Hängt ,ne Karte dran."

Ich war eine ausgesprochene Blumenliebhaberin. Doch von allen war mir diese Lilienart die liebste. Sofort dachte ich an Sarah.

„Herzlich willkommen, Tess", las ich leise vor. „Und immer dran denken: Schön locker bleiben! Léon". Ein Schauer lief mir über den Rücken und ich spürte meine Gedanken weit abdriften.

„Vom großen Boss persönlich? Wow! Hoffentlich kommst du mit unserem Chef genauso gut klar." Susanne Worte holten mich rasch in die Realität zurück.

„Warum? Ist er so furchtbar?"

„Ach, Quatsch", erwiderte sie mit einer abwinkenden Handbewegung. „Er ist klasse. Total locker, der Typ. Ich kenne ihn doch noch von München."

Ich atmete erleichtert auf.

„Ich muss aber jetzt wieder runter", sagte sie und entfernte sich vom Tisch. „Wenn du irgendetwas brauchst, wende dich vertrauensvoll an mich, ja?"

Ich sah ihr nach und stellte meine Tasche ab.

Silbern funkelte mich ein digitaler Kaffeeautomat an und forderte mein Können heraus. Im Schrank darunter fand ich das nötige Geschirr. Mangels bereits vorhandener Arbeit wollte ich mir zunächst einen Espresso gönnen. Dann nahm ich das Büro meines künftigen Chefs genauer unter die Lupe.

*Ist ja wie im Garten Eden*, dachte ich, als ich die vielen Pflanzen sah. Inmitten dieser Oase thronte ein wuchtiger Sekretär. Außer einer verchromten Lampe, dem Ablagekorb und ein paar Akten, stand er nackt und repräsentativ im Raum. *Nüchtern, aber durchaus sympathisch*, dachte ich, als ich Schritte vernahm, und eilte zurück in mein Büro.

„Ups!", entfuhr es mir, als ich prompt mit dem überraschenden Besucher zusammenrempelte. Mein Espresso ergoss sich vollständig über sein Hemd und ich erstarrte vor Schreck.

Erst als ich sein entnervtes Seufzen vernahm, wagte ich, aufzublicken. „*Sie?*"

„Sieht so aus." Allwisser lockerte die Krawatte und ich sah eine gewisse Gereiztheit durch sein Gesicht huschen.

Was wollte dieser Typ hier?

„Entschuldigen Sie, bitte." Ich brauchte nur einen Moment, um mich zu sammeln. „Was kann ich für Sie tun?"

„Ein frisches Hemd wäre jetzt nicht schlecht. Danke."

Es war nicht nachvollziehbar, wie ernst er das meinte. Verärgert drehte ich mich um und stellte die Tasse auf das Tablett neben dem Automaten. „Hören Sie", sagte ich betont höflich, „ich sagte bereits, dass es mir leidtut. Bringen Sie Ihr Hemd in die Reinigung und geben Sie mir dann die Rechnung."

„Gut."

Geschäftig nahm ich an meinem Schreibtisch Platz. „Kann ich sonst noch etwas für Sie tun?"

Allwisser knöpfte langsam sein Hemd auf.

Das war in der Tat ziemlich dreist. Ich trommelte mit den Fingern auf meinen Schreibtisch. „Hallo-ho?"

„Ein Kaffee wäre für den Anfang nicht schlecht."

Ich sprang von meinem Stuhl auf. „Das geht ja jetzt wohl ein bisschen zu weit!"

„Ach, so." Er streifte sein Hemd von den Schultern und mir stieg beim Anblick seines durchtrainierten Oberkörpers die Schamesröte ins Gesicht. „Wenn das natürlich nicht zu Ihrem Aufgabengebiet gehört..."

„Für wen halten Sie sich eigentlich?" Wütend stemmte ich die Fäuste in die Hüften. „Bitte verlassen Sie mein Büro."

„Selbstverständlich", erwiderte er unbeeindruckt und steuerte das Chefbüro an.

„Hey, *hier* geht's raus", rief ich ihm nach und deutete zur Milchglastür.

„Ich weiß", zwinkerte er.

„Sie können... Doch nicht...?" Mir drehte sich der Magen um.

Er? *Er* war mein Chef? Das konnte doch nicht wahr sein! Völlig perplex starrte ich auf die Gravur an der Tür.

Allwisser öffnete einen Schrank und zog ein frisches Hemd hervor. „Könnten Sie mich mit München verbinden? Professor Dubois de Luchet", lächelte er erhaben.

Ich schluckte. „Selbstverständlich."

„Ich mach das aber auch gerne selbst", rief er mir nach, als ich peinlich berührt an meinen Schreibtisch zurückkehrte.

Wütend ballte ich die Fäuste und atmete scharf aus. Zu meiner Erleichterung war das Hauptbüro über eine Kurzwahl gespeichert.

„Büro Dubois de Luchet. Sie sprechen mit Frau Schaller. Was kann ich für Sie tun?", flötete mir eine attraktive Stimme ins Ohr.

„Büro Dr. Allwisser", presste ich widerstrebend heraus. „Guten Morgen."

„Ah, Frau Dorn. Herzlich willkommen."

„Wie...?" Ich warf einen Blick auf das Display. Natürlich. Alles vom Feinsten. Obwohl ich die Rufnummernerkennung nicht als neueste Errungenschaft einstufen würde. Dennoch war ich erstaunt, mit welcher Aufmerksamkeit mein Arbeitsantritt bedacht wurde.

„Vielen Dank, Frau Schaller", erwiderte ich freundlich. „Ist..."

„Ihr Schwager ist im Büro. Ich kann Sie gleich verbinden."

Aha. Daher wehte also der Wind. Durch die familiäre Bindung genoss ich wohl bevorzugte Behandlung.

„Ist Herr Professor Dubois de Luchet für Herrn Dr. Allwisser zu sprechen?", erkundigte ich mich deshalb sachlich.

„Das machst du ja schon hervorragend, Tessa, mein Schatz", summte es durch den Hörer.

„Léon?"

Ich hörte ihn am anderen Ende der Leitung lachen. „Ihr habt euch schon kennengelernt. Schön."

„Na, ob das schön war...", knurrte ich. „Aber vielen Dank für die Blumen."

„Gefällt dir dein Büro?"

„Es ist wunderschön. Wahnsinn."

Aus dem Nebenraum vernahm ich ungeduldiges Räuspern.

„Ähm, ich verbinde dich jetzt lieber mal."

„Ja, gib mir Marius. Wir sehen uns ja noch."

Rasch drückte ich die Übergabetaste des Telefons und legte den Hörer auf.

„Hi Léon", grüßte Allwisser freundschaftlich. „Oh, ja. Das hab ich schon." Er warf mir einen vielsagenden Blick zu, stand auf und schloss die Tür.

„Das ist Tess Dorn", hallte mir Susannes Stimme entgegen, als ich zur Mittagspause den Empfang betrat. Drei Herren und zwei weitere Damen nickten mir lächelnd zu.

„Hallo." Ich reichte ihnen nacheinander die Hand, während sie sich vorstellten.

Marco Römer, ein gutaussehender, schwarzhaariger Hüne, Anfang dreißig, ledig. Otto Kern, Typ Finanzverwalter, verheiratet, vier Kinder. Uli Schönling, Ende Vierzig, sein Name versprach mehr als er hielt. Karla Klabuster, Alter und Haarfarbe undefinierbar, dennoch eine überaus sympathische Erscheinung. Und letztendlich Eva Schnell, die Projektion der perfekt organisierten Karrierefrau.

„Unverkennbar die Schwägerin des Chefs", merkte Eva an und musterte mich eingehend.

„Neidisch?" Marco zwinkerte mir verschmitzt zu.

„Iwo!", tat sie seine Frage mit einer Handbewegung ab. „Du weißt doch, mein Lieber: Konkurrenz belebt das Geschäft." Sie wandte sich mir zu. „Léon hat dich ja in höchsten Tönen gelobt."

„Muss er ja", gab ich unverblümt zurück. „Nicht, dass ihm hier Vetternwirtschaft unterstellt wird."

Eva taxierte mich. Nach einer Weile umspielte ein Lächeln ihren Mund. „Du gefällst mir."

„Danke. Du bist auch nicht übel."

Susanne verpasste mir einen sanften Knuff gegen die Rippen. „Da kannst du dir jetzt was einbilden drauf."

Ich zündete mir eine Zigarette an.

„Hast du nichts zu essen dabei?"

„Das", blies ich hinweisend den Rauch aus, „ist mein Mittagessen."

Karla sah mich mitleidig an. „Kein Wunder, dass du so dünn bist. Wenn du nie etwas isst."

„Nein, so ist das nicht", erklärte ich. „Ich esse heute Abend gemeinsam mit meinem Sohn. Und vor sieben Jahren hatte ich auch noch einige Kilo mehr drauf."

„Wirklich?" Karla zog ungläubig die Augenbrauen nach oben. „Kann ich mir gar nicht vorstellen."

„Doch, doch", grinste ich. „Bevor Luca zur Welt kam. Meine Güte! Da war ich satte zwanzig Kilo schwerer. Ich sah aus wie ein Hamster. Die Haare schwarz und *so* kurz." Mit Zeigefinger und Daumen zeigte ich fünf Zentimeter an.

„Hey Marius. Hättest du das von Tess gedacht?", fragte Otto.

Ich zuckte zusammen. Allwisser stand direkt hinter mir und sah mich mit ausdruckslosem Gesicht an. Seine Schläfe pochte.

„Marius? Alles okay?" Eva tätschelte besorgt seinen Arm.

Er legte nachdenklich die Hand in den Nacken. „Ja, ich brauche nur mal ,ne Kippe."

Eva reichte ihm eine Zigarette und suchte in ihrer Tasche nach dem Feuerzeug.

„Hier", bot ich ihm mein Zippo an.

„Halt!" Instinktiv ruckte sein Kopf zurück und er nahm es mir schnell aus der Hand.

„Kindisch", giftete ich ihm leise zu.

„Nur vorsichtig", konterte Allwisser.


KAPITEL fünfzehn


„Mamaaa!", empfing Luca mich am späten Nachmittag strahlend.

Ich küsste ihn ausgiebig. „Und? Alles geklappt? Hausaufgaben fertig?"

Er nickte. War klar. „Alfi hat uns heute Mittag Lasagne gekocht. Und meine Schulaufgaben hat er auch schon nachgesehen. Danach durfte ich ihm ein bisschen im Salon helfen", erklärte er mit stolzgeschwellter Brust.

„Soso." Ich folgte ihm nach drinnen. „Dann werden wir dem guten Alfi doch mal ein richtig leckeres Abendbrot machen, was?"

„Das wird nicht nötig sein."

Verdutzt schielte ich in die Küche. „Tom?"

Mit ausgebreiteten Armen kam er auf mich zu. „Tess. Ich musste einfach nach dem Rechten sehen."

„Und nach Alfi", zwinkerte ich ihm verschmitzt zu.

Tom senkte verlegen den Kopf und trat zurück zur Anrichte. „Weißt du, wir telefonieren jeden Tag miteinander..."

Ich stellte die Tasche ab, ließ mich auf einen Stuhl sinken und beobachtete, wie er Käse und Schinken in kleine Würfel schnitt.

„...und wir verstehen uns einfach prima. Es ist nicht so, als würde ich mich mit meinem besten Freund unterhalten. Es ist... Ich fühle mich einfach wohl in seiner Nähe. Oder auch nur, wenn ich seine Stimme höre. Dann geht es mir gleich viel besser. Er macht mich stark, verstehst du? Er macht mich reich. Es ist, als hätte ich den anderen Teil meiner Seele gefunden."

„Und was sagt dir das?", fragte ich und stützte meinen Kopf in die rechte Hand. „Du liebst ihn, nicht wahr?"

Er nickte vorsichtig. „Sehr."

Mir wurde warm ums Herz. „Wenn du Alfi so sehr liebst, dann musst du alle Bedenken über Bord werfen. Dann gibt es nur noch ihn und dich. Alles andere, ob schwul oder nicht schwul, ob Gerede oder nicht, all das ist nebensächlich und darf keinen Einfluss auf eure Beziehung nehmen. Wirst du ihm das jetzt endlich auch mal sagen?" Die Frage hatte sich erübrigt, als Alf die Küche betrat und Luca ihm aufgeregt zurief: „Der Tom ist ganz doll verliebt in dich. Der will dich bestimmt heiraten!"

Meine Augen flogen zwischen Luca, Alf und Tom hin und her und ich war auf einen dramatischen Gefühlsausbruch gefasst.

Mein bester Freund ging langsam auf Tom zu, umschloss seine Hände und sah erwartungsvoll zu ihm auf. Die Luft war spannungsgeladen und außer dem leisen Ticken der Uhr herrschte absolute Stille. Selbst die Vögel schienen gebannt der Dinge zu harren, die da kommen würden.

Als Tom nach einer halben Ewigkeit leise „Ich liebe dich" flüsterte, stiegen mir Tränen der Rührung in die Augen.

Man sah beiden an, welche Last von ihnen abfiel, bevor sie in einem langen Kuss versanken.

Ich nahm Luca an der Hand und verließ leise den Raum.

„Mama? Tut es eigentlich weh, wenn man verliebt ist?" Luca schlang die Arme um meinen Hals und sah mich neugierig an.

Wir hatten uns zum Memory spielen auf die Terrasse zurückgezogen, als offensichtlich wurde, dass das frischverliebte Paar nun ganz neue Erfahrungen sammeln wollte. Jetzt hing ich meinen Gedanken nach, während Luca Einsteins Theorie kleine Kunststückchen beizubringen versuchte.

„Mitunter kann es auch wehtun, mein Schatz", gab ich ehrlich zu. „Wenn du diese Liebe verloren hast. Oder wenn sie nicht erwidert wird."

„Und wenn man es nicht weiß?"

Zärtlich sah ich ihn an. „Dann sollte man es schleunigst herausfinden. Denn sonst wird man sich ewig fragen, ob man nicht die Liebe seines Lebens verpasst hat."

„Woher weiß man, dass man verliebt ist?"

Ich setzte mich auf und legte seine Hände in meine. „Weißt du, mein Liebling. Da gibt es einen Unterschied. Du kannst verliebt sein. Dann klopft dein Herz wie verrückt und du erkennst dich selbst nicht mehr wieder, so dumm stellst du dich an, wenn du den Jungen oder das Mädchen siehst. Aber wenn du liebst..."

„Klopft dann das Herz nicht mehr?", fragte Luca besorgt.

Ich schmunzelte. „Doch, es klopft auch wie verrückt. Aber es schlägt für ihn... Oder für sie. Du findest zu dir selbst und du spürst, ihr seid Eins, selbst wenn er nicht in deiner Nähe ist."

Erst jetzt wurde mir bewusst, dass ich viel mehr zu mir selbst, denn zu meinem Sohn gesprochen hatte. Mit dieser Erklärung war selbst Luca überfordert und ich fragte deshalb schnell: „Bist du denn verliebt?"

Er zuckte die Schultern. „Ich weiß nicht."

„Was fühlst du denn?"

„Wo?"

Ich legte meine Hand auf seine linke Brust. „Da drinnen?"

„Es tut ein bisschen weh."

„Wann?"

Luca kletterte auf meinen Schoß. „Immer, wenn sie mir gegen das Knie tritt. Mama, dann tut das sogar viel doller weh. Es tut auch weh, wenn sie was Blödes sagt. Aber dann, manchmal, guckt sie mich an und alles ist wieder gut."

Ich lächelte verständnisvoll, streichelte seine Wangen und sagte: „So soll es auch sein."

## KAPITEL sechzehn

Als ich am darauffolgenden Morgen in mein Büro kam, stapelten sich jede Menge Unterlagen auf meinem Schreibtisch. Das roch nach gewaltig viel Arbeit.

„Die Schonfrist ist also vorbei", stellte ich seufzend fest und setzte zunächst Kaffee auf. Einen Teil davon füllte ich in die Thermoskanne und brachte sie in Allwissers Büro. Dann widmete ich mich meinen Aufgaben.

Ich war sozusagen die Zentrale – sämtliche Schreib- und Buchungsaufträge landeten auf meinem Schreibtisch. Susanne nahm die Telefongespräche entgegen und somit waren wir die einzigen Ansprechpartner unter sieben Architekten.

Marcos Nuscheln ließ mich schier verzweifeln. Gereizt bediente ich die Pedale des Diktiergeräts und spielte Satz für Satz noch einmal ab. Dieser Brief erforderte mehr Konzentration als die acht Protokolle zuvor.

*Mit freundlichem Gruß, Dipl.-Ing. Marco Römer*, endete ich erleichtert und nahm die Kopfhörer von den Ohren, als ich eine Hand auf meiner Schulter spürte. Erschrocken fuhr ich zusammen, warf in einem Reflex die Hörer aus der Hand und rollte mit meinem Stuhl zurück.

„Autsch", seufzte Allwisser, hob beide Hände und atmete laut durch.

„Oh. Bin ich Ihnen über die Füße gefahren? Tut mir leid."

Er schüttelte den Kopf und murmelte: „Ich geb's auf." Ohne ein weiteres Wort ging er in sein Büro.

„Guten Morgen, Herr Doktor", giftete ich ihm leise nach und zog eine Grimasse.

Es durchzuckte mich wie ein Blitz, als er rief: „Ihnen auch einen guten Morgen, Frau Dorn. Vielen Dank für den Kaffee und...", Allwisser streckte den Kopf zur Tür heraus, „...das sollten Sie nicht tun. Macht Falten."

Ich wusste nicht, welches Gefühl überwog: Mein Schamgefühl oder meine Abneigung? Mir blieb jedoch nicht die Zeit, darüber nachzudenken. Während Allwisser den Tag hinter seinem Schreibtisch mit Planungen verbrachte, war ich fast ausschließlich auf den Beinen, um Ordner anzulegen, Schreiben zu verteilen, Kopien zu erstellen, und wusste nach versäumter Mittagspause nicht mehr, ob ich Männlein oder Weiblein war. Ständig kamen die Architekten in mein Büro und behelligten mich mit weiteren Aufgaben. Selbst Allwissers freundlicher Bitte zu einer Rücksprache konnte ich zeitlich nicht nachkommen und hatte sie alsbald schlicht und einfach vergessen.

In diesem Tempo verbrachte ich die gesamte Arbeitswoche und ließ mich Freitagabend völlig erschlagen auf das heimische Sofa fallen. Ruhe. Das war alles, was ich mir wünschte. Einfach nur Ruhe. Dazu ein Glas Rotwein und vielleicht die Umarmung eines starken Mannes.

Doch es war mir lediglich der Rotwein gegönnt. Während ich meine Gedanken treiben ließ, klingelte das Handy. Es zuckte und lärmte ihn meiner Tasche, als hätte es etwas Wichtiges zu verkünden.

*Oh, nein. Bloß das nicht noch*, dachte ich und hoffte, mich verguckt zu haben. Widerstrebend nahm ich das Gespräch an. „Hi Mama."

„Ja, hier ist deine Mutter, Teresa", zeterte sie sofort. „Ich dachte eigentlich, du meldest dich mal bei mir."

„Ich hatte wirklich viel zu tun...", entschuldigte ich mich kleinlaut, doch sie fiel mir gleich ins Wort.

„Wie ist es denn auf der Arbeit?"

„Sagte ich doch gerade. Ich habe wirklich viel zu tun."

„Machst du denn auch alles richtig? Nicht, dass mir nachher Klagen von Léon kommen!"

Mir schnürte sich die Brust zusammen. „Natürlich mache ich alles richtig. Ich bin doch nicht blöd."

„Was regst du dich schon wieder so auf? Wie kommst du denn mit deinem Chef klar? Und den Kollegen?"

„Gut.", erwiderte ich knapp und schüttelte den Kopf. Sie schien nicht einmal zu bemerken, wie sehr mich ihre Worte verletzten und sprach unbeirrt weiter. Ich ließ mich von dem Gedanken an das abendliche Training trösten.

„...ist sicher auch der eine oder andere annehmbare Junggeselle darunter?", hallten mir ihre Worte nach und ich musste spätestens jetzt das Gespräch zu einem Ende bringen.

„Mama? Ich glaube mein Akku ist leer", sagte ich schnell und schaltete das Handy aus.

Sekunden später klingelte die Feststation. Ich ignorierte es schadenfroh, schnappte meine Zigaretten und machte es mir noch einige Minuten in der warmen Septembersonne bequem.

„Stell dir doch mal vor, Liebchen, wen ich heute frisieren durfte?" Alf holte mich aus meiner Entspannung und ich blinzelte ihn an. „Wen denn? Udo Walz?"

Er legte seinen Zeigefinger auf die Lippen. „Hm, das wäre natürlich mal eine Abwechslung. Aber nein! Es war dein schnuckeliger Trainer."

„So?", erwiderte ich schulterzuckend.

„Nun tu doch nicht so desinteressiert", schmollte Alf. „Er sieht nämlich ohne Kappe richtig fesch aus. Und jetzt erst recht."

Ich setzte mich auf. „Warum? Hast du ihm ‚ne Glatze geschnitten?"

„Wirst du heute Abend schon sehen", näselte er. „Er kam zumindest mit ganz genauen Vorstellungen zu mir. Hat man ja selten. Da heißt's immer: ‚Hach, Herr Frisör, nu' machen Sie mal'. Und da soll ich dann wieder zaubern. Anstrengend, sag ich dir."

„Apropos..." Ich sah auf die Uhr. „Hat Luca denn seine Sporttasche schon gepackt? Wo ist er überhaupt?"

„Hach, Gottchen. Habe ich beinahe vergessen: Frau Allwisser hat angerufen. Luca fährt mit Vincent direkt auf den Sportplatz. Du brauchst also nur seine Tasche mitnehmen."

„Na, dann." Ich sprang auf und lief ins Badezimmer. Mir blieb noch genügend Zeit für eine sorgfältige Schönheitspflege.

KAPITEL siebzehn

Zum ersten Mal seit langer Zeit trug ich mein Haar offen und schlenderte wenig später selbstbewusst auf das Sportgelände zu. Ich war viel zu früh, doch nicht als Erste dort. Luca und Vincent tobten bereits auf dem Rasen. Höflich grüßte ich Allwisser im Vorbeigehen und stellte die Sporttasche ab.

„Hallo", erwiderte er trocken und sah mich nachdenklich an. „Frau Dorn?"

„Ja?" Ich hoffte, er würde jetzt nicht über die Arbeit reden wollen. Ich hatte Feierabend. Und den wollte ich in vollen Zügen genießen.

„Ich hatte Sie zu einem Gespräch gebeten."

Das konnte doch nicht wahr sein! Ich verschränkte die Arme vor der Brust und antwortete widerwillig: „Ich weiß, Herr Dr. Allwisser. Aber es dürfte auch Ihnen nicht entgangen sein, was in den letzten Tagen im Büro los war."

„Das ist mir in der Tat nicht entgangen, Frau Dorn. Und ich bin von Ihrem Einsatz angenehm überrascht. Sie leisten wirklich hervorragende Arbeit."

Verblüfft starrte ich ihn an. „Wirklich?"

„Ja, aber das war es nicht, was..."

„Mama?" Allwisser wurde jäh vom Geschrei meines Sohnes unterbrochen. „Hast du meine Trainingssachen dabei?"

„Dir auch einen schönen, guten Tag, mein Sohn", lachte ich und küsste seine Stirn. Ich sah zu Allwisser auf. „Vielen Dank auch fürs Mitbringen."

„Keine Ursache."

Luca schnappte sich seine Tasche und lief zur Umkleide.

„Ich hätte da noch etwas mit Ihnen zu besprechen, Frau Dorn", setzte Allwisser erneut an.

Vom Parkplatz vernahm ich Stimmengewirr. „Hat das nicht Zeit bis Montag?"

„Es wäre etwas Persönliches." Sein Blick wurde ernst und zum ersten Mal fielen mir seine tiefblauen Augen auf.

Ich schluckte. Er würde mir doch nicht kündigen wollen? Jetzt, nachdem er meine Arbeit gelobt hatte? War das nur Schönrederei?

„Ich weiß, Sie waren damals... nun, sagen wir mal, doch recht betrunken...“

„Haben Sie Anzeige erstattet?“, schoss es aus meinem Mund und mir wurde übel.

Er runzelte die Stirn. „Anzeige? Was...? Nein!“

„Puh, dann ist ja gut“, keuchte ich erleichtert und spähte an ihm vorbei.

Sabrina kam winkend auf uns zu und stellte Emilys Sporttasche ab. „Der Trainer kommt auch gerade.“

Augenblicklich erhellte sich mein Gesicht und mein Herz machte einen nervösen Hüpfer, als Paul durch den Eingang schlenderte. Das also war die kleine Überraschung, von der Alf gesprochen hatte. Paul trug die gleiche Frisur wie Luca – und er sah einfach zum Anbeißen aus. Meine Nerven kollabierten, als er mir ein schüchternes Lächeln schenkte und in der Umkleide verschwand.

„Entschuldigung“, wandte ich mich an Allwisser, „was wollten Sie sagen?“

Er strich sich nachdenklich mit der linken Hand über den Nacken und erklärte dann eisig: „Das hat sich erstmal erledigt, Frau Dorn.“


Heute verfolgte ich das Training weniger wegen meiner Begeisterung zum Fußball, denn vielmehr zum Trainer. Paul konnte hervorragend mit den Kindern umgehen. Spielerisch vermittelte er ihnen Taktik, förderte Ausdauer und Konzentration und genoss sichtlich den Respekt und die Bewunderung der Kleinen, wenn er seine Ballakrobatiken vorführte.


„Paul ist wirklich gut, oder?“

Und ob er das war. „Ja, er macht das nicht übel“, antwortete ich Christiane und behielt weiter das Training im Blick.

Es war mir unbegreiflich, welche Faszination er auf mich ausübte. Einmal ganz abgesehen vom gewiss nicht geringen Altersunterschied.

„Wie alt ist Paul eigentlich?“, hörte ich mich fragen.

„Paul? Warte mal.“ Christiane drehte sich um und rief in die Menge: „Wie alt ist der Paul?“

Sofort entbrannte eine hitzige Diskussion und mir wurde flau im Magen, als der Trainer, aufmerksam geworden, zu uns hinüberspähte. Verlegen kramte ich in der Tasche nach meinen Zigaretten.

„Zweiundzwanzig", traf es mich dann wie ein Hammerschlag.

Zweiundzwanzig? Ich konnte ja seine Mutter sein! Immerhin war ich ganze dreizehn Jahre älter als er. Irgendetwas rüttelte an meinem Gehirn. Was war nur mit mir los? Seit Lucas Geburt trug ich alle Verantwortung allein. Meine Unsicherheit konnte ich geschickt überspielen und an einsame Nächte hatte ich mich schon so sehr gewöhnt, dass Männer für mich nicht mehr waren als Mitmenschen. Nur Léon brachte mein Herz zum Rasen. Doch er war mein Schwager. Und Luca mein einziger Lebensinhalt. Nun das!

Ich seufzte tief.

„Was'n los?" Christiane sah mich von der Seite an. „Haste gehört? Zweiundzwanzig."

„Jaja."

Sie lachte spöttisch. „Merkt man ihm aber auch an."

„So? Findest du?"

„Ach", erklärte sie mit einer abwinkenden Handbewegung. „Die Gitte hat mir schon Dinger erzählt..." Christiane schüttelte den Kopf. „Das ist so ein richtiger Chaot."

„Wieso das denn?", fragte ich neugierig.

„In Pauls Zimmer brauchst du einen Kompass, um durchzusteigen."

„Den braucht man bei mir auch."

„Dann taucht er manchmal erst morgens um zehn bei der Arbeit auf, weil er am Abend zuvor mit seinen Kumpels Trinken war."

„Wo arbeitet er denn?" Ich war dankbar für Christianes Mitteilungsfreude.

„Arbeit? Paul ist noch in der Ausbildung. Hat sein Abi nur mit Ach und Krach geschafft."

Ich schluckte.

„Gitte ist schon fast verzweifelt."

„Gitte? Welche Gitte?" Enttäuscht lehnte ich mich zurück. Paul hatte also eine Freundin.

Christiane schielte mich an. „Na, Gitte. Die Habermann aus dem Kindergarten. Jetzt sag bloß, die kennst du nicht mehr?"

Befremdet sah ich zu Paul hinüber. „Habermann? Unsere Kindergärtnerin?"

„Ja."

Klasse. Paul war der Sohn meiner ehemaligen Erzieherin. Ich sah Gitte noch klar vor mir: Eine strahlende, kleine Frau mit modischer Kurzhaarfrisur und verschmitztem Lächeln, die mich selbst mit zwanzig Jahren noch freudig begrüßt hatte wie einen Schützling. An ihren Nachwuchs hatte ich jedoch keinerlei Erinnerung. Paul musste gerade eingeschult worden sein, als ich nach Frankfurt zog. Dass ich auch nur eine Sekunde hoffen konnte, er würde sich für mich interessieren, erschien mir plötzlich als vollkommen idiotische Selbsttäuschung.

„Trinkpause!"

Eine Horde Kinder rannte auf uns zu und kramte wild durcheinander in ihren Taschen. Paul trottete gemächlich hinterher.

„Hey, stell dir mal vor", rief Christiane ihm zu. „Tess hat doch echt nicht gewusst, wer du bist."

Paul kam grinsend näher. Seine Augen funkelten. „So?"

Meine Nerven fingen an zu prickeln, als würden tausend kleine Insekten über mich krabbeln. „Meine Güte, ich war sechzehn Jahre aus diesem Kaff draußen", begann ich zu gestikulieren. „Ich kenne doch die Leute nicht mehr."

„Das legt sich spätestens nach unserem Oktoberfest", versicherte mir Thomas.

Ich drehte mich zu ihm um, wohlwissend, noch immer von Paul beobachtet zu werden.

„Du kommst doch zu unserem Oktoberfest, oder?"

Ich zuckte die Schultern. „Wenn man diesen bayrischen Abklatsch so nennen darf?"

„Hey, du Stadthase!"

Ich lachte. „Klar doch. Hab ich ja früher schon nie ausgelassen und bin gespannt, ob's immer noch so ein Marathonsaufen wird wie damals."

„Ja. Samstags hin und montagabends erst wieder heim", gab Thomas mit stolzgeschwellter Brust an.

„Stimmt", erinnerte sich Christiane. „Du bist auch ständig als Letzte nach Hause gegangen. Und zum Frühschoppen kamst du immer mit deinem Vater. Das weiß ich noch."

„Ja", seufzte ich. „Ich auch..."

„Echt?", hakte Paul schüchtern nach und zupfte unruhig an seinem T-Shirt.

Zum ersten Mal fiel mir auf, wie nervös er in meiner Gegenwart war und ich kam mir nicht mehr allein wie ein Trottel vor. Mit seiner Unsicherheit wuchs mein Selbstvertrauen. „Klar, ich bin doch noch nicht senil", erwiderte ich deshalb frech.

Er stutzte. „Äh... Ich meinte: Du gehst da mit deinem Vater hin?"

„Sicher. Und Alfi passt zu Hause auf Luca auf", antwortete ihm Christiane statt meiner.

„Da kannst du Gift drauf nehmen. Schätzchen muss dieses Mal herhalten." Ich boxte sie spielerisch gegen die Schulter.

Paul sah mich nachdenklich an und rief dann die Kinder zusammen.

# KAPITEL achtzehn

„Sag mal, Alfi", tastete ich mich vorsichtig voran, als wir bei Chips und Bier den Spätfilm genossen. „Gehst du dieses Jahr eigentlich aufs Oktoberfest?"

Gespannt erwartete ich seine Antwort. Das Fest begann an einem Samstagabend mit dem Bieranstich und zog sich bis in die frühen Morgenstunden. Am darauffolgenden Montag klang es mit einem Früh- und Dämmerschoppen aus. Ich würde zwei Tage Urlaub benötigen, war jedoch sicher, dass Léon sie mir auch nach so kurzer Zeit gewährte. Vielmehr machte mir Lucas Betreuung Sorgen. Nie und nimmer könnte ich meine Mutter darum bitten.

„Du willst also aufs Oktoberfest?", grinste Alf.

„Nein!", rief ich wider besseren Wissens aus. „Ich fragte, ob *du* hingehst?"

Er ignorierte meine Frage und sinnierte stattdessen: „Lockere Atmosphäre, der Alkoholpegel weit über dem Normbereich. Man trinkt Brüderschaft mit Leuten, die man vorher gar nicht kannte. Da haben sich schon so einige Beziehungen entwickelt. Die Anbaggerrate ist ziemlich hoch..."

„Gehst du nun hin oder nicht?"

„Suchst du einen Babysitter?"

„Ich wollte doch nur wissen, ob *du* hingehst", knurrte ich ungehalten und wandte mich wieder dem Spielfilm zu.

Alf stand auf und ging in die Küche. Enttäuscht sah ich ihm nach.

„Schon lange nicht mehr", murmelte er beiläufig, als er zurückkam und eine Flasche Wein auf den Tisch stellte.

„Was?"

„Ich gehe schon lange nicht mehr aufs Oktoberfest. Also mach dir keine Sorgen um Luca. Das Geschäft bleibt über diese Tage sowieso geschlossen." Alf nahm mein Gesicht in seine Hände und küsste meine Stirn. „Ich bin da und erwarte einen ausführlichen Bericht, wenn alles rum ist. Und vielleicht leistet Tom mir ja Gesellschaft."

„Ach, ich liebe dich, Schätzchen", umarmte ich ihn erleichtert.

Alf zwinkerte mir zu. „Dafür will ich dann aber auch was zu hören bekommen, verstanden?"

„Versprochen", sagte ich voreilig und kam sogleich ins Grübeln.

KAPITEL neunzehn

„Der geht ins Aus!", rief ich Luca zu, als wir uns zwei Tage später wieder auf dem Sportplatz befanden. Unsere G-Jugend war eindeutig die überlegenere Mannschaft und so lehnte ich mich gelassen zurück.

„Die sind wirklich stark heute." Christiane nickte anerkennend und bot mir eine Zigarette an. „Hey Paul?", frotzelte sie in der Halbzeitpause, „da haben sie endlich was gelernt von dir."

„Meinst du, von mir kann man nichts lernen? Ihr braucht also nicht immer so zu schreien", gab er grinsend zurück und kam auf uns zu.

„Hör dir den an." Christiane schubste mich mit dem Ellenbogen. „Ist noch grün hinter den Ohren und meint, er könnte schon einen auf Oberlehrer machen." Sie wandte sich wieder an Paul. „Du würdest besser mal auf uns hören. Wir sind erfahrene Frauen."

„Hmhm." Ich spürte seine Augen über meinen Körper wandern.

Es war außergewöhnlich warm für die Jahreszeit. Meine Kleidung bestand aus einem knappen Top und weißen, dreiviertellangen Hüfthosen, unter deren dünnen Stoff sich der String abzeichnete.

„Was gibt's denn eigentlich dieses Jahr mit den Kindern?", fragte Christiane etwas planlos. Ihr war Pauls Blick nicht entgangen und sie sah irritiert zwischen Paul und mir hin und her.

„Was?"

„Hä?"

„Die Kinder. Dieses Jahr", sammelte sie sich. „Wollen wir schon wieder grillen?"

„Ähm, nö. Ich dachte an eine Übernachtung im Umkleideraum." Paul trat von einem Fuß auf den anderen. „Wir könnten zusammen eine DVD schauen und Pizza essen."

„Film ankucken? Pizza essen?", wiederholte Christiane abschätzig. „Das können sie doch auch zu Hause."

„Man könnte doch vorher eine Schatzsuche, eine Nachtwanderung oder etwas ähnliches veranstalten?", griff ich Paul unter die Arme.

„Ja, klar", nickte er dankbar und setzte einen hilflosen Welpenblick auf. „Aber da bräuchte ich schon die Unterstützung einiger Eltern."

„Och, Tess macht das schon, nicht wahr? Und Robin übernachtet sowieso nirgendwo allein. Oder glaubst du, mein Kind schläft ein, wenn die Mama nicht in der Nähe ist?"

Ich war völlig überrumpelt. Stimmte jedoch nickend zu.

„Würdest du das machen?" Paul war nähergetreten und ich sog seinen angenehmen Duft ein.

„Klar. Kein Problem."

„Ich helfe dir natürlich", versicherte er mir. „Und für die Übernachtung reichen ja drei Erwachsene völlig aus.

„Da hast *du* dich aber jetzt nicht dazugezählt", grölte Christiane und klopfte Paul auf den Rücken.

Betroffen sah er zu Boden. „Ha-ha!"

„Also? Wen fragen wir noch? Den Allwisser vielleicht?"

„Bloß nicht!", stieß ich bestürzt aus. „Wir sind doch zu dritt."

„Und dein Schätzchen?"

Ich winkte ab. „Einer muss doch aufs Haus aufpassen. Meinst du, wir schaffen es nicht, zwölf Kinder einen Abend lang unter Kontrolle zu halten?"

„Du hast die Nacht vergessen", mahnte Christiane.

„Die kriegen was in ihr Limo geschüttet, dann schlafen sie auch." Paul sah mich erschrocken an.

„Das war nur ein Scherz!" Mein Gott, war er denn so naiv? Oder verstand er meinen Humor einfach nicht?

„Kriegen wir das bis in zwei Wochen hin?" Er eilte bereits wieder zum Spielfeld. „Überlegt mal. Wir reden noch."

„Da haste dir ja was an die Backe kleben lassen", kommentierte Sarah am späten Nachmittag schmunzelnd meine Ausführungen. „Und sicher nicht ganz uneigennützig."

Wir saßen in ihrem Garten und ich beobachtete Luca beim Spiel mit seinem Neffen.

„Wie meinst du das jetzt schon wieder?", knurrte ich. „Glaubst du denn, ich baggere Paul an, während um uns herum zwölf Kinder toben? Du spinnst ja."

„Die werden doch wohl auch irgendwann mal schlafen", mischte sich Léon ungefragt in das Gespräch und nahm zwischen uns Platz.

Ich starrte ihn ungläubig an. „Und was dann? Soll ich vielleicht zu ihm in den Schlafsack schlüpfen?"

„Wäre eine Möglichkeit."

„Du hast sie ja nicht mehr alle!", tippte ich Léon an die Stirn. „Und außerdem... Woher soll ich denn wissen, ob es ihm überhaupt recht wäre?"

„Er steht doch auch auf dich."

„Und was macht dich da so sicher, Sarah?"

„Nützt alles nichts", merkte Léon an und legte jeweils eine Hand auf ihren und meinen Oberschenkel. „Du wirst es nie wissen, wenn du's nicht einfach drauf ankommen lässt. Oder hast du das schon verlernt", fügte er frech hinzu.

Eine Weile schwiegen wir.

„Wisst ihr eigentlich, um wie viel Jahre ich älter bin als er?"

„Acht oder neun", schätzte Léon.

Ich zog die rechte Augenbraue missmutig nach oben. „Pff, wenn's so wäre. Dreizehn!"

„Mein lieber Scholli!" Sarahs Kopf ruckte erstaunt nach oben. „Ich meine, äh... So schlimm finde ich das jetzt nicht."

„Sah mir aber nicht danach aus..."

„Nein, Tess. Ehrlich", besänftigte mich meine Schwester. „Du magst ihn. Und wenn ihr beide euch versteht, dann spielt das Alter nun wirklich keine Rolle."

Ich zögerte. „Wenn's denn so wäre, schon. Aber..." Mein Hirn arbeitete auf Hochtouren. „Kannst du dir vorstellen, was in Hennelin los ist, wenn das rauskäme?"

„Schwesterherz, lass es einfach erst einmal so weit kommen", erklärte Sarah in mütterlichem Tonfall. „Dann siehst du doch, wie's läuft. Es müsste doch vorerst keiner wissen. Und wenn du merkst, eure Beziehung ist stark genug, dann haltet ihr auch alles andere aus."

„Wenn du meinst..." So recht daran glauben mochte ich nicht. Doch ich klammerte mich an jeden Strohhalm.

Ich war vernarrt in Paul. Der bloße Gedanke an ihn ließ meine Nerven flattern. Was ich auch tat, wo ich auch war – immer und überall sah ich sein Gesicht vor mir. Seine blaugrauen Augen blitzen mich geheimnisvoll an und um seine Lippen legte sich ein zaghaftes Lächeln. Ich sehnte mich so sehr nach seiner Nähe, dass es mir fast das Herz zerriss.

„Und wie heißt es doch so schön", zitierte Léon. „Auf ‚nem alten Gaul lernt man reiten."

Spontan gab ich ihm einen Klaps gegen den Hinterkopf. „Genau *das* sind die Sprüche, die solche Beziehungen schon zum Scheitern verurteilen, bevor sie überhaupt angefangen haben."

Enya hatte im wahrsten Sinne des Wortes die Hosen voll und Sarah trat zum Windelwechsel an.

„Den Scheißjob überlässt du deiner Frau", frotzelte ich und steckte mir eine Zigarette an.

Léon rückte ein wenig näher. „Es hat dich wohl ganz schön erwischt", ignorierte er meine Bemerkung.

„Wenn ich mich schon in jemanden verknalle, dann aber auch gleich richtig. Und wohl auch immer nur in die, die ich nicht haben kann", musste ich zähneknirschend eingestehen.

„Wer sagt denn, dass du sie nicht haben kannst?"

Ich schluckte trocken. „Na, Paul zum Beispiel. Er... Ich könnte seine Mutter sein und... Léon, das hatten wir doch schon alles."

„Und sonst?"

„Was? *Und sonst?*"

Er sah mich erwartungsvoll an. Nervös spielte ich an einer Haarsträhne.

„Hör mal!", griff er nach meiner Hand und legte sie in seinen Schoß. „Ich hatte immerhin noch nie eine so starke Konkurrenz. Daran muss ich mich erst gewöhnen." Ein verschmitztes Lächeln umspielte seine Lippen.

„Du bist vielleicht ein Blödmann", gab ich kurzerhand zurück. „Du liebst Sarah über alles. Und ich wäre dir doch sowieso viel zu chaotisch gewesen."

Léon ließ meine Hand los und lehnte sich zurück. „Das ändert allerdings nichts an dem Wahrheitsgehalt meiner Aussage."

„Wenn das so ist", wand ich mich aus dieser Situation, „dann wirst du mir bestimmt auch zwei Tage Urlaub gewähren? Fürs Oktoberfest? Ja?"

„Wenn das deinem Lebensglück dienlich ist", lächelte er amüsiert, „dann meinetwegen. Und wie ich schon gehört habe – und selbstverständlich auch nicht anders erwartet – machst du ja einen hervorragenden Job."

„Hat Allwisser das gesagt?"

„Unter anderem."

Ich grinste stolz in mich hinein.

„Auch wenn du ab und an vielleicht ein bisschen tollpatschig bist." Léon beugte sich ganz nah an mein Ohr. „Aber gerade das macht dich ja so liebenswert", flüsterte er und hauchte mir einen Kuss auf die Wange.

## KAPITEL zwanzig

„Na, meine Liebe? Du schaust ja aus wie ein Rauschgoldengel", feixte Alf einige Tage später und beobachtete fasziniert, wie ich kleine Playmobil-Männchen einschließlich Fußbällen mit goldenem Sprühlack überzog.

Ich schüttelte eifrig die Dose. „Hab mich mal an deinem Mülleimer vergriffen. Die kleinen Verpackungen hier sind ideale Podeste."

„Und was soll das werden, wenn es fertig ist?"

Verunsichert betrachtete ich mein Handwerk. „Na, kleine Pokale eben. Jedes Kind bekommt einen mit seinem Namen. Siehst du?" Ich kramte eine Tupper-Schüssel hervor, in der sich kleine, computerbedruckte Etiketten befanden und hielt sie ihm hin.

„Warum?"

„Für die Schatzsuche natürlich", erwiderte ich schulterzuckend.

„Wollte dir Paul dabei nicht helfen?"

„Schon. Aber... Ich dachte, ich fange einfach mal damit an. Dann haben wir nachher nicht mehr so viel Arbeit."

Auf Alfs Gesicht breitete sich ein Grinsen aus. „Damit du *ihm* dann zur Hand kannst, oder was?" Ein kleiner Plastikfußball verfehlte nur knapp seinen Kopf.

Ich steckte mitten in den Vorbereitungen für die Nachtwanderung und hatte bereits eine Schatzkarte gezeichnet. Marco war mir dabei behilflich und entpuppte sich nicht nur als ausgezeichneter Architekt, sondern auch als wahrer Künstler. Da Paul die Einladung vergessen hatte, erstellte ich sie kurzerhand im Büro und verteilte sie im Training. Immerhin erntete ich dafür ein schüchternes „Danke, hast du super gemacht!" von ihm.

„Mamaaa!", hallte mir die Stimme meines Sohnes entgegen und ich stülpte entsetzt einen großen Karton über die Bastelarbeit.

Herrgott! Ich ging davon aus, dass Luca bis zum Abend bei Vincent sei.

„Mama! Mama!", rief er atemlos und rannte auf die Terrasse. In seinen Armen hielt er ein verdrecktes Etwas.

„Was ist denn passiert? Was hast du da?" Ich warf einen Blick auf das desserttellergroße Fellbündel und zwei schwarze Knopfaugen sahen mich traurig an.

„Das... das haben wir in Vincents Garten gefunden." Er hob mir das kleine Elend entgegen. „Unter den Sträuchern. Guck doch mal."

„Das ist ein Hund!", fuhr ich überrascht aus.

Vincent war ihm auf die Terrasse gefolgt und beide nickten sich verschwörerisch zu. „Habe doch gesagt, dass sie ein Schnellticker ist."

„Der ist nicht mal acht Wochen alt", schätzte ich und Luca legte den Welpen sachte in meine Hand. Sofort nuckelte er an meinem Daumen. „Und ziemlich verhungert sieht er auch aus. Ihr könnt froh sein, dass er überhaupt noch lebt."

„Wir haben ihm also das Leben gerettet?" Vincent war vor Aufregung ganz blass um die Nase.

„Jaaa!", rief Luca aus. „Wir sind seine Lebensretter!"

Ich dachte kurz nach. „Genau. Weil wir ihn nämlich jetzt zum Tierarzt fahren, und der wird ihn dann gut unterbringen."

„Gut unterbringen? Mama!" Über Lucas Gesicht breitete sich blankes Entsetzen aus. „Er wird doch nicht ins Tierheim gebracht?"

„Schätzchen, was...?" Mein Sohn sah mich mit großen, glänzenden Augen an. Er brauchte nicht mehr zu sagen. Ich konnte spüren, dass es ihm das Herz brechen würde, wenn ich mich dieser überraschenden Verantwortung einfach entzog. Da war ein Lebewesen, das meine Hilfe brauchte und er erwartete von mir, dass ich sie ihm gab – genauso wie ein Dach über dem Kopf.

„Mama!", wiederholte er eindringlich.

„Wir bringen ihn jetzt erst einmal zum Tierarzt und dann sehen wir weiter", erklärte ich bestimmt, packte Hund und Kinder kurzerhand ins Auto und wusste bereits, als ich den Wagen startete, dass wir ab heute ein neues Familienmitglied hatten.

Zu unserer aller Entsetzen sah Dr. Vogel wenig Hoffnung für den Patienten. „Der Hund ist völlig ausgehungert und sein Immunsystem folglich schwach", erklärte der Tierarzt nüchtern. „Ich kann Ihnen nicht versprechen, dass die Aufbauspritze überhaupt anschlägt. Die Mutter wird den Welpen vermutlich verstoßen haben, weil er krank ist oder einfach zu schwach. Aber meinetwegen versuchen Sie Ihr Glück", fügte er schulterzuckend hinzu.

Ich fuhr einen Umweg, um im benachbarten Zoohandel altersgerechtes Futter zu kaufen und hielt gegen neunzehn Uhr etwas betreten vor Allwissers Haus. Vincents Mutter stand an der Eingangstür und ich stieg aus.

„Guten Abend, Frau Allwisser", rief ich umgehend. „Es tut mir leid, dass ich Vincent so spät abliefere."

Sie lächelte schwach. „Es ist schon gut."

„Ich hoffe, Sie haben sich nicht allzu große Sorgen gemacht", entschuldigte ich mich und sah ihr blasses Gesicht. Dunkle Ringe zeichneten sich unter den Augen ab und sie wirkte müde und erledigt. Dennoch hatte sie nichts von ihrer anmutigen Schönheit verloren.

*Was muss Allwisser für ein Tyrann sein*, schoss es mir durch den Kopf und ich bemitleidete sie aufrichtig.

„Die Jungs haben einen verhungerten Welpen in Ihrem Garten gefunden."

„In *unserem* Garten?", fragte sie überrascht und plötzlich legte die Hand auf ihre Brust. „Oh. Bitte entschuldigen Sie, Frau Dorn."

„Tess", bot ich ihr an. Sie hatte bereits entbunden und das Schreien des Babys löste den Milchfluss aus. *Das wäre die ideale Nahrungsquelle für den Welpen*, witzelte ich in Gedanken.

„Fiona", reichte sie mir die andere Hand. „Wie kommt er denn dahin?"

„Ich hoffte eigentlich, dass Sie mir das sagen könnten. Aber..."

„Du", warf Fiona ein und blinzelte mir zu.

„Danke. Ja, also... Du weißt auch nicht, woher der Kleine kommt?"

Das Schreien im Hintergrund wurde inzwischen energischer.

„Wir waren beim Tierarzt und ich nehme den Welpen jetzt erstmal zu mir", erklärte ich schnell. „Wir können ja nochmal reden. Du hast im Moment wohl ziemlich viel zu tun? Hunger, was?"

„Ach", seufzte sie. „Marius Junior hat ständig Hunger. Tag und Nacht."

*Gott, das arme Kind*, bedauerte ich den brüllenden Säugling still – weniger des Hungers, sondern vielmehr dieses für mich furchtbaren Namens wegen und hoffte, nicht auch noch dem Vater über den Weg zu laufen.

„Ich muss los. Der Kleine braucht auch noch sein Futter", entschuldigte ich mich rasch und eilte zu meinem Wagen.

Fiona nickte verständnisvoll und rief mir nach: „Viel Glück. Und danke, dass du Vincent nach Hause gebracht hast. Ich hoffe, wir können mal einen Kaffee zusammen trinken?"

Zu Hause angekommen überbrachte Luca aufgeregt die Neuigkeit, während ich das hilflose Bündel auf einem ausgedienten Kopfkissen bettete.

„Wie soll der kleine Wurm denn heißen?" Alf kniete neben mir nieder und streichelte sachte das zarte Fell. „Paul?"

„Paul?", wiederholte Luca und kratzte sich an der Stirn. „Hä? Wieso Paul?"

Ich warf Alf einen ermahnenden Blick zu und bestimmte kurzerhand: „Er wird Miracle heißen."

„Hallo kleiner Miracle", summte Luca. „Meine Mama macht dich wieder ganz gesund. Du wirst schon sehen."

Ich lächelte ihn zärtlich an. „Und du, mein Goldschatz, machst dich jetzt mal bettfertig. Der Kleine schläft nämlich auch ein bisschen und übers Wochenende haben wir genügend Zeit für ihn."

Zwar widerwillig, aber dennoch artig, verabschiedete er sich von Miracle, wünschte ihm eine gute Nacht und umarmte mich schnell. „Weißt du was? Du bist die beste Mama auf der ganzen Welt!"

„Das will ich doch hoffen", lachte ich und gab ihm einen sanften Klaps auf den Po. „Und jetzt ab mit dir."

Alf sah ihm nach und folgte mir dann in die Küche. „Sag mal, Tess-Liebes. Nicht, dass du das falsch verstehst. Aber wie hast du dir das denn jetzt vorgestellt? Mit einem kranken Hundebaby?"

„Darüber brauchst du dir keine Gedanken zu machen", beruhigte ich ihn. „Erst einmal ist Wochenende. Danach nehme ich ihn einfach mit ins Büro. Mit Léon werde ich das vorher schon klären. Ich denke nicht, dass er was dagegen hat. Der Kleine ist krank und jemand muss auf ihn aufpassen. Da wird er sicher nicht Nein sagen."

„Dir kann er doch sowieso nichts ausschlagen."

„Alfi...", stöhnte ich.

Er setzte sich zu mir und legte seinen Arm um meine Schultern. „Es ist nur gut, dass Paul aufgetaucht ist und du endlich auch mal Augen für einen anderen Mann hast. Offen gesagt, wurde mir das zwischen euch beiden langsam etwas zu brenzlig. Ich weiß ja, dass du vom ersten Augenblick an in Léon verknallt warst. Und ihm geht es ähnlich, auch wenn er deine Schwester abgöttisch liebt. Ich habe wirklich Angst, dass ihr beide mal die Kontrolle verliert und die Sache in einer Katastrophe endet."

„Wieso *Kontrolle verlieren*?", fragte ich heiser.

„Hey, ich bin schwul. Schon vergessen?"

Ich grinste. „Homosexuell, meinst du."

„Wohl denn. Léon ist ein ganz heißes Eisen. Da wirst du dir doch sicher denken können, dass *ich* ihn auch schon genauestens studiert habe? Bei eurer Rangelei neulich, während des Fußballspiels, da war der Gute eindeutig erregt. Holla, die Waldfee!"

„Aber..." Mir fehlten die Worte.

„Und komm mir jetzt nicht mit Handy oder so. Der gute Alfi weiß, was er gesehen hat. Und so ein klein bisschen neidisch war ich schon", fügte er seufzend hinzu.

„Du weißt aber, dass ich nie, wirklich niemals, irgendetwas mit Léon anfangen würde. Und umgekehrt ist es genauso."

„Das weiß ich, Tess", tätschelte er besänftigend meine Hand und wechselte schnell das Thema. „Jetzt erzähl mir doch mal, was es Neues von Paul gibt."

„Hm." Ich dachte angestrengt nach. „Paul. Na ja. Er ist ziemlich zurückhaltend. Obwohl ich das Gefühl habe, dass er sich für mich interessiert. Er wirft mir immer diese langen, intensiven Blicke zu. Aber", betrübt senkte ich den Kopf „das ist vielleicht auch alles nur Einbildung."

„Tess. Hatte ich denn nicht schon erwähnt, was für ein guter Beobachter ich bin?" Alf küsste meine Stirn und holte zwei Radler aus dem Kühlschrank. „Das ist keine Einbildung, glaube mir. Der Junge ist verknallt in dich. Er hat nur ein Problem."

„Das Alter", knurrte ich.

Er stellte eine Flasche auf den Tisch und prostete mir mit der anderen zu. „Nein. Dein Selbstbewusstsein."

„Selbstbewusstsein?", hakte ich nach.

„Selbstbewusstsein, das er wohl nicht in sehr hohem Maße zu haben scheint. Du dagegen im Überfluss. Das scheint dem Bürschchen etwas Angst zu machen."

„Alfi, du meinst, ich mache Paul Angst?"

„So könnte man das natürlich ausdrücken. Feiner wäre natürlich, man würde einfach sagen, er traut sich nicht, eine so starke Frau anzumachen." Nachdenklich lehnte er sich zurück. „Aber da ist noch etwas, das ihn irgendwie hemmt. Ich komme nur nicht drauf, was."

Ich legte nachdenklich die Hand auf mein Kinn. „Luca?"

„Hm. Nein, glaube ich nicht", tat er meine Befürchtung mit einer Handbewegung ab. „Aber da ist noch irgendwas. Ich komme aber partout nicht drauf."

Skeptisch blickte ich zu ihm hinüber. „Tom hat dir echt zu viel von seinem Psychologie-Studium erzählt. Lass mal gut sein jetzt."

Ich trank hastig meinen Bier-Limonade-Mix aus und stand auf. „Miracle muss bestimmt noch mal Pipi machen. Ich schau mal nach, ob er schon wach ist und quartiere ihn dann in meinem Schlafzimmer ein. Schöne Träume, Schätzchen."

„Dir auch."

## KAPITEL einundzwanzig

Allen Befürchtungen zum Trotz erholte sich unser neues Familienmitglied rasch von den Strapazen seiner ersten Lebenswochen. Miracle bewies einen unbändigen Lebenswillen, aber ich brachte es an diesem Sonntag nicht übers Herz, ihn auch nur eine Sekunde aus den Augen zu lassen.

„Ich halte euch ganz fest die Daumen, mein Spatzl.", küsste ich Luca zum Abschied, als er mit Alf das Haus verließ und fügte noch den Wilde Kerle-Spruch hinzu: „Schießt sie auf den Mond und danach direkt in die Hölle!" Danach schnappte ich mir das Telefon und hob Miracle auf meinen Schoß. „Schwesterherz, wie geht's dir?"

„Hi, Tess. Was gibt's? Müsstest du nicht schon längst auf dem Sportplatz sein?"

„Hey, es gibt für mich auch noch ein Leben neben dem Fußball."

„Das zweifle ich zwar an, aber wenn du das sagst. Was hast du auf dem Herzen, Tess?"

„Kann ich dich nicht auch nur mal so anrufen?", schmollte ich und hörte kurz darauf, wie Sarah sich räusperte.

„Könntest du, klar. Tust du aber nicht."

Womit sie wohl Recht hatte. Irgendwas war immer.

„Wir haben ein neues Familienmitglied", antworte ich deshalb und sah Miracle zärtlich an. Dann erzählte ich Sarah detailliert die Geschehnisse des letzten Freitags.

„Und jetzt brauchst du einen Babysitter für deinen kranken Hund?", fragte sie ungläubig.

„Nein, natürlich nicht."

„Brauchst du Urlaub?"

Das wäre eine Möglichkeit. Doch ich verwarf den Gedanken schnell. „Sarah, ich habe gerade erst angefangen zu arbeiten. Da nehme ich doch nicht gleich Urlaub."

„Süße", schnaufte sie in den Hörer, nachdem ich eine Weile geschwiegen hatte, „ich gebe dir am besten mal Léon. Rede selbst mit ihm."

Ich hörte, wie das Telefon weitergereicht wurde und Sarah ihrem Mann kurz die Situation schilderte.

„Na, dann herzlichen Glückwunsch, Tess. Junge oder Mädchen?" Léon lachte.

„Es ist ein Rüde. Gerade mal acht Wochen alt."

„Himmel!", stieß er aus. „Deine Männer werden auch immer jünger."

„Blödmann", murmelte ich und hätte ihm gerne mein ganzes Repertoire von Schimpfworten an den Kopf geworfen, wäre mir nicht umgehend bewusst geworden, dass ich ja schließlich ein Anliegen hatte.

Noch einmal leierte ich Miracles traurige Geschichte herunter und endete mit dem Versprechen: „Er liegt ja den ganzen Tag in seinem Körbchen. Ich muss nur ab und an mal ein Auge auf ihn werfen können."

„Du hast mein Okay, liebste Schwägerin", erwiderte er und ich atmete erleichtert auf.

„Léon. Du bist wirklich ein Schatz!"

„Ich weiß."


Und tatsächlich schlummerte Miracle friedlich im Körbchen neben meinem Schreibtisch und verhielt sich auch völlig ruhig, wenn Kollegen das Büro betraten. Allwisser hatte mich zwar bei Léon in höchsten Tönen gelobt. Dennoch war ich erleichtert, dass er wegen eines Termins erst gegen Nachmittag eintreffen sollte. Die Mittagspause verbrachte ich mit Miracle im Freien. Dank Susanne hatte sich der *Architektennachwuchs* schnell herumgesprochen und so fand sich die gesamte Belegschaft auf der großzügig angelegten Rasenfläche hinter dem Büro ein, um ihn gebührend willkommen zu heißen.

„Ich bin vorhin noch schnell in den Zoohandel gelaufen", sagte Karla und reichte Miracle einen Knochen aus Büffelhaut, hinter dem er kaum mehr zu sehen war. „Darf er das schon essen?"

Ich grinste. „Dürfen schon. Aber ich schätze, unter dem Gewicht dieses Monstrums bricht er zusammen."

Wir betrachteten prüfend das bisschen Hund hinter dem wuchtigen Kauspielzeug und fingen lauthals an zu lachen.

„Ist ja eine super Stimmung hier", gesellte Marco sich in unsere Runde und reichte mir Cola und einen Burger.

Sofort hob Miracle seine Nase und hangelte sich ungeschickt auf meinen Schoß.

„Hast du nachher einen Moment Zeit?" Marco fischte Pommes aus seiner McDonalds-Tüte.

Ich zog missmutig die rechte Augenbraue nach oben. „Zeit? Was ist das?"

„Du, ich habe die Schatzkarte noch ein bisschen umgestaltet und würde sie dir gerne zeigen, bevor ich zu einem Kunden fahre. Dauert nicht lange", versicherte er mir.

„Au, ja. Super." Freudig erregt fieberte ich dem kommenden Freitag entgegen. Die kleinen, goldenen Pokale hatte ich inzwischen gebastelt und Alf war sicher schon mit meiner langen Einkaufsliste unterwegs, um den Proviant für die Kinder zu besorgen.

„Das wird sicher eine Gaudi", mutmaßte Eva. „Ihr macht also tatsächlich mit zwölf kleinen Hosenscheißern eine Nachtwanderung?"

„Sicher!", nickte ich und war bereits in begeisterter Vorfreude. „Zuerst dürfen sie kicken, bis es dunkel wird. Dann kommt die Schatzsuche mit Taschenlampen. Eine Mutter bereitet derweil alles zum Schlafengehen vor. Danach sehen wir uns *Die wilden Kerle* auf DVD an und essen Pizza. Ganz einfach."

Otto betrachtete die Sache etwas kritischer. „Wenn's doch so wäre. Ich denke da an meine vier Kinder." Er tätschelte meine Schulter. „Glaub mir: Da bin ich sonntags froh, wenn wieder Montag ist."

„Och, du Heulsuse", feixte ich.

Wir hatten uns so festgequasselt, dass wir die Mittagspause um ein weites überschritten.

„Ups!", piepste ich nach einem Blick auf die Uhr und nahm Miracle auf den Arm. „Leute, wenn der Boss..."

„...eine Stunde früher von seinem Termin zurückkehrt", vollendete Allwisser meinen Satz.

Ich zuckte zusammen und drehte mich langsam zu ihm um.

„Ich versuche seit etwa einer Stunde, hier jemanden zu erreichen", erklärte er sachlich und bemerkte erst jetzt den Hund in meinem Arm. Allwisser nahm die verspiegelte Sonnenbrille ab und warf einen kurzen Blick auf Miracle. „Und?"

„'tschuldigung", murmelte ich betroffen. „Zufrieden?"

Allwisser ignorierte mich einfach. „Na los, Leute. An die Arbeit." Mit einer auffordernden Handbewegung wies er die Kollegen zum Gehen an und folgte ihnen.

Ich sah ihm nach und murmelte leise: „Miesepeter", als er, ohne sich umzudrehen, die Hand hob und den Zeigefinger mahnend in die Luft streckte. „Das habe ich gehört!"

Mir wurde schlecht.

Verstohlen betrat ich das Büro und setzte Miracle in sein Körbchen. Im Nebenzimmer hörte ich Allwisser bereits geschäftig werkeln. Wenigstens hatte ich ihm schon den Kaffee gekocht, atmete ich erleichtert auf, als mein Handy klingelte.

Alf war, wie erwartet, im Großhandel und hatte einige, kleinere Schwierigkeiten, den Einkaufszettel zu entziffern.

„Nein, nicht Pom-Bären, sondern Monster-Snacks. Du musst gucken, die sehen anders aus", hielt ich ihn an. „Was? ... Nein, Kindersekt brauchen wir keinen, ich setze doch am Freitag eine alkoholfreie Bowle an. ... Hä? ... Ja. Ist immer gut!"

Ich hörte Allwisser sich räuspern und drehte mich vorsichtig um. „Muss Schluss machen, Schätzchen. Bis heute Abend. ... Was? ... Ja, Miracle geht's gut. Tschüss jetzt."

„Frau Dorn, könnten Sie...", sagte er mit ernster Miene, als die Tür aufgerissen wurde.

„Marius... Sorry... Nur ganz kurz, bevor ich zu meinem Termin fahre", entschuldigte sich Marco und kam um meinen Schreibtisch herum. „Guck mal, Tess."

Marco breitete die Schatzkarte aus und beugte sich zu mir hinab. Dabei legte er vertraut die Hand auf meinen Rücken. „Was sagst du?

Ich habe noch kleine Kobolde im Wald versteckt. Und schau mal hier."

„Wow!" Ich hatte Allwisser vergessen und widmete mich begeistert der Neuauflage unserer kindgerechten Karte. Mit dem Finger fuhr ich die Strecke nach. „Das ist einfach großartig. Wirklich!", versicherte ich ihm mit einem schnellen Kuss auf die Wange.

Marcos Gesicht nahm eine zartrosa Farbe an. Er rollte das Papier zusammen und überreichte es mir feierlich. „Na, dann viel Spaß damit am Freitag", lächelte er und eilte aus dem Büro.

Allwisser räusperte sich erneut und hatte Miracles Aufmerksamkeit erregt. Er stolperte aus seinem Körbchen und tapste ungeschickt auf ihn zu.

Ich hielt den Atem an. „Miracle, bleib!", presste ich hervor, schnappte mir den Hund und brachte ihn zurück auf seinen Platz. „Du musst schön hierbleiben", sprach ich leise auf ihn ein und hob mahnend den Zeigefinger. „Nicht rühren, hörst du? Hierbleiben. Ganz still."

„Frau Dorn?", begann Allwisser ein weiteres Mal. „Auch unter Berücksichtigung Ihres derzeit überaus engagierten Privatlebens..."

Ich starrte ihn über die Tischkante hinweg an. Mein Herz raste.

„Sie arbeiten doch noch für mich, oder?"

„Hmhm."

„Dann wäre es nett, wenn Sie wieder Ihren Platz einnehmen und mich mit Gründau & Reißer verbinden könnten", sagte er streng und fügte sarkastisch hinzu: „Sofern Ihnen das im Rahmen Ihrer Dienstzeit möglich ist?"

Ich nickte schuldbewusst und griff schnell zum Hörer.

„Was für ein blöder Arsch!", knallte ich am Abend meine Autoschlüssel auf die Kommode, ließ achtlos meine Tasche fallen und kickte meine Schuhe vor die Garderobe.

„Hattest du einen schönen Tag, Tess-Liebes?" Alf schielte durch die Küchentür und ging dann in die Hocke, um Miracle zu begrüßen.

„Hm", grollte ich und ärgerte mich noch immer maßlos – über Allwisser und auch ein wenig über mich selbst. Die überzogene Mittagspause und die private Ablenkung hatten mich heute viel Zeit

115

gekostet und der Berg Arbeit, den mir Allwisser kurz vor Feierabend noch auf den Schreibtisch knallte, zwang mich zu Überstunden.

„Ich hab dich vermisst, Mama." Luca trug bereits seinen Schlafanzug und kuschelte sich liebevoll an meinen Bauch. „Und Miracle auch."

„Es tut mir so leid, mein Spatz", streichelte ich ihm über die Wange. „Aber ich hatte richtig viel Arbeit." Seufzend blickte ich zu Alf. „Und für dich tut's mir auch leid, Alfi."

„Iwo!", winkte er ab. „Es waren ja nur vier Kinder zu Besuch. Und jetzt setz dich erstmal hin und iss etwas."

Ich nahm am gedeckten Tisch Platz. „Alfi, es ist mir mehr als unangenehm, dich so sehr zu beanspruchen. Ich möchte dich nicht ausnutzen. Am besten, ich suche mir eine Tagesmutter", fügte ich nachdenklich an.

„Bist du verrückt?" Entsetzt fuhr Alf hoch und stemmte die Hände in seine nicht vorhandene Hüfte. „Hör zu, Tess", tätschelte er meine Hand, „Ich kann mir das mit dem Salon doch prima einteilen. Denn eigentlich bräuchte ich ja überhaupt nicht mehr arbeiten und mache das alles nur noch aus Spaß an der Freud, das weißt du doch."

Ich nickte zaghaft. Alfs Vater war ein erfolgreicher Börsenspekulant, der ihm nach seinem Unfalltod vor mehr als zehn Jahren so viel Geld hinterlassen hatte, dass es bis weit über sein Lebensende hinaus reichen würde.

„Luca ist schon so vernünftig, dass ich kaum nach den Kindern schauen musste. Im Gegenteil. Ich war froh, wenn sie mich mal mitspielen ließen. Und außerdem machen sie mir Freude." Er lehnte sich zufrieden lächelnd zurück. „Wir haben sogar heute gemeinsam die olle Hebermaul aus der Bachgasse frisiert."

Ich zwang mich zu einem Lächeln. „Ich kann dir das doch niemals danken."

„Schätzchen", erwiderte er eindringlich. „Du tust es bereits."

In der Nacht lag ich wach und grübelte. Sicherlich hatte ich den Bogen überspannt. Privates gehörte nicht ins Büro. Dennoch ärgerte ich mich über Allwissers arrogantes Gehabe, mit welchem er seine Position hervorhob. Allein der Gedanke an Paul tröstete und besänftigte mich etwas.

## KAPITEL zweiundzwanzig

„Und? Alles klar für Freitag?", begrüßte mich Christiane am folgenden Mittwoch auf dem Sportplatz.

„Wir haben eine megatolle Schatzkarte für die Kleinen." In meiner Begeisterung musste ich mich regelrecht zwingen, zu flüstern und schaute mich skeptisch nach Allwisser um, der jedoch wie immer abseits des mütterlichen Getratsches stand. „Die hat ein Kollege von mir gemacht. Er ist Architekt."

„Schön. Und was fehlt uns jetzt noch?"

Ich dachte kurz nach. „Warte mal. Wir haben die Karte, Pokale sind auch schon gemacht und die Schatztruhe bekomme ich von meiner Schwester." Ich zählte langsam an den Fingern ab. „Einladungen sind verteilt, zwölf Kinder nehmen teil. Sie müssen Schlafsachen, Waschzeug, Matratze oder Schlafsack mitbringen und eine Taschenlampe. Was ist mit dem Fernseher und dem DVD-Player?"

„Ich glaube, das wollte Paul besorgen", grübelte Christiane. „Aber am besten fragst du ihn gleich nochmal. Er ist gerade drinnen, Bälle aufpumpen."

„Hmhm." Ich hatte erneut Nervenflattern bei dem Gedanken an ihn und verharrte regungslos an Ort und Stelle.

Christiane gab mir einen unsanften Schubs. „Nun geh schon und frage, bevor es die Kinder mitbekommen."

„Jaja", murrte ich und stakste zu den Umkleidekabinen. Ich vernahm das laute Knattern des Kompressors, atmete tief ein und ging mutig darauf zu.

„Paul?", rief ich gegen den Lärm an. „Paul?"

Er sah vom Kompressor auf, drückte Emily einen Ball in die Hand und strich ihr sachte über den Kopf.

„Paul, hast du das mit dem Fernseher und dem DVD-Player organisiert?"

„Was?" Er schüttelte den Kopf, tippte an sein Ohr und trat näher. Ich holte tief Luft. „Ob du..."

„'tschuldigung, aber ich versteh dich nicht", antwortete Paul ebenso laut und neigte sich zu mir.

Sein süßer Duft wanderte von meiner Nase auf direktem Weg über meine Nervenbahnen und brachte sie zum Kribbeln. Für einen

Moment schloss ich die Augen und genoss seine Nähe. Dabei legte ich meine Hand auf seinen Oberarm und beugte mich ebenfalls ganz dicht an sein Ohr.

„Hast du den Fernseher und den DVD-Player besorgt?", wiederholte ich meine Frage.

„Ist erledigt", nickte er langsam und drehte seinen Kopf. Dabei berührten sich beinahe unsere Nasenspitzen und meine Knie begannen zu zittern.

Ich ließ meine Hand beiläufig seinen Arm hinabgleiten, während unsere Blicke sich ineinander vergruben. Der Kompressor arbeitete noch immer auf Hochtouren – meine Gefühle auch. Ich senkte den Blick sehnsüchtig auf seine zartrosa Lippen, als Allwisser jäh in diese spannungsgeladene Atmosphäre brach.

„Paul, hast du heute endlich mal an die Spielpläne gedacht?", ignorierte er mich völlig.

„Äh..." Verlegen kratzte Paul sich an der Stirn. „Ich habe sie heute erst per Mail bekommen und noch nicht ausgedruckt", entschuldigte er sich. „Am Freitag dann. Versprochen!"

Allwisser nickte und verließ, mit einem abschätzigen Blick auf mich, den Raum.

„Ich... Ich muss dann wieder... Tut mir leid... Raus", stotterte Paul mit hochrotem Kopf. „Das Training hat schon angefangen."

„Hmhm", murmelte ich und folgte ihm in angemessenem Abstand.

„Und? Was geht ab?", empfing mich Christiane erwartungsvoll.

Ich war völlig durcheinander und zuckte kurz zusammen. „Äh..." Mein Gott! Was hatte ich getan? Oder eben nicht getan? Und was vermutete Allwisser? Und Christiane?

„Fernseher", riss sie mich ungeduldig aus meinen Gedanken.

„Was? Ja. Der ist organisiert", gab ich rasch zurück.

Mehr denn je suchte Paul meinen Blick, was das Training auffallend unkonzentriert wirken ließ.

„Was ist denn heute mit dem los?", maulte Thomas und brüllte über den Platz: „Hey, Paul? Warst du gestern wieder saufen oder bist du einfach nur nicht ausgeschlafen?"

Ich spürte Hitze in mir aufsteigen und hielt mich dezent zurück.

„Meinst du, du bekommst das ohne Nervenzusammenbruch hin?", flüsterte mir Alf am Morgen der Übernachtung ins Ohr, als ich hektisch den Wagen auslud, und erntete dafür einen strafenden Blick.

„Jetzt mach du mich nicht auch noch nervös." Ich hatte in der Nacht kaum geschlafen. Meine Gedanken kreisten um Paul. Dabei hatte ich mich bei unserer heutigen Aktion voll und ganz auf die Kinder zu konzentrieren. „Hier!", knurrte ich und drückte Alf Lucas Schlafsachen in die Hand. „Kannst du schon mal reinbringen. Wir müssen eh mehrfach laufen." Ich überprüfte rasch die Vollständigkeit der Sachen und folgte Alf mit der Bowle.

„Ist Paul schon da?", fragten Sabrina und Thomas gleichzeitig.

„Keine Ahnung", gab ich zurück und sah mich um. „Glaube nicht."

Es beruhigte mich, dass er noch nicht hier war. Unerklärlicherweise fühlte ich mich dadurch etwas sicherer. Mit dieser vermeintlichen Selbstsicherheit schickte ich die Kinder nach draußen und hielt die Eltern an, mir beim Herrichten der Schlafplätze zur Hand zu gehen.

„Ah, Tess. Du hast ja alles im Griff", hörte ich Paul schon von Weitem sagen.

„Pünktlichkeit ist wohl nicht deine Stärke?"

„Ich komme immer zu spät", versuchte er zu scherzen.

„Besser als zu früh." Ich schlug mir, peinlich berührt, sofort die Hand auf den Mund.

Auch Paul wusste nicht, was er erwidern sollte und grinste verlegen.

Zu meiner Erleichterung kam Alf wenig später in den provisorischen Schlafraum der Kinder und legte schwungvoll seinen Arm um meine Taille.

„Liebchen", säuselte er und hauchte mir einen Kuss auf die Wange. „Ich fahren dann jetzt nach Hause. Unser kleiner Schatz sollte nicht allzu lange allein zu Hause bleiben." Er schenkte Paul ein verschmitztes Lächeln, klopfte ihm im Vorbeigehen auf die Schulter und sagte: „Er ist erst zehn Wochen alt."

Paul starrte noch immer ein Loch in die Luft. Er wusste doch, dass Alfi schwul war? Oder etwa nicht?

Seufzend ging ich nach draußen und beobachtete die Kinder beim Fußballspielen.

„Geh doch mit!", rief ich kurze Zeit später schon wieder aus voller Kehle. „Da hinten! Und auf die Manndeckung achten! Foul!"

Manuel stapfte energisch auf mich zu. „Eh, Lucas Mama?", stemmte er seine kleinen Fäuste in die Hüfte. „Kannst du's besser als wir?"

Der Kleine war ziemlich direkt.

„Klar doch", behauptete ich. „Deshalb schreie ich ja auch immer so."

„Glaub ich nicht."

„Kannst du aber."

„Dann beweis es doch", forderte er mich mit dem Ball in der Hand heraus.

Ich sah mich unauffällig um. „Jetzt?"

„Feigling!"

Das konnte ich nicht auf mir sitzen lassen, schnappte mir den Ball und trabte aufs Spielfeld. Drei weitere Papas zeigten sich solidarisch und folgten.

Die Kinder machten sich einen Spaß daraus, uns auszutricksen und freuten sich diebisch über jede verpatzte Torchance. Dennoch erntete ich gut zwanzig Minuten später Lob: „Du kannst ja wirklich Fußball spielen."

Christiane stand bereits mit einem Dutzend *Capri-Sonne* am Spielfeldrand und reichte uns Erwachsenen jeweils eine Flasche Bier.

Ich wischte mir den Schweiß von der Oberlippe und war dankbar für die kühle Erfrischung.

„Respekt." Paul stellte sich neben mich und mir wurde direkt wieder heiß.

Mein Gott, wie ich wohl aussah? Verschwitzt, verdreckt und mit zerzaustem Haar?

Doch er sah mich nur an und lächelte scheu.


KAPITEL dreiundzwanzig

„Ja, sagt mal, was ist denn das?", rief ich überrascht und ging zu einer der Zuschauerbänke. Darunter zog ich die Schatzkarte hervor, die Alf, wie besprochen, dort deponiert hatte. „Kommt mal alle her."

Neugierig stürmten zwölf Kinder auf mich zu und ich fürchtete beinahe um mein Leben. Sie erdrückten mich fast.

„Boah! Das ist eine Schatzkarte", konnten sie kaum glauben und sahen zunächst mich, dann Paul erwartungsvoll an.

„Eine Schatzkarte? Na, sowas!" Er stellte sich hinter mich und spähte über meine Schulter. Wie gerne hätte ich jetzt die Augen geschlossen und mich einfach zurückfallen lassen.

„Tatsächlich." Sein Arm lag an meiner Hüfte, als er mit dem Finger über die Karte fuhr. Paul stand nun so dicht, dass ich seinen Herzschlag spüren konnte. Er wurde schneller und schneller.

„Lo-hooos!", drängelten die Kleinen und zerrten aufgeregt an uns herum. „Wir müssen den Schatz suchen! Nun mach schon, Paul!"

„Na, dann holt mal die Taschenlampen", seufzte ich. „Und vergesst eure Jacken nicht."

Paul hatte sich abgewandt und folgte dem Pulk nach drinnen.

Meine Hand zitterte, als ich meine Zigaretten aus der Hosentasche quetschte. Die Packung war vom Spiel ziemlich lädiert.

„Darf ich mir eine schnorren?", fragte Paul leise.

„Du bist aber schnell?" Überrascht sah ich ihn an und hielt ihm *meine* Zigarette, statt der Schachtel entgegen.

„Hm. Danke", murmelte er und nahm einen genüsslichen Zug, bevor er sie mir wieder reichte.

Ich schmunzelte. Wie wir hier so in der Dämmerung beieinander standen, gemeinsam eine Zigarette rauchten und auf ein Dutzend überdrehter Kinder warteten – das hatte schon fast etwas Anheimelndes.

„So!", klatschte Christiane in die Hände und grinste uns an. „Süß schaut ihr aus."

„Süß? Wieso das denn?"

Ihr Grinsen wurde breiter. „Nur so, Tess", lenkte sie ab. „Das wird sich gleich ändern, wenn ihr erst mal mit der Bande unterwegs seid."

„Jetzt geht's lo-hooos!", rief diese auch schon im Chor und Paul schien sich einen Moment zu fragen, ob ihn die Situation nicht doch überforderte.

Ich ergriff das Ruder. „Seid ihr wild?"

Fragende Gesichter und zögerliches „Ja, natürlich sind wir wild."

„Was?" Ich legte die Hand ans Ohr und beugte mich zu ihnen hinab. „*Ihr* wollt wild sein?"

„Ich weiß, was die Mama will", gab Luca naseweis an und zwinkerte mir zu. „Kommt, wir singen jetzt!"

„Wir sind wilden Kerle und wir haben vor nix und niemandem Schiss", stimmte ich einen leisen Sprechgesang an und die Kinder folgten: „Hey! Hey!"

„Und wenn ihr glaubt, euer Hausarrest, der hält uns fest, so glauben wir das nicht."

„Nein! Nein!"

Ich wurde mutiger, als die meisten der Kleinen den Text kannten und immer lauter wurden: „Alles ist gut, solange wir wild sind. Mensch, sagt mal, habt ihr das endlich kapiert? Habt ihr's kapiert? Wir schießen euch auf den Mond und danach direkt in die Hölle. Dort oben der Mond ist kalt und, Junge, unten brennt die Hölle!"

Eher grölend als singend, mit Schatzkarte und Taschenlampen bewaffnet, machten wir uns auf den Weg.

„Es ist cool, es ist toll. Es ist fett und es ist wundervoll! Es ist cool, es ist toll. Es ist wundervoll. Es ist geil, ein wilder Kerl zu sein! Es ist geil, ein wilder Kerl zu sein!"

Luca legte seine Hand in meine und sah stolz zu mir auf. Für einen Moment vergaß ich Paul, der unmittelbar hinter uns ging und sang unbeirrt weiter: „Es ist geil, mit euch zu lachen, schreien, nix bereuen, Fußballspielen und abzuräumen, ein Kerl zu sein! Wir gehen los auf die wilde Jagd in den Teufelstopf rein. Wir spielen dort und wir sind vereint. Nichts kann schöner sein. Nichts kann schöner sein. Es ist cool, es ist toll. Es ist fett und es ist wundervoll. Es ist cool, es ist toll. Es ist wundervoll. Es ist geil, ein wilder Kerl zu sein!"

„Stopp!" Ich blieb an der Weggabelung stehen und drehte mich um. „Paul, zeig doch bitte nochmal die Karte."

„Au, Sch..." Er fasste sich an die Stirn. „Die hab ich vergessen."

Ich hielt die Luft an. Mitunter konnte er doch recht anstrengend sein. „Was?"

Vincent zupfte an meinem Shirt. „Ich hab sie."

Erleichtert streichelte ich ihm über den Kopf, warf Paul noch einen vorwurfsvollen Blick zu und breitete die Karte aus.

„Da geht's lang", deutete Emily mit dem Finger nach rechts.
Luca lächelte sie verschämt an. „Du bist ganz schön schlau."
„Du aber auch."

Unsere Wanderung dauerte annähernd dreißig Minuten. Die Schatztruhe hatte ich nachmittags etwas abgelegen am Waldrand versteckt und nun stritten sich die Kinder, wer sie denn den langen Weg zurücktragen durfte. Paul teilte die Kinder kurzerhand in Gruppen ein.

„Und Alf passt jetzt zu Hause auf euren Kleinen auf?", fragte Paul leise, nachdem wir eine Weile wortlos nebeneinander herliefen.

„Hm", murmelte ich und hoffte, Alf würde die abendliche Vitamintablette nicht vergessen. „Es war ganz schön knapp. Er wäre beinahe gestorben..."

Paul sah mich mit ehrlichem Mitgefühl an und berührte wie beiläufig meine Hand.

„...wenn Luca und Vincent ihn nicht rechtzeitig gefunden hätten."

„Gefunden?" Seine Augen weiteten sich überrascht.

„Ja. Im Garten, bei Vincent. Sie haben ihn nach Hause gebracht und ich bin dann umgehend mit ihm zum Tierarzt gefahren. Er dachte, dass der Kleine es nicht schafft."

Paul starrte nachdenklich zu Boden.

„Allerdings haben wir keine Ahnung, welche Rasse Miracle ist. Wenn überhaupt", fügte ich lachend hinzu.

„Der Kleine ist ein Hund?"

Ich sah ihn verwirrt an. „Was dachtest du denn?"

Paul lächelte verlegen und mir dämmerte langsam, was wohl die ganze Zeit in seinem Kopf vorgegangen sein musste.

Ich schmunzelte. „Alfi ist mein allerbester Freund und ich bin froh, dass er Luca und mich bei sich wohnen lässt, bis wir eine eigene Bleibe gefunden haben."

„Ach? Ihr sucht eine Wohnung?"

„Na ja", brummte ich. „Wir wollen ja schließlich nicht ewig bei meinem schwulen Kumpel wohnen."

„Schwul? Alf ist schwul?"

Ich zuckte kurz zusammen und fragte verblüfft: „Ist das ein Problem für dich?"

„Problem? Was? Nein! Im Gegenteil", fügte er hinzu und sah erleichtert aus.

„Ich meine nur... Weil er dein Frisör ist. Da gibt's Leute, die machen einen Staatsakt aus seiner sexuellen Gesinnung."

„Nein, nein." Noch immer schüttelte er ungläubig den Kopf und lief zufrieden lächelnd neben mir her.

„Paul!", beschwerten sich drei Kinder lautstark. „Jetzt sind *wir* aber mal an der Reihe!"

Paul lief nach vorn, wechselte die Gruppe der Schatzkistenträger und wartete, bis ich ihn eingeholt hatte.

„Kümmert sich der Vater von Luca denn gar nicht um ihn?", fragte er – etwas indiskret, wie ich fand.

„Sein Vater weiß nichts von ihm. Und Luca kennt ihn auch nicht."

„Oh. Aber wieso...?"

Ich warf Paul einen Blick zu, der ihm bedeutete, dass das Thema damit beendet war.

„'tschuldigung."

Seine Unsicherheit macht mich wiederholt sicherer. „Ist schon gut", erklärte ich deshalb. „Man will ja schließlich wissen, woran man ist, oder?"

Paul sah mich verlegen an und ich stieß ihn keck mit der Schulter an.

„Hey!", lachte er und legte übermütig seinen Arm um meine Taille.

„Mamaaa!"

Ich tat schnell einen Schritt nach vorn und löste mich damit aus Pauls zaghafter Umarmung, als Luca auf uns zukam.

„Mama, Emily hat ihre Halskette verloren", rief er besorgt. „Wir müssen sie suchen!"

„Was? Hier? Jetzt?"

Ich tätschelte Paul beruhigend die Schulter. „Immer langsam. Wir gehen jetzt erst einmal alle zurück auf den Sportplatz", schlug ich vor. „Danach schnappe ich mir eine Taschenlampe und laufe den Weg nochmal ab. Ohne euch."

„Und wirst du die Kette dann auch finden?", fragte Luca besorgt.

Ich zog meine rechte Augenbraue nach oben. „Was glaubst du?"

Er stupste Emily an und lächelte: „Meine Mama findet sie. Keine Sorge."

„Ich helfe dir", bot Paul umgehend an. „Wir haben ja Verstärkung für heute Abend."

Bevor ich nachhaken konnte, stürmten die Kinder auch schon laut jubelnd das Sportgelände.

„Für mich einen italienischen Salat und ein Pizzabrot", rief ich Christiane zu, schnappte mir eine Taschenlampe und entschuldigte mich mit den Worten: „Muss noch mal nach Emilys Halskette schauen."

Ich eilte bis zur Stelle, an der Luca mir den Verlust mitgeteilt hatte und suchte dann mit der Lampe gewissenhaft den Weg ab. Hinter mir vernahm ich Schritte.

„Hi", sagte Paul etwas außer Atem. „Zu zweit geht's doch schneller."

„Hm." Ich sah ihn unbemerkt von der Seite an. Inzwischen führte ich mich in seiner Gegenwart zwar nicht mehr wie eine vollkommene Idiotin auf. Dennoch klopfte mein Herz bis zum Hals, als er dicht neben mir ging.

„Was ist das da hinten?", fragte ich einige Minuten später und leuchtete auf ein glänzendes Etwas in einem einsamen Grasbüschel.

*Endlich! Die Kette*, schoss es mir durch den Kopf. Ich eilte darauf zu und bückte mich.

Paul hatte den gleichen Gedanken und tat es mir nach. Wir stießen unsanft mit der Stirn zusammen.

„Autsch!"

„Oh, tut mir leid", entschuldigte er sich sofort grundlos. „Tut mir echt leid. Hast du dir...?"

Er beugte sich zu mir vor und berührte vorsichtig meine Stirn. Ich fasste nach seiner Hand und hielt sie fest. Mein Herzschlag hatte inzwischen sein Tempolimit überschritten.

„Gefunden", stellte ich heiser fest.

„Gefunden", flüsterte Paul.

Die Luft knisterte vor Spannung, als seine Hand langsam über meine Wange strich. Im schwachen Schein der Taschenlampen funkelten seine Augen wie Sterne an einem mit Wolkenfetzen überzogenen Himmel. Seine Brust bebte. Der Weg war uneben und kleine Steine bohrten sich in meine Knie. Doch ich spürte keinen Schmerz. Nur unbändiges Verlangen. So beugte ich mich weiter nach vorn, bis wir Nasenspitze an Nasenspitzen verharrten. Ich fühlte seinen warmen Atem und seine Hand, wie sie sich vorsichtig in meinen Nacken legte.

Unsere Lippen berührten sich, als wir durch einen umherschwirrenden Lichtkegel überrascht wurden. Erschrocken fuhren wir hoch und blinzelten auf die immer näherkommende Gestalt.

„Na, endlich."

Ich erkannte nur allzu deutlich Allwissers Stimme und stöhnte kurz auf.

„Habt ihr die Kette wenigstens gefunden?"

Ich bückte mich schnell und hob sie auf. „Natürlich."

„Die Kinder sind aufgeregt", ignorierte er mich, „weil du schon so lange weg bist, Paul."

„Hey, es ist dunkel", entschuldigte er sich eingeschüchtert, „wir haben sie gerade eben erst gefunden."

„Na, dann ist ja gut." Allwisser tat völlig unbeeindruckt und musterte mich abschätzig.

Die Knie waren völlig verdreckt und meine Wangen glühten noch immer vor Erregung. Rasch senkte ich den Kopf und stakste mürrisch an ihm vorbei.

Die Horde begrüßte uns wie langjährig Verschollene.

„Was habt ihr denn so lang gemacht?", fragte Christiane misstrauisch.

„Vielleicht nach der Kette gesucht", gab ich patzig zurück. „Ich geh mich mal umziehen."

Mit diesen Worten gab ich einer erleichterten Emily das Schmuckstück und rauschte in eine der Umkleidekabinen.

Als ich in einem bequemen Outfit zum Aufenthaltsraum zurückkehrte, traf zeitgleich unsere Pizzalieferung ein. Acht erwachsene Hände hatten zu tun, zwölf hungrige Mäuler zu stopfen und sie anschließend in ihre Schlafanzüge zu verfrachten. Anschließend setzten wir uns auf vier ausgediente Matratzen.

Luca hatte sich zwischen meine Beine gekuschelt und Emilys Kopf lehnte an meiner Schulter. Ich legte fürsorglich meinen Arm um sie.

„Mädchen sind immer nur brav", summte Luca leise den Soundtrack mit. „Mädchen sind immer nur scheiße. Mädchen sind immer zickig. Mädchen sind alle so."

Ich sah besorgt auf ihn herab.

„Auch dich hasse ich schrecklich. Und ich weiß jetzt, wieso. Auch dich hasse ich schrecklich. Ich weiß, wieso."

Zärtlich streichelte ich seinen Kopf und drückte Emily fester an mich. „Jungen sind immer nur fies. Jungen sind immer nur peinlich. Die haben ,ne große Klappe. Jungen sind alle so. Auch dich hasse ich schrecklich. Und ich weiß jetzt, wieso. Auch dich hasse ich schrecklich. Ich weiß, wieso."

Die Kleinen schafften es kaum bis zum Finale ihre Augen offen zu halten. Gähnend und willig schlurften sie in ihre Kabine. Einige davon, bereits schlafend, trugen wir hinterher.


KAPITEL vierundzwanzig


„Ich hab uns etwas mitgebracht", flötete Christiane, nachdem wir bei den Kindern das Licht ausgeschaltet hatten, und hielt eine Plastikhülle in Höhe.

„Zeig mal." Paul griff nach der DVD. „*Blade Trinity*?"

Allwisser nickte mit zurückhaltender Begeisterung.

„Ich hab auch was mitgebracht", flötete ich im gleichen Ton und öffnete den Kühlschrank. „Jede Menge Sprit!"

Paul gab den Film zurück und half mir, sechs Flaschen Paulaner, eine Kiste *Kleiner Feigling* und eine Flasche Asbach auf dem Tisch zu postieren. „Das ist schon besser!"

„Womit fangen wir an?"

Allwisser antwortete, indem er vier Cognacgläser und eine Flasche Cola neben die Auswahl schob.

„Marius, du willst schon gleich mit *Hütchen* anfangen?" Christiane griff nach der Asbach-Flasche, schenkte ein und füllte mit Cola auf.

Marius? War ich hier die Einzige, die mit Allwisser noch nicht per Du war?

„Prost!" Schmollend stieß ich mit ihm an und kippte das erste Glas auf Ex.

Allwisser beobachtete mich mit offensichtlicher Missbilligung. „Ich hoffe, Sie vertragen einiges, Frau Dorn?"

„Warum?", erwiderte ich scharf. „Haben Sie vor, mich heute unter den Tisch zu trinken, Herr Dr. Allwisser?"

„Das wird sich zeigen."

Ich schenkte mir nach und hielt Christiane an, endlich den Film einzulegen. Allwisser ging ihr zu Hand.

„Sind das seine Geräte?", flüsterte ich Paul ins Ohr. Er setzte sich neben mich und nickte. Fragend sah er mich an.

Wie gerne hätte ich ihm irgendwie, auf jeden Fall jedoch augenblicklich meine Gefühle vermittelt. Aber da nahmen Christiane links von Paul und Allwisser rechts von mir bereits ihren Platz ein.

„Starker Tobak", merkte Christiane im Verlauf des Filmes an.

„Quatsch, das... *hick*... ist super."

„Frau Dorn scheint eine Vorliebe für Blut zu haben", spöttelte Allwisser, ohne seinen Blick vom Fernsehgerät abzuwenden. „Und ich spreche da aus Erfahrung."

Ich ignorierte seinen Nachsatz. „So ein... *hick*... Blödsinn! Wesley Snipes ist... *hick*... einfach der Hammer. Seht euch doch mal die... *hick*... ach, verdammt... geilen Tattoos an!"

„Bist du ein bisschen betrunken, Tess?" Christiane beugte sich über Pauls Schoß zu mir herüber und grinste mich amüsiert an.

„Nee, ich habe... *hick*... nur Schluckauf."

Allwisser griff nach einer Flasche Paulaner. „Hier. Das auf ex und der Schluckauf ist weg."

Ich nahm das Bier widerwillig an und knurrte: „Da sprechen Sie wohl auch aus Erfahrung?"

Er blieb mir die Antwort schuldig und so trank ich trotzig die Flasche in einem Zug leer. Danach überkamen mich Schwindel und ein aufsteigender Brechreiz. Ich hielt die Luft an.

„Und?"

Christiane und Allwisser sahen mich erwartungsvoll an. Paul jedoch schien recht blass um die Nase.

„Weg."

„Na, also."

Ich lehnte mich zurück und meine Hand streifte wie zufällig Pauls Oberschenkel. Im Schutz des Dämmerlichtes griff er nach ihr und ich spürte ein Kribbeln meinen Arm hinaufwandern.

Gegen zwei Uhr überprüften wir abermals, ob alle Kinder schliefen und verabschiedeten uns voneinander, jeder in seine eigene Kabine.

An Schlaf war, was mich betraf, jedoch nicht zu denken. Ich wälzte mich unruhig hin und her. Einen kurzen Moment lang zog ich in Erwägung, einfach zu Paul hinüberzuschleichen und spürte ein warmes Pulsieren durch meinen Körper gehen. Doch dann verwarf ich den Gedanken zunächst und zog es vor, lediglich die Toilette aufzusuchen.

Ich griff nach der Taschenlampe und schlich auf Zehenspitzen zum Klo. Meine Blase dankte es mir und plätscherte vergnügt, eine halbe Ewigkeit, wie mir schien. Ich betätigte die erschreckend laute Spülung, stellte dann die Lampe auf das Waschbecken und drehte vorsichtig den Wasserhahn auf.

„Du bist ja schon ein bisschen betrunken", flüsterte ich meinem Spiegelbild zu.

„Könnte man sagen", hauchte mir eine Stimme ins Ohr.

Der Schreck fuhr mir durch alle Glieder, als ich mich umdrehte und Allwisser, lediglich mit Retroshorts bekleidet, erkannte. Er grinste mich frech an.

Ich schluckte und meine Augen waren gebannt auf seinen Oberkörper gerichtet. Er war durchtrainiert und makellos, und ich konnte meine Hände nur schwer davon abhalten, ihn zu berühren. Was war nur mit mir los, Herrgottnochmal? Einen solchen Körper kannte ich nur aus meinen Träumen – die sich ausschließlich um den Henker drehten.

„Schlaflos?", unterbrach er die anhaltende Stille.

Irgendetwas rüttelte an meinem Gehirn. So eine Unverschämtheit! Was ging ihn das an?

„Man wird doch wohl noch pinkeln haben... dürfen... können... müssen!"

Er lachte leise auf. „Na, dann. Gute Nacht."

„Nacht!", knurrte ich und eilte aus der Toilette. Vor Pauls Kabinentür verharrte ich einen Moment unschlüssig.

„Pst!"

*Was denn noch*, sagte ich still und drehte mich entnervt um.

Allwisser kam mir mit meiner Taschenlampe entgegen.

„Danke." Knurrend riss ich sie ihm aus der Hand und trollte mich.

Als ich am Morgen das Tippeln acht kleiner Füße im Flur hörte, stand ich widerwillig auf und schlurfte Richtung Toiletten. Aus dem provisorischen Schlafraum hörte ich Kichern und wusste, es würde nicht lange dauern, bis die komplette Meute lautstark nach ihrem Frühstück verlangte.

„Te-hess?", rief Robin und umklammerte meine Hüfte. „Wir sind schon wach."

„Pscht!", machte ich und flüsterte: „Ihr seid auch ganz schön laut. Geht schon mal rüber in den Aufenthaltsraum. Eure Mamas kommen bald mit dem Frühstück."

Robin schmollte. „Aber wir wollen..."

„Das darfst du nicht", unterbrach ihn Luca rasch.

„Was?"

„Na, meine Mama ansprechen."

„Wann?"

„Bevor sie ihren Kaffee getrunken hat."

„Warum?"

Luca zuckte mit den Schultern. „Ist halt so."

„Und weshalb?"

„Sie wird dann gemeingefährlich."

Ich nickte und setzte meinen Weg unbeirrt fort.

„Oh. Guten Morgen", strahlte Paul mich an und mein Kopf fuhr hoch. „Hoffe, du hast gut geschlafen?" Er kam aus dem Waschraum.

Ich war vernarrt in ihn, doch sein aufgewecktes Gemüt überforderte mich um diese Uhrzeit beträchtlich.

„Hmhm. Du auch?", fragte ich mehr höflich, als wirklich interessiert, ging an ihm vorbei und schubste die Tür auf.

„Da..."

Ich war definitiv noch nicht aufnahmefähig und ließ die Tür achtlos hinter mir zufallen.

„Morgen!"

Ich zuckte zusammen. „'tsch-tschuldigung", krächzte ich.

„Kein Problem." Allwisser stand am Waschbecken und spülte die Zahnpasta aus dem Mund.

Einen Augenblick stand ich wie angewurzelt da. Meine Gehirnzellen begannen nur langsam zu arbeiten und forderten mich nun jedoch eindringlich auf, den Raum anstandshalber und umgehend zu verlassen.

„Haben Sie sich im Zimmer geirrt, Frau Dorn?", fragte Allwisser spöttisch, als ich meine Hand auf die Türklinke legte.

„Wie kommen Sie darauf? Herr Dr. Allwisser?"

Er grinste. „Waschbecken ist frei."

Widerstrebend packte ich meine Waschutensilien aus und begann mit dem Zähneputzen, während er sich rasierte. Unauffällig behielt ich ihn im Auge und schrubbte meine Zähne mit einer für mich ungewöhnlichen Energie.

„Störe ich Sie vielleicht, Frau Dorn?"

„Hä?"

„Ob ich Sie vielleicht..."

„Ich hab Sie schon verstanden, Herr Dr. Allwisser", erwiderte ich grantig.

Er grinste. „Ach so, stimmt ja. *Gemeingefährlich.*"

„Blödsinn", raunte ich und spuckte ins Becken. „Es ist nur..."

„Na?" Allwisser neigte den Kopf zur Seite und sah mich erwartungsvoll an.

„Vielleicht... Vielleicht... Ich meine nur..."

Er spülte seinen Nassrasierer unter klarem Wasser aus, packte ihn zurück in seine Tasche und strich sich dann mit der linken Hand über beide Wangen.

Ich fand das schon ein bisschen übertrieben lasziv.

„Könnten Sie sich nicht was überziehen?"

„Oh!", zog er überrascht beide Augenbrauen nach oben. „Stört Sie das?"

Er stand, wie auch in der gestrigen Nacht, lediglich mit Retroshorts bekleidet vor mir, und im Tageslicht glänzten seine Muskeln fast golden.

Bevor ich widersprechen konnte, fuhr er zynisch fort: „Meine liebe Frau Dorn, ich glaube Ihnen nun wirklich nicht, dass Sie das" – er legte bedeutend die Hand auf seine durchtrainierte Brust – „zum ersten Mal sehen?"

„Sind Sie endlich fertig?", fauchte ich ihn an und hob drohend meine Haarbürste.

Er verließ den Waschraum, ohne noch etwas zu sagen.

„Was denn noch?", schrie ich beinahe, als die Tür erneut geöffnet wurde.

„Was'n los?" Christiane sah mich entgeistert an und ich atmete auf.

„Hier geht's zu wie aufm Bahnhof! Sorry, wollte dich nicht anschnauzen."

Christiane war kein sehr empfindlicher Mensch und offensichtlich mit ganz anderen Dingen beschäftigt. Sie schubste mich leicht in die Seite und gluckste: „Hast du diesen Body gesehen?"

„Welchen Body?"

Sie rollte mit den Augen und schnaufte. „Na, Marius'."

Ich wünschte, sofort in eine tiefe Ohnmacht zu fallen. *Natürlich* hatte ich ihn gesehen. Und jedes einzelne seiner Körperteile mit Wohlwollen zur Kenntnis genommen. Aber... Das war Allwisser!

„Nö, habe ich nicht."

Christiane seufzte verständnislos. „*Du* bist vielleicht ein blindes Huhn. Wie kann man sowas übersehen?"

Ich zuckte mit den Schultern, spritzte mir ein paar Tropfen Wasser ins Gesicht und gönnte mir noch Deo und einen Spritzer Parfum. Dann verließ ich schleunigst den Waschraum.

Wie vereinbart, trafen die Eltern unserer Schützlinge gegen halb neun ein und hatten einen bunten Frühstückstisch gedeckt.

„Dein Lebenselixier, Schätzchen." Alf legte seinen Arm um meine Hüfte und hielt mir eine duftende Tasse Kaffee unter die Nase.

„Ich hoffe, es hat sie noch niemand angesprochen?", fragte er Paul mit einem verschmitzten Lächeln.

„Angesprochen? Wieso? Worauf?"

„Paul", seufzte er, „man darf unsere Tess..."

„Auf gar keinen Fall vor ihrer ersten Tasse Kaffee anquatschen", vervollständigte Luca und Robin fügte hinzu: „Da wird sie nämlich hundsgemeingefährlich."

„Aha. Dann bin ich wohl heute Morgen schon ins Fettnäpfchen getreten?"

Paul sah etwas betreten drein, doch Alf lächelte ihm aufmunternd zu und tätschelte seinen Arm: „Ich denke, *du* darfst dir das erlauben", lachte er.

Himmel, war mir das peinlich!

Ich nahm ihm Miracle vom Arm und drehte mich von ihnen weg, bevor Paul mein hochrotes Gesicht bemerkte. Zu allem Überfluss betrat nun auch Allwisser den Raum.

„Das ist also dein Kleiner?" Paul war weniger an meinem Hund, denn vielmehr an Konversation interessiert.

Ich nickte und hatte inzwischen Mühe, Miracle auf dem Arm zu behalten und gleichzeitig meinen Kaffee zu trinken. Der Hund zappelte freudig erregt und drängte energisch, zu Boden gelassen zu werden.

„Na gut, du Nervensäge", seufzte ich, „dann inspiziere hier mal die Bude. Aber pass auf, dass du nicht totgetreten wirst."

Miracle lief unversehens auf Allwisser zu und kratzte schwanzwedelnd an dessen Bein.

„Dummer Hund", knurrte ich leise und beobachtete missbilligend die ausgiebige Begrüßung.

Alf war enttäuscht, dass ich ihm nicht mehr als die winzigen Annäherungen der vergangenen Nacht zu berichten hatte. „Na ja", seufzte er zwei Stunden später, um nicht nur mich, sondern auch sich selbst aufzumuntern, „Rom ist auch nicht an einem Tag erbaut worden. Und immerhin wisst ihr beide jetzt, was los ist. Ich geb euch noch bis zum Oktoberfest, dann dürfte alles geklärt sein."

„Wieso bis zum Oktoberfest?", gab ich pampig zurück. „Ich geh doch nicht zum Anbaggern dorthin."

Alf ließ unser Frühstücksgeschirr klappernd auf die Theke fallen. „Oh, doch", raunte er mich an und ich drehte mich erschrocken zu ihm um. „Das tust du gefälligst. Und dann machst du endlich mal Nägel mit Köpfen."

Kopfschüttelnd verließ ich die Küche und ging in den Wäschekeller.

Allwisser verlor in der kommenden Woche kein Wort über die Sportplatzaktion und auch Paul verhielt sich nicht anders als sonst auch. Lediglich seinen langen, intensiven Blicken fügte er nun ein zaghaftes Lächeln hinzu.

## KAPITEL fünfundzwanzig

„Papa", begann ich vorsichtig, als ich mit Luca nach dem freitäglichen Training bei meinen Eltern in der Küche saß. „Papa, gehst du eigentlich immer noch montags zum Frühschoppen?"

„Hmhm."

Das war eindeutig weniger, als ich als Antwort erwartet hatte. Ich beobachtete meine Mutter, die inzwischen auftischte, als käme Rainer Calmund auf ein Drei-Gänge-Menü vorbei.

„Weißt du noch", tastete ich mich vorsichtig weiter voran, „wie wir früher immer zusammen zum Frühschoppen gegangen sind?"

„Hmhm, weiß ich noch."

„War immer schön."

„Hmhm."

„Ich würde ja auch gerne mal wieder zum Frühschoppen gehen."

„Hmhm."

„Aber so ganz allein sieht das sicher doof aus?"

„Hm."

Ich seufzte still. Mein Vater war nie ein Mann vieler Worte gewesen. Aber ein ‚Tess, hast du nicht Lust, mal wieder zusammen mit mir hinzugehen?', hatte ich schon erwartet.

„Ist es immer noch so schön wie früher?"

Papa öffnete zwei Flaschen Bier, reichte mir eine und nickte kaum erkennbar. „Ich weiß nicht."

„Warum weißt du das nicht?", fragte ich und hob die Flasche zum Anstoß.

Er lachte. „Ist halt so wie immer, ne?"

Wir schwiegen eine Weile, bis Mama ihm endlich auf die Schulter klopfte und mir zu Hilfe kam. „Nun frag sie doch schon, ob du sie mitnehmen sollst, Georg."

Ich sah ihn mit großen, kindlich erwartungsvollen Augen an und ein väterliches Lächeln umspielte seine Lippen.

„Montag um zehn?"

Mein Kopf wippte freudig auf und ab. Erleichtert und hungrig machte ich mich über den Shrimps-Cocktail her, der auf der Anrichte stand.

„Papa hat doch nur darauf gewartet, dass du ihn endlich fragst", flüsterte meine Mutter mir ins Ohr. „Und, Kind?"

Ich fischte den letzten Shrimps aus dem Glas.

„Das sollte eigentlich weg. War das überhaupt noch gut?"


Nein, war es nicht mehr!

Das musste ich feststellen, als mich in der Nacht höllische Bauchschmerzen aus dem Schlaf rissen und ich nur mit Mühe das Badezimmer erreichte.

„Tess? Was ist denn mit *dir* los?", fragte Tom erschrocken und schielte über meine Schulter.

„Boäk" war alles, was ich antworten konnte. Schweißgebadet kniete ich vor der Toilette und würgte mir die Seele aus dem Leib.

„Huch! Du bist ja nackt?"

Ich drehte langsam meinen Kopf und blinzelte ihn mit verquollenen Augen an. „Na und? Du doch auch."

„Ich... Ich wollte auch gerade duschen", verteidigte sich Tom und tänzelte nervös von einem Fuß auf den anderen. Seine Wangen glühten.

Ich gab noch ein letztes Mal meinem Brechreiz nach, stand dann auf und überschüttete mein Gesicht mit klarem, eiskalten Wasser. „Und? Willst du mir damit sagen, dass du endlich zu deiner Bestimmung gefunden und mit Alfi geschlafen hast? Als ob ich das nicht schon lange wüsste", keuchte ich und legte mir ein Badetuch um.

Tom grinste. „Und du und dein Paul?"

Mein Magen krampfte und mich überfiel erneut Übelkeit. „Du bist ja schon gut informiert. Glaubst du etwa, er war so mies, dass ich jetzt kotze wie ein Tier?", knurrte ich und hing kurz darauf erneut über der Kloschüssel.

„Ist er da?" Alf, ebenfalls splitterfasernackt, legte seine Hand auf meinen Rücken und beugte sich zu mir herab.

Miracle kratzte nervös an meinem Bein.

„Mamaaa!", rief Luca besorgt aus. „Ist dir schlecht?"

Ich ließ mich erschöpft auf die kalten Fließen sinken und starrte meine männliche Gesellschaft an. Schweißperlen standen auf meiner Stirn. „Prima. Da wären wir jetzt endlich vollzählig."

„Bis auf einen..."

Ich quittierte Toms süffisantes Grinsen mit einem bösen Blick. „Bis auf keinen!"

Frustriert verbrachte ich den Samstag im Bett. So sehr ich es mir auch wünschte, war ich nicht in der Lage, auch nur einen Schritt zu tun. Mein Kreislauf tat das, was er wohl am besten konnte: Im Kreis laufen. Und so blieb mir nichts weiter, als Alfi und Tom zu überreden, auf dem Oktoberfest den Stand der Dinge zu überprüfen. Nur widerwillig stimmten sie zu und versprachen, Paul keine Sekunde aus den Augen zu lassen.

„Wie geht's dir heute, mein Schatz?", fragte Alf und servierte mir Grünen Tee mit Zwieback.

Als mir der Geruch in die Nase stieg, wurde mir erneut schlecht und ich hechtete zur Toilette.

Besorgt sah er mich an, als ich leichenblass zurückkehrte. „Da kann doch gar nichts mehr rauskommen?"

„Stimmt", japste ich und kroch erschöpft in mein warmes Bett zurück. „Und jetzt erzähl!"

Alf legte die Beine übereinander und seine Hände in den Schoß. „Nun ja", begann er. „Zunächst einmal möchte ich festhalten, dass dein Trainer wohl keinen Alkohol verträgt."

„Und das heißt?"

„Er war schon ziemlich angesäuselt, als wir in der Festhalle ankamen."

Ich runzelte, Böses ahnend, die Stirn. „Ist er ausfällig geworden, oder was?"

„Ach, iwo!", wehrte Alf schnell ab. „Er stand eine Zeitlang bei uns und hat mir eine Kassette ins Ohr gedrückt."

„Eine Quasselstrippe ist er ja. Musste ich auch schon feststellen."

„Süße, er hat sich sogar nach dir erkundigt."

„Nach mir?" Mein Herz machte einen Sprung. „Und was hast du gesagt?"

„Dass dein Auftritt wegen Kotzerei ausfällt."

„Haste ja prima gemacht", meckerte ich. Den Gedanken, Paul könnte sich mich nun würgend und röchelnd über dem Klo vorstellen, fand ich nicht sehr erbauend.

„Nein, ich sagte ihm, du hättest dir gestern den Magen verdorben."

Auch nicht besser.

„Aber", fuhr Alf fort und ignorierte meinen grimmigen Gesichtsausdruck, „er hat sich echt Sorgen um dich gemacht."

„Nett von ihm", murrte ich. „Und? Was habt ihr sonst noch so geredet?"

„Nicht viel", gab Alf leise zu. „Er stand ziemlich oft mit deinem Boss zusammen und..."

„Mit Allwisser?" Ich fuhr abrupt hoch und mir wurde sofort wieder schwindelig.

Alf legte die Hand auf meine Schulter und drückte mich sanft zurück aufs Bett. „Ja. Mit Allwisser. Die haben ordentlich was miteinander getrunken. Aber um ganz ehrlich zu sein", Alf runzelte die Stirn, „ich habe nicht das Gefühl, dass Allwisser Paul sonderlich gut leiden kann."

„Der kann niemanden leiden", brummte ich und bedauerte Paul in Gedanken.

„Na ja, dein Paul war auf jeden Fall überall und nirgends und Tom und ich hatten ganz schön zu wuseln, um ihn im Auge zu behalten."

„Und?"

„Nichts *und*. Er hat zwar hier und da mal mit ein paar Mädels geredet, aber das war's auch schon. Kein Gebaggere, kein Geknutsche. Noch nicht mal Sex im Damenklo!"

„Seid ihr da etwa...?"

„Was glaubst du denn?"

„Ihr seid."

„Jepp", bestätigte Alf kopfnickend. „Aber auch nur, weil der Gute sich zu später Stunde schon im Delirium befunden und in der Tür geirrt hat."

„Ach, du heilige Sch..."

„Hmhm." Er streichelte mir sanft über die Stirn. „Frustsaufen, nehme ich an. Deshalb, meine Süße, sieh zu, dass du schnell wieder auf die Beine kommst."

„Ich gebe mir Mühe."

Umsonst! Gegen Mittag bekam ich erneut Fieber und war erleichtert, dass meine Eltern Luca zu einem Ausflug über das Oktoberfest abholten. Ich nahm ein Aspirin und streckte kurze Zeit später, wie ein toter Igel auf der Landstraße, alle Viere von mir.

Paul betrat leise mein Schlafzimmer und setzte sich auf die Bettkante. Eine Weile sah er mich liebevoll an und sein Gesicht strahlte wie ein Sternenhimmel. Sachte strich er mir über die Wange.

„Aufwachen, Prinzessin", flüsterte Paul und beugte sich zu mir hinab.

Ich öffnete vorsichtig die Augen und blinzelte ihn an.

„Zu früh", hauchte er mir ins Ohr. „Die Geschichte geht anders."

Ich spürte seine Lippen über meine Wangen gleiten, bis zu meinem Mund. Meine Haut brannte vor Sehnsucht und endlich, endlich versanken wir in einem innigen Kuss. Ich schob meine Hand unter sein Shirt und zog ihn näher an mich heran. Als ich die Augen öffnete, durchfuhr mich plötzliche Panik. Wie gebannt starrte ich auf den Henker, der vor meinem Bett stand und drohend seine Axt hob. Noch bevor ich reagieren konnte, schnellte die Klinge nach unten und das Blut spritzte bis zur Decke. Ein kalter Schauer rann über meinen linken Fuß...

Meinen linken Fuß?

Schweißgebadet fuhr ich hoch. Das Herz klopfte mir bis zum Hals, ich spürte erneut Übelkeit aufsteigen und rannte zur Toilette. Miracle folgte mir bellend und leckte meine Füße, als ich mich über die Kloschüssel beugte. Seine Schnauze tropfte noch immer vom Wassertrinken.

„Mensch, du Sabberhannes", tadelte ich ihn ungerechterweise, „da haste mir aber jetzt einen Schrecken eingejagt."

Ich nahm Miracle auf den Arm und atmete tief durch. Eigentlich müsste ich ihm dankbar sein, dass er mich aus diesem Albtraum geweckt hatte.

„Na, meine Kleine?", fragte Papa am späten Nachmittag besorgt und strich mir über den Kopf. „Geht's dir schon ein bisschen besser?"

Noch immer zittrig, aber bei Weitem erholter, saß ich mit Strickjacke und Wollsocken auf der Terrasse und zündete mir eine Zigarette an.

„Ihr wird's schon wieder gut gehen, wenn sie hier sitzen und rauchen kann", tadelte meine Mutter. Wie immer.

„Mama?" Luca schlang übermütig seine Arme um meinen Hals und ich schnappte nach Luft. „Bist du wieder ganz gesund?"

Ich küsste seine zuckerwatteverklebte Wange. „So ziemlich, mein Schatz."

Auf Alfs fragenden Blick antwortete ich: „Aber ich bleibe heute nochmal zu Hause, damit ich morgen für den Frühschoppen fit bin."

Papa nickte zufrieden. „Dann ruhe dich noch ein bisschen aus, Teresa. Wir sehen uns dann um zehn. Ich hole dich ab." Er küsste zum Abschied meine Stirn.

## KAPITEL sechsundzwanzig

„Und? Geht's dir auch wirklich wieder gut?", fragte mein Vater, als er am nächsten Morgen pünktlich vor der Haustür stand.

„Klar doch", antwortete ich, schnappte Zigaretten, Handy und etwas Kleingeld und eilte nach draußen.

Meinem Magen und Kreislauf ging es nach einem erholsamen, weil traumlosen Schlaf, deutlich besser. Einzig mein Blut kam in Wallung, als ich Paul in der Menge erspähte. Er stand in einer Gruppe junger Leute, und ich zog es vor, mich im Hintergrund zu halten.

Erst gegen Mittag wurde er auf mich aufmerksam. „Hey, grüß dich!“, kam er ausgelassen auf mich zu. „Wieder gesund?“

Ich dachte an Alfis Erklärung für mein Fernbleiben und sofort schoss mir das Blut in den Kopf. „Ja.“

„Bist du allein hier?“

„Nein“, grinste ich und schlang meinen Arm um Papas Hüfte.

Paul nickte ihm enttäuscht zu. „Hi Georg.“

Ich grinste still in mich hinein und beobachtete eine Weile, wie er unschlüssig von einem Fuß auf den anderen wippte. „Frühschoppen mache ich ab jetzt wieder mit meinem Papa.“

„Ach?“ Er zog die rechte Hand aus seiner Tasche und deutete abwechselnd auf mich und meinen Vater. „Das ist... Ihr seid... Du bist Georgs Tochter?“

„Die Jüngere“, warf Papa ein. „Bedauernswert, nicht?“

Er erntete dafür einen unsanften Knuff in die Rippen.

„Jetzt sag bloß, das hast du nicht gewusst, Paul?“

„Mensch, Tess. Ich wusste, dass Sarah... Aber du?“

Ich lachte und ging einen Schritt auf ihn zu. „Du wohnst aber auch in Hennelin?“, feixte ich. „Oder hast du nur momentan nicht genug Blut im Alkohol?“

„Das auch“, erwiderte er grinsend, bevor er von einem Kumpel zur Bar gezerrt wurde.

Ich bestellte meinem Vater und mir daraufhin zwei Asbach-Cola.


Paul kam immer wieder an unserem Tisch und sprach mit den umherstehenden Gästen. Dank seines inzwischen stark erhöhten Blutalkoholspiegels mutiger geworden, flirtete er sogar mit mir, ließ sich jedoch bald wieder ablenken.

Frustriert kippte ich alles in mich hinein, was mir an Getränken angeboten wurde. Wie von Alf angekündigt, wurde die Anbaggerrate im Laufe des Tages immer höher und ich freute mich sogar über die wachsende Summe an Komplimenten, die ich auf meinem Konto verbuchte. Über die meisten jedenfalls.

„Du, ich habe echt kein Problem damit, dass du schon ein Kind hast“, säuselte mir ein penetranter Verehrer zum vielleicht hundertsten Mal ins Ohr. „Das adoptiere ich sofort, wenn du mich morgen heiratest.“

„Schon gut, schon gut. Aber jetzt zieh endlich Leine", raunte ich ihn entnervt an. „Ich habe keinen Bedarf."

Mein Vater beobachtete die Situation schon eine Weile. Er klopfte dem Heiratswilligen auf die Schulter und verwies ihn strengen Blickes vom Platz.

„Danke, Papa", sagte ich erleichtert und küsste ihn auf den Mund.

Er schob mir glücklich grinsend noch ein Bier über den Tisch.

„Weißt du, Babba? Du bist der Beste", nuschelte ich in einem temporären Delirium und fiel in eine Art melancholischen Selbstmitleids. „Du bist *so* der Beste. Und Mama kann glücklich sein, dass sie dich hat."

„Hmhm."

„Mama weiß das gar nicht zu schätzen. Aber ich, ich weiß das!"

„So?"

Ich holte tief Luft und bemühte mich, die Worte in meinem Mund zu sortieren. „Weißt du, Babba? So einen wie dich gäbe ich nicht mehr her!"

„Hmhm."

„Aber ich bin doch auch gut, oder?"

„Saugut!" Mein Vater legte den Arm um meine Taille und küsste meine Stirn. „Die Beste."

„Ja, aber warum sieht dieser Vollidiot das denn nicht?"

„Hm. Ich denke schon, dass er das gesehen hat."

„Meinst du?" Ich nahm einen Schluck Bier und leckte mir den Schaum von der Oberlippe.

„Hmhm."

„Kriegt aber seinen Arsch nicht hoch", knurrte ich und stieß hinter vorgehaltener Hand auf.

„Hm."

Wir schwiegen eine Weile.

„Ist vielleicht auch besser so. *Hick!*"

Mein Vater sah mich ernst an.

„Zweiundzwanzig. Mein Gott, der iss ja noch ein Kind. Da wäre in Hennelin die Hölle los. *Hick!*"

Er sagte noch immer nichts. Sein Blick wanderte nachdenklich durch die Menge.

„Prost, Babba!"

Zögernd stieß er mit mir an, ließ jedoch das Glas zurück auf den Tisch sinken und nahm mich in den Arm. „Hör mal, Tess. Was ich dir jetzt sage...“

Der Lärmpegel war enorm hoch und so hatte ich einige Schwierigkeiten, ihn zu verstehen.

„Du warst immer mein Liebling. Schon immer. Du kommst noch lange, ob du's nun glaubst oder nicht, vor deiner Schwester und vor deiner Mutter. Dass du Lucas Vater verschweigst, ist deine Sache. Ich persönlich glaube zwar, du weißt gar nicht, wer er ist. Aber das spielt keine Rolle. Ich habe dich deiner Mutter gegenüber immer verteidigt und werde das auch weiterhin tun. Und“, er gab mir einen väterlichen Kuss auf den Mund, „egal was du nun auch tust, hier und heute und auch in Zukunft: Ich werde dir stets den Rücken freihalten.“

Eine Gänsehaut breitete sich über meinem ganzen Körper aus. Ich hätte heulen können vor Rührung und tat es auch beinahe, hätte Papa mir nicht einen Schubs verpasst. „Paul ist grad aufs Klo.“

Ich trank mein Bier hastig aus, sammelte all meinen Mut, ordnete mein Gleichgewicht und ging nach Papas auffordernddem Kopfnicken nach draußen.

Die Toiletten lagen etwas abseits der Festhalle, versteckt hinter einem Hydroarrangement. Ich stellte mich dahinter und wartete. Nach einer Weile fragte ich mich, was ich hier, um alles in der Welt, eigentlich tat. Entschlossen drehte ich mich um und strebte zurück zum Saal.

„Tess!“ Paul hatte seine Hand auf meine Schulter gelegt und ich hielt sofort inne. „Wo warst du denn die ganze Zeit?“

„Ich?“ Verwirrt sah ich ihn an. „Na, am Tisch. Bei meinem Vater.“

„Äh... Ja. Blöde Frage.“

Blöd war allerdings nicht der treffende Ausdruck. Mir wurde dieses Katz-und-Maus-Spiel allmählich zu bunt. Und ich war betrunken genug, um die Initiative zu ergreifen.

„Hör mal, Paul“, erklärte ich bestimmt und drängte ihn zwei Schritte zurück. „Was geht hier eigentlich ab?“

„Was? Wie meinst du das?“

Ich beugte mich dicht an sein Ohr. „Ich sag dir jetzt mal was, lieber Paul..."

Er nahm eine gespannte Haltung an und presste seine Wange an meine. „Ja?"

„Ich bin dreizehn Jahre älter als du. Aber das ist mir sowas von scheißegal. Ich bin verrückt nach dir. Hast du das verstanden?"

Er nickte zaghaft.

„Dann ist gut. Was du nämlich jetzt daraus machst, ist deine Sache." Ich lehnte mich zurück und verschränkte die Arme vor meiner Brust.

Paul stand wie angewurzelt da. Verständlich, dass seine Gedanken unter Alkoholeinfluss länger brauchten, um sich zu sammeln. Nach einer Weile allerdings verzog sich sein Mund zu einem spitzbübischen Grinsen. „Komm mal her."

Er zog mich in die Herrentoilette und schloss die Tür hinter uns ab. „Und ich bin verrückt nach dir!"

Mein Herz machte einen Sprung. Ich legte meine Hand in seinen Nacken und wir fielen übergangslos in einen leidenschaftlichen Kuss.

„Und mir ist auch alles andere scheißegal", keuchte Paul, während meine Finger unter sein T-Shirt wanderten.

„So?" Ich zitterte und spürte deutlich die Beule in seiner Hose an meinem Oberschenkel. „Dann beweis es mir", forderte ich ihn auf.

Nervös und ungeschickt fummelte er an meinem Reißverschluss. Sein Atem wurde heftiger und er vergrub seine Zunge in meinem Mund. In meinem Unterleib und auch in meinem Kopf summte ein ganzer Bienenschwarm. Als ich meine Hand in seinen Slip schob, schreckte uns lautes Hämmern an der Tür auf.

„Shit!", stieß Paul aus und ich lehnte mich enttäuscht zurück. Er sah mich fragend an. Die Beule in seiner Hose war verschwunden.

„Mach halt auf", seufzte ich und verschwand in einer der Kabinen.

„Warum ist hier abgeschlossen?", lallte jemand und ich hörte noch jemanden hinzukommen. „Bist du fertig?"

Ich wartete, bis das Klicken zweier Türschlosser ertönte und schlich mich dann aus der Toilette. Draußen wartete Paul bereits auf mich und legte seine Hand auf meine Wange. Ich griff nach ihr, streichelte sie kurz und schob sie dann beiseite.

„Lass mal lieber hier."

„Was?" Ihm stand das blanke Entsetzen im Gesicht.

Wieder beugte ich mich an sein Ohr und flüsterte: „Hier sind zu viele Augen und es wird zu viel getratscht. Das möchte ich nicht. Noch nicht. Ist das erstmal okay für dich?"

Er nickte enttäuscht, aber verständnisvoll. Ich gab ihm unauffällig einen Klaps auf den Po und eilte zurück an meinen Tisch.

„Ach, nee!", schallte es mir entgegen und genau *das* dachte ich in diesem Moment auch. Ich sah meinen Vater entgeistert an. Er zuckte hilflos mit den Schultern.

„Teresa!" Gitte kam mir mit ausgebreiteten Armen entgegen und begrüßte mich herzlich.

Ich schluckte.

„Dich hätte ich ja nun nicht wieder erkannt", lachte sie freudig und ihre blaugrauen Augen strahlten, als sie mich ein wenig von sich wegschob und von Kopf bis Fuß musterte. „Ich dachte gerade eben noch, ich muss doch jetzt mal in Erfahrung bringen, was für eine hübsche Frau der Georg mit auf den Frühschoppen geschleppt hat."

„Äh..."

„Komm, Teresa. Trinken wir erst einmal was zusammen."

Widerwillig ließ ich mich von meiner ehemaligen Erzieherin an den Tisch drängen und atmete auf, als Paul unbemerkt in der Menge verschwinden konnte.

„Paul ist hier auch irgendwo", sagte Gitte und sah sich suchend um. „Er trainiert doch deinen Jungen, oder? Hat mir schon so viel erzählt von ihm."

Ich hielt die Luft an.

„Ein ganz starker Fußballspieler." Sie reichte mir ein Glas.

Ich nickte befangen und hoffte, Gitte würde sich bald wieder verabschieden. Vor nicht einmal zehn Minuten hätte ich beinahe ihren zweiundzwanzigjährigen Sohn auf der Herrentoilette vernascht. Und nun stand ich, alleinerziehende Mutter, mit der Frau am Tisch, die mir vor zweiunddreißig Jahren noch den Hintern abgeputzt hat. Das war mir alles suspekt und ich trank schnell aus.

„Paul muss doch hier irgendwo sein", drehte sie immer wieder ihren Kopf.

144

Mein Vater räusperte sich wiederholt.

„Und, Gitte? Wie geht's dir so?", fragte ich angespannt und kratzte mich am Hals.

„Ganz gut." Sie legte ihre Hand auf meinen Arm. „Das übliche halt. Arbeit, Haushalt und Kind. Kennst du ja alles."

„Hmhm."

„Und wie geht's dir, Teresa?"

„Gut", presste ich angestrengt heraus. „Alles bestens." Ich hoffte, damit alles gesagt zu haben.

Doch Gitte hatte zwei weitere Cocktails geordert und schob mir einen davon auffordernd entgegen.

„Du wohnst jetzt bei Alf? Dem Frisör?"

„Ja", erklärte ich rasch. „Aber nur so lange, bis wir eine eigene Wohnung gefunden haben."

Gitte seufzte. „Ja, ich hab meinem Paul auch schon gesagt, er solle sich langsam mal eine eigene Wohnung suchen. Er meint dann immer nur, bei mir wäre es doch am schönsten und dann grinst er noch so frech. Kannst du dir das vorstellen, Teresa?"

„Hmhm."

„Na ja, Mama macht ja auch alles."

„Kann's mir vorstellen", murmelte ich.

„Wie sollte er das auch bezahlen? Das bisschen, was er in der Ausbildung bekommt. Na ja, und dann die Mädels..." Gitte beugte sich nach vorn, sah mich verschwörerisch an und erzählte unbeirrt weiter. „Waren auch nie das, was ich mir unter einer Schwiegertochter vorstelle. Keine einzige. Jetzt ist er seit kurzem wieder solo. Dem Himmel sei Dank. Aber er hat sich schon wieder verguckt. Glaub mir, Teresa, eine Mutter spürt sowas."

„Aha." Mir rauschte das Blut in den Ohren. Verzweifelt klammerte ich mich an Papas Arm.

„Ich hoffe, es ist dieses Mal ein anständiges Mädchen."

„Waren die anderen Mädchen nicht anständig?", fragte ich und schlug mir in Gedanken gegen die Stirn. Ich würde Gitte nie loswerden, weckte ich nun auch noch ihren Mitteilungsdrang.

„Ach", meinte sie mit einer abwertenden Handbewegung. „Du kannst mich ja jetzt für spießig halten. Aber ich wünsche mir eben eine Schwiegertochter, die etwas darstellt und die man vorzeigen kann. Gut situiert halt."

„Ach, so. Na ja. Wer nicht?"

Paul huschte hinter Gittes Rücken vorbei. Mir stockte der Atem.

„Da hatte er mal eine, die war sieben Jahre älter als er." Noch immer schockiert schüttelte sie den Kopf. „Stell dir mal vor, Teresa. *Sieben* Jahre!"

„Na, aber hallo!", heuchelte ich Mitgefühl.

„Hätte nur noch gefehlt, dass sie schon ein Kind hat, oder so."

„Oder so."

Ich atmete erleichtert auf, als Gitte sich mit den Worten „Gut, Teresa. Wir sehen uns mal wieder, hoffe ich doch" verabschiedete.

Papa sah zu Boden und grinste still in sich hinein.


„Alles klar?" Paul presste sich zwischen meinen Vater und mich und legte vorsichtig eine Hand auf meinen Po. Inzwischen bereitete es ihm einige Schwierigkeiten, das Gleichgewicht zu halten.

„Soweit", seufzte ich und ließ ihn gewähren. In Hennelin war Frühschoppen und um diese Uhrzeit achtete kaum mehr einer auf das, was der andere tat. Mit dem Oktoberfest verband man von jeher eine Vertrautheit, die im nüchternen Zustand keinen mehr interessierte – sofern man sich dann überhaupt noch daran erinnerte.

Die Band spielte *Love is in the air*.

Paul sah mich mit glasigen Augen an und griff nach meiner Hand. „Komm, tanzen."

„Nein", wehrte ich angespannt ab. „Lass mal lieber."

„Och, büdde!"

„Nein!"

„Büddeee!"

„Paul!"

Er zuckte zusammen wie ein Kind, das nach dem Zähneputzen beim Naschen erwischt wurde.

„Paul", sagte ich daher sanft. „Ich hab mir gerade einen Vortrag von deiner Mutter anhören müssen. Und außerdem kannst du nicht mal mehr geradestehen."

„Aber tanzen geht immer", unterbrach er mich frech.

„Paul!" Eine gewisse Gereiztheit huschte über mein Gesicht.

„Schon gut."

Es war weit nach Mitternacht, als wir vom Frühschoppen aufbrachen. Mein Vater wankte nicht weniger als ich. Dennoch entschieden wir, zunächst Paul nach Hause zu bringen, der betrunkener gar nicht hätte sein können. Ich fragte mich, ob er sich morgen überhaupt noch an die Ereignisse erinnerte.

## KAPITEL siebenundzwanzig

Alf lauschte am darauffolgenden Tag begeistert meinen Schilderungen. Mir jedoch wurde flau im Magen. Hatte ich mir denn wirklich gut überlegt, was ich da tat?

„Schätzchen, jetzt mach dich nicht gleich wieder verrückt", beruhigte er mein schlechtes Gewissen. „Nur weil seine Mutter sich eine heilige Jungfrau zur Schwiegertochter wünscht, heißt das noch lange nicht, dass sie *dich* nicht genauso akzeptieren würde."

„Ihr kommt doch prima miteinander klar, oder?" Tom spielte mit meinem Haar.

„Tess, du bist verrückt nach ihm. Da wirst du ihn doch jetzt nicht wegen seiner Mutter sausen lassen?"

Ich starrte in meine Kaffeetasse. Ohne aufzublicken, antwortete ich betrübt: „Er hat sich noch nicht wieder bei mir gemeldet."

„Lass ihn doch erstmal seinen Rausch ausschlafen." Toms Argument wurde vom Klingeln meines Handys unterbrochen. „Das ist er vielleicht?"

Ich schüttelte missmutig den Kopf.

„Hi liebste Schwägerin", flötete Léon. „Wie war der Frühschoppen? Ich hoffe, dein Urlaub hat sich gelohnt?"

„Wieso gelohnt?" Ich nahm einen großen Schluck Kaffee, um meine Aufnahmefähigkeit zu erhöhen und hörte Léon am anderen Ende lachen.

„Der gestrige Tag, um dein Liebesleben endlich wieder mal in Schwung zu bringen, und der heutige zum Ausnüchtern. Was sonst?"

„Blödmann!"

„Ich liebe dich auch." Er lachte noch immer. „Und jetzt erzähl mal, Tess. Was macht denn meine Konkurrenz?"

Seufzend nahm ich Miracle auf den Arm und ließ mich aufs Sofa fallen. „Wenn ich's nur wüsste."

„Ist er denn nicht bei dir?", fragte Léon ehrlich überrascht.

„Nein. Papa und ich haben ihn gestern nach Hause gebracht. Paul war sturzbesoffen."

„Aber..."

„Hey, du sensationslüsternes Ferkel", blaffte ich ihn an. „Wenn du's unbedingt wissen willst: Wir hätten um ein Haar im Herrenklo gevögelt. Zufrieden?"

„So ein Trottel", prustete Léon.

„Was heißt hier *Trottel*?"

Er legte eine Kunstpause ein und antwortete dann verächtlich: „Ein richtiger Kerl wäre am Ball geblieben, das sage ich dir jetzt, mein Schatz."

„Was soll das heißen?" Léons Aussage schockierte mich. „Dass du dir den Stich nicht hättest entgehen lassen, oder was?"

Wieder schwieg er einige Sekunden und fuhr dann bedächtig fort. „Pass auf, dass er sich nicht nur bemuttern lässt, Tess. Ich muss jetzt weiterarbeiten. Grüß mir Luca."

„Hey..."

Er hatte aufgelegt. Einfach aufgelegt! Ich stand da und starrte irritiert auf das Handy in meiner Hand.

In der Nacht kam ich kaum zu Ruhe. Ich wälzte mich im Bett hin und her, bis das Laken faltig war wie Mutter Teresas Gesicht. Albträume verfolgten mich. Immer wieder tauchte Paul auf, gehetzt und gepeinigt von dem Henker mit seiner todbringenden Axt.

Schweißgebadet erwachte ich gegen fünf Uhr, fand keinen Schlaf mehr und schlich in die Küche. Noch bevor Alf und Luca erwachten, war ich mit Miracle im Garten und hatte den Frühstückstisch gedeckt.

Als ich aus der Dusche kam, saßen sie am Tisch und starrten mich besorgt an. „Ist etwas passiert?"

So viel Zynismus am frühen Morgen war mir eindeutig zu viel. „Konnte halt nicht mehr schlafen", knurrte ich deshalb und nahm neben ihnen Platz.

Luca und Alf warfen sich vielsagende Blicke zu.

„Und ich dachte, ich hätte heute einen guten Tag erwischt."

Ich schenke Alf Kaffee ein und reichte Luca ein Glas Orangensaft.

„Lass mich nur machen, Alfi." Luca tätschelte beruhigend seine Hand und blinzelte mich mit seinen tiefblauen Augen flehend an. „Mama?", fragte er mit sanfter Stimme. „Mama, Alfi hat heute einen Termin beim Uhrenarzt..."

„Urologen, Luca. Beim Urologen", korrigierte Alf.

„Ja, beim Uhrenlogen. Und da wollte ich fragen, ob ich nach der Schule in deinem Büro vorbeikommen darf und wir vielleicht im Restaurant zu Mittag essen können?"

„McDonalds?"

Luca strahlte mich an und nickte begeistert. „Ich pass auch auf, wenn ich über die Straßen gehe", versprach er mir und legte untermauernd die Hand auf seine Brust. „Ganz ehrlich."

Zerkirscht stimmte ich zu. Ich nahm Alfs Hilfe schon viel zu sehr in Anspruch, als dass ich jetzt auch nur einen Augenblick zögern durfte. Selbst wenn dies bedeutete, dass mein fast siebenjähriger Sohn gute fünfzehn Minuten Fußweg und zwei Straßenkreuzungen bis zum Architekturbüro vor sich hatte.

„Selbstverständlich, mein Schatz", sagte ich bemüht entspannt und schlug, zu meiner eigenen Beruhigung, vor: „Deine Hausaufgaben kannst du im Büro machen und mir danach ein bisschen bei der Arbeit behilflich sein, ja? Dann machen wir gemeinsam Feierabend."


Die Arbeit auf meinem Schreibtisch türmte sich und ich fragte mich ernsthaft, ob Allwisser sie bewusst für den heutigen Tag zurückgehalten hatte. Zu allem Überfluss schien seine Laune auf dem Nullpunkt. Was Miracle allerdings nicht davon abhielt, ihn freudig zu begrüßen und ihm ins Büro zu folgen.

„Miracle! Miracle, komm her", rief ich ihm entsetzt nach.

Mein Hund machte sich offensichtlich einen Spaß daraus, mich um Allwissers Schreibtisch zu scheuchen.

Mein Chef sah gereizt von seinen Unterlagen auf. „Frau Dorn? Haben Sie sonst nichts zu tun?"

„D-d-doch", stotterte ich mit hochrotem Kopf.

„Dann lassen Sie gefälligst den Hund in Ruhe und tun Ihre Arbeit", herrschte er mich an.

Ich zuckte zusammen und spürte meine Gesichtszüge entgleisen.

„Bitte, Frau Dorn", sagte er in gemäßigterem Ton und bückte sich.

Im Augenwinkel konnte ich erkennen, wie Miracle sich von ihm den Nacken kraulen ließ, als ich das Büro eingeschüchtert verließ.

Luca streckte seinen Kopf durch die Tür.

„Pscht", hielt ich ihn um Ruhe an. „Komm und setz dich so lange hierher, mein Schatz", flüsterte ich und spähte zu Allwissers Büro.

Luca stellte vorsichtig seinen Schulranzen ab, zog sich einen Besucherstuhl herbei und nahm neben mir Platz. Ich küsste sanft seine Stirn. „Der Allwisser hat heute keine Laune und ich erst in einer halben Stunde Mittagspause", erklärte ich leise. „Magst du schon mit deinen Hausaufgaben anfangen?"

Luca schüttelte den Kopf. „Nur ein bisschen malen." Er packte seine Buntstifte aus und ich reichte ihm einen Stapel Kopierpapier. Mein Schreibtisch glich nun mehr einer Wühltheke als einem Arbeitsplatz.

Die Tür zu Allwissers Büro wurde geöffnet und ich hielt den Atem an. Gleich würde ein Donnerwetter folgen, darauf war ich gefasst.

„Frau Dorn", knurrte Allwisser und legte seine Stirn in Falten, als er das Chaos sah. „Können Sie mir eigentlich mal sagen, wie...?"

Ich rollte mit meinem Stuhl zurück und Allwissers Blick fiel auf Luca. Seine Gesichtszüge hellten sich merklich auf. „Hey Luca. Wie geht's? Sehen wir uns heute Abend im Training?"

Luca winkte fröhlich. „Hallo Marius. Klar."

Sie zwinkerten sich einmütig zu und ich sah sprachlos zwischen den beiden hin und her.

„Obere linke Ecke." Mein Sohn hob den Zeigefinger und zeigte in ein imaginäres Tor.

Allwisser nickte lächelnd. „Hast du nochmal geübt?"

„Hmhm."

„Gut."

Ich schnaufte. Diese Eintracht war mir eindeutig zu viel und es wurmte mich, dass Luca sich kein bisschen solidarisch mit mir zeigte und Allwisser nicht wenigstens halb so viel Antipathie entgegenbrachte wie ich.

„Ich bin jetzt bei meinem Ortstermin und gegen vierzehn Uhr wieder im Haus", erklärte mir Allwisser unterkühlt, richtete seine Krawatte und verließ das Büro.

„Ja", erwiderte ich knapp und wandte mich dann mit einem Du-sagst-mir-jetzt-sofort-was-hier-los-ist-Blick an Luca.

„Wir haben gestern Torschuss geübt", raunte er mich an. „Du warst ja nicht da."

Es traf mich wie ein Stich mitten ins Herz und ich holte erst einmal tief Luft.

„Luca", begann ich und versuchte, ohne Vorwurf zu klingen, „ich muss arbeiten und Geld verdienen. So war es schon immer. Aber du weißt, dass ich jederzeit für dich da bin. Weißt du doch, oder? Glaube mir, es ist nicht leicht für mich, alles unter einen Hut zu bringen und gleichzeitig eine gute Mama zu sein. Vorgestern habe ich mir zum ersten Mal eine Auszeit gegönnt und war mit Opa unterwegs. Bist du mir deswegen böse?"

Luca hörte mir aufmerksam zu und widmete sich dann wieder seiner Zeichnung. „Nein, Mama."

„Wirklich nicht?"

„Wirklich nicht", sagte er wenig überzeugend.

„Luca..."

„Mama, ich bin dir nicht böse, weil du gestern mit Opa weg warst."

„Was ist es dann?"

Hinter seinem gebrummten „Nichts!" steckte viel mehr als ein erwachsener Verstand sich auszumalen vermochte. Das wusste ich aus Erfahrung.

„Luca?", klang ich nun schon flehend und vergaß für einen Augenblick das Chaos auf meinem Schreibtisch.

Doch mein Sohn presste die Lippen aufeinander und schwieg beharrlich.

„Na, sag mal", flötete Susanne eine halbe Stunde später. „Wer ist denn dieser bildhübsche, junge Mann?"

Luca grinste bis hinter beide Ohren und vergrub die Hände verschämt in den Hosentaschen.

Ich legte stolz meine Hand auf seine Schulter. „Luca, das ist Susanne. Susanne, das ist mein Sohn Luca."

Sie ging vor ihm in die Hocke und legte einen Finger unter sein Kinn. „Du bist aber fesch, Luca."

„Hm." Seine Wangen färbten sich zartrosa.

„Und woher hast du nur diese wunderschönen, blauen Augen?"

Ich räusperte mich nervös und senkte meinen Blick. Dass der Ursprung dieser Gene nicht bei mir lag, war schließlich unübersehbar. „Susanne", sagte ich deshalb schnell. „Ich möchte mit Luca rübergehen zu McDonalds. Könnte Miracle vielleicht so lange bei dir bleiben?"

„Natürlich, Tess. Keine Frage."

„Danke, Susanne. Sind auch gleich wieder da." Ich nahm meinen Sohn an der Hand und eilte mit ihm in das wenige Meter entfernte Fast-Food-Restaurant.

„Mama?"

„Hm?" Ich dippte meinen Nugget in die Barbecuesoße und biss genüsslich ab.

„Wer ist eigentlich mein Papa?"

Das Nugget blieb mir vor Schreck im Hals stecken und führte unmittelbar zu einem schmerzhaften Hustenanfall. Zu allem Überfluss lärmte nun auch noch das Handy in meiner Tasche. Mir schossen Tränen in die Augen und mein Kopf leuchtete wie eine polierte Peperoni. Ich ignorierte es.

„Geh ruhig ran."

„Aber...", presste ich heiser heraus. „Nein!"

„Geh ran, Mama."

Ich zögerte.

„Mamaaa. Mach schon."

„Ja?", röchelte ich in das Mobilfunkgerät und räusperte mich nachdrücklich.

„Hallo Tess. Hier ist Paul."

„P...", erschrak ich erneut. „Oh, hi."

„Ich... Ich wollte nur fragen, ob ihr heute Abend ins Training kommt?", stammelte er.

Luca sah neugierig zu mir auf.

Die Erleichterung und die Freude über seinen Anruf wichen der Sorge, Luca könnte etwas von dieser ungleichen Beziehung erfahren. Obwohl... War das denn schon eine Beziehung?

„Ja. Ja, klar", sagte ich ganz unverfänglich. „Und... Wie geht es dir?"

„Gut... Gut. Und dir?"

„Auch."

„Na, dann. Bis heute Abend?"

„Wir sehen uns", gab ich rasch zurück und fügte leise hinzu: „Ich freu mich."

Ich hörte ihn erleichtert aufatmen. „Ich freu mich auch."

„Wer war das, Mama?"

„Musst du so neugierig sein?", stupste ich Luca zärtlich auf die Nase und packte mein Handy weg. Sekunden später piepte es. Es war eine Kurzmitteilung von Paul, die mein Herz ins Stolpern brachte:

HI TESS. ICH LIEBE DICH, PAUL

Wie paralysiert starrte ich auf das Display. Paul meinte es tatsächlich ernst.

Nur... Wie ernst konnte es für einen Zweiundzwanzigjährigen sein, der volltrunken in der Herrentoilette von einer Alleinerziehenden, die alterstechnisch seine Mutter sein könnte – nun ja, sagen wir mal – bedrängt wurde? Das Leben war kein Spiel und ich fragte mich, ob Paul sich dessen bewusst war. War ich im Begriff, den größten Fehler meines Lebens zu begehen? War ich, was mein Liebesleben betraf, schon so sehr auf Entzug, dass ich mich rückhaltlos und gar nicht vorausschauend in dieses Verhältnis stürzte?

Doch ich verwarf den Gedanken und freute mich wie ein Schulmädchen über Pauls SMS. Warum auch nicht? Seit sieben Jahren schuftete und organisierte ich, blieb Partys fern und Männern sowieso. Jede freie Minute verbrachte ich mit Luca, stellte all meine Bedürfnisse zu seinen Gunsten zurück. Und ich tat es gerne, voller Inbrunst und Liebe. Was also sprach dagegen, mir auch ein kleines Stück Lebensqualität zu gönnen, solange ich Luca nicht vernachlässigte? Niemand würde verletzt, meine Sehnsucht gestillt und...

„Mama?", riss Luca mich jäh aus meinen Gedanken. „Bekomme ich noch ein paar von deinen Pommes?"

„Klar doch. Kannst du alle haben." Ich schob ihm die Tüte über den Tisch und blickte auf meine Uhr. „Zehn Minuten haben wir noch, Lu."

„Mama, wer...?"

„Du musst nicht alles wissen, Sohnemann", unterbrach ich Luca grinsend.

„Wer ist mein Papa?"

Mein Grinsen erstarb. Sieben lange Jahre hatte ich gehofft, mich nie dieser Frage stellen zu müssen. Natürlich wusste ich, dass dieser Moment unausweichlich kommen würde. Aber doch nicht in einem Fast-Food-Restaurant, während meiner Mittagspause – und nach einer SMS, die meine Gefühle zu Hochleistungen trieben?

„Luca, mein Schatz", begann ich und spürte, wie der Druck auf meiner Brust immer größer und stärker wurde. „Das... Das ist nicht so einfach zu beantworten. Bitte lass uns heute Abend in Ruhe darüber sprechen, ja?" Ich hoffte, ich könnte mir bis dahin ein paar gute Argumente zurechtlegen.

„Victors Papa ist ein Engel, sagt seine Mama."

„Was?" Es traf mich wie ein Schlag ins Gesicht. Allwisser ein Engel? Wirklich nicht! „Wenn der ein Engel ist, Luca, dann ist dein Papa ein Gott!" Ungläubig schüttelte ich den Kopf. Wenigstens schienen sich somit alle weiteren Erklärungen erledigt zu haben. Mein Sohn machte sich lediglich darüber Gedanken, welche Gestalt sein Vater in seinen Augen annehmen würde. So wie Harry Potters Vater dem Zauberlehrling als Hirsch erschien.

Lucas Augen weiteten sich begeistert. „Geil, mein Papa ist ein Gott!"

„Hmhm", seufzte ich.

Meine Gedanken trieben schon wieder fernab der Realität. Vor meinem inneren Auge tauchte der perfekte Körper des Henkers auf und ich spürte noch immer seine Berührungen, so als wäre es gestern gewesen. Dann sah ich meinen Sohn, erkannte seine Schönheit, sein

154

Talent, seine Art zu leben. Und ich dankte dem Himmel, dass er mir dieses Geschenk gemacht hatte.

## KAPITEL achtundzwanzig

„Hey Paul?", rief Thomas am Abend über den Platz. „Was ist denn mit dir los? Hast du im Lotto gewonnen, oder was?"

Paul sah unschuldig auf, grinste mir zu und antwortete ihm: „So ungefähr."

Thomas schüttelte irritiert den Kopf. „Der ist heute so gut drauf. Also... Nicht, dass er sonst nicht gut drauf wäre. Aber heute...?"

Ich zuckte gespielt desinteressiert mit den Schultern.

„Wie war's eigentlich am Montag?", fragte Christiane.

„Och, ganz nett." Ich zündete mir eine Zigarette an. „Wo warst du denn? Lässt doch sonst keinen Frühschoppen aus? Warst du nicht auf dem Oktoberfest?"

Christianes Wangen begannen sichtbar zu glühen. „Doch", gluckste sie. „Ich war dort. Am Samstag."

„Ja, und? Hat's dir da schon gereicht?", frotzelte ich.

Sie beugte sich näher an mein Ohr. „Ich war mit Marius an der Bar."

„Ach?"

Christiane sah mich erwartungsvoll an. Sollte ich jetzt in Begeisterungsstürme ausbrechen?

„Ja, war auch richtig nett", grinste sie süffisant und weckte nun doch meine Neugier. Immerhin war sie als ebenfalls eine alleinerziehende Mutter Mitte Dreißig bekanntermaßen auf Freiersfüßen unterwegs.

„So? *Wie* nett denn?"

„Och, wir haben uns gut unterhalten, ein bisschen was getrunken und dann hat er mich sogar nach Hause gebracht."

„Na?"

Die Enttäuschung stand ihr ins Gesicht geschrieben. „Nichts *Na*. Als ich mich für Montag mit ihm verabreden wollte, sagte er, er müsse arbeiten."

„Hat er auch, Christiane." Ich warf den Kopf in den Nacken und blies langsam den Rauch aus. „Entsprechend sah es nämlich auch auf meinem Schreibtisch aus."

„Wie ist es denn eigentlich so? Mit Marius zu arbeiten?"

Ich wusste nicht recht darauf zu antworten. Als *streng* durfte ich ihn nicht bezeichnen, denn er hatte weder über Miracle noch über Lucas Besuch ein Wort verloren. Dennoch flößte mir sein Auftreten Respekt ein.

„Ganz okay", antwortete ich deshalb knapp.

„Wirst du da nicht... Ich meine... Boah! Wenn ich ihn nur ansehe, werde ich schon ganz wuschig."

„Wuschig?", wiederholte ich ungläubig.

„Aber total!"

Ich sah unauffällig zu Allwisser hinüber. „Na ja, aber ich bin ja nicht du."

Christiane schüttelte verständnislos den Kopf.


„Mama! Paul hat gesagt, ich bin Mannschaftskapitän", keuchte Luca mit hochrotem Kopf.

Ich reichte ihm seine Trinkflasche. „So? Da bin ich aber stolz auf dich, mein Schatz."

Paul kam verlegen lächelnd auf uns zu.

„Mannschaftskapitän?", fragte ich unverfänglich.

Er zwinkerte mir zu. „Als mein bester Spieler hat er sich das verdient."

„Was man sich bei dir so alles verdienen kann", mischte Christiane sich in das Gespräch und ich beobachtete, wie Pauls Wangen eine zartrosa Tönung annahmen.

„Tja."

„Warst du eigentlich am Montag beim Frühschoppen?"

Ich zündete mir eine Zigarette an und lauschte angespannt.

„Klar."

„Und? Wie war's? Gut?"

Paul warf mir einen kurzen, aber wie ich hoffte, unauffälligen Blick zu und grinste. „Das kann man wohl so sagen."

Julian zerrte ungeduldig an seinem Arm. „Komm schon, Paul. Weitermachen!"

Er drehte sich noch einmal zu mir um und setzte das Training dann beinahe widerwillig fort.

Ich sah ihm verstohlen nach.

„Tess?" Christiane rückte näher zu mir. „Was geht denn da ab?"

„Hm? Training. Wieso?"

„Du weißt, was ich meine."

Mir wurde gleichzeitig heiß und kalt. Verdammt!

„Nein, Christiane. Woher soll ich das wissen?"

„Tess?"

„Hm?"

„Da läuft doch was?"

„Ich weiß echt nicht, was du meinst." Ich spürte, wie etwas auf meine Brust drückte.

Christiane verschränkte die Arme vor ihrer Brust. „Gut, dann werde ich mal Paul fragen."

Ich schluckte trocken. „Frag halt."

„Tess..."

Nervös starrte ich ins Leere.

„War Marius am Montag doch in der Festhalle?"

„Was?" Nun konnte ich ihr gar nicht mehr folgen.

„Ihr zwei seid so offensichtlich bemüht, nicht miteinander gesehen zu werden. Mensch, da ist doch irgendwas!"

Ungläubig schüttelte ich den Kopf. Dann knuffte ich Christiane sanft in die Rippen. „Sag, spinnst du? Ich kann den Typen nicht ausstehen. Entschuldigung. Und er mich genauso wenig. Deshalb gehen wir uns aus dem Weg. Du denkst doch nicht ernsthaft...? Nein! Wirklich nicht." Ich tippte mir gegen die Stirn.

„Und das soll ich dir jetzt glauben?"

„Hey! Allwisser... Brrr!" Ich schüttelte mich angewidert. „Den könntest du mir auf den Rücken schweißen, ich würde mich losrosten!"

Beleidigt, aber dennoch erleichtert, wandte Christiane sich wieder dem Training zu. „Na, wenn du's sagst..."

„Tess? Kommst du bitte nochmal mit rein?", fragte Paul nach dem Training im Vorbeigehen. „Ich muss dir noch etwas geben."

Ich nickte. „Luca? Du kannst schon mal zum Auto gehen. Ist offen. Ich komme gleich", bat ich meinen Sohn und folgte Paul in den Umkleideraum.

Paul stellte seine Tasche ab, sah sich um und schloss die Tür. „Hast du... Hast du meine SMS bekommen?"

„Hmhm", fing ich seinen schüchternen Blick auf.

Wir schwiegen eine Weile. Dann trat ich mutig einen Schritt auf ihn zu. „Du wolltest mir noch etwas geben?", fragte ich vorsichtig.

„Ja." Paul berührte sachte meinen Arm und beugte sich nach vorn. „Will ich", flüsterte er, als sich unsere Lippen berührten.

Das Kribbeln in meinem Bauch explodierte und verteilte sich auf alle meine Körperteile. Ich legte meine Hand in seinen Nacken und zog ihn fester an mich. Zaghaft schlang er seinen Arm um meine Hüfte, bevor seine Zunge in meinem Mund versank.

„Kann ich noch mehr davon haben?", flüsterte ich.

„Wann?"

Ich wollte ihn. Ich wollte ihn so sehr. Am liebsten sofort. „Um acht geht Luca ins Bett", sagte ich und schob ihn ein wenig von mir.

„Warum nicht gleich hier?"

Der Gedanke schien zunächst verlockend. Doch ich besann mich. „Paul", sagte ich und strich mit dem Daumen über seine zarten Lippen. „Mein Sohn wartet im Auto."

Enttäuscht senkte er der Kopf.

Ich wandte mich ab und öffnete die Tür. „Heute Abend?"

„Heute Abend", wiederholte Paul und schenkte mir ein strahlendes Lächeln.

Ich war beinahe am Ausgang, als ich noch einmal kehrt machte. „Aber bitte stell dein Auto nicht direkt vorm Haus ab."

Er nickte gehorsam.


„Mama? Was hat Paul dir denn eigentlich gegeben?", fragte Luca nach dem Zähneputzen.

Ich stand unter der Dusche und trieb verzweifelt mein Hirn zu Höchstleistungen an. „Äh... Spielführerbinde", antwortete ich rasch. „Er wollte mir die Spielführerbinde geben. Aber er hat sie wohl doch vergessen."

„Ehrlich?"

„Äh... Ja", rang ich mit mir und wagte nicht, meinem Sohn in die Augen sehen.

„Geil!"

„Finde ich auch. Und jetzt ab mit dir ins Bett", küsste ich ihn. „Gute Nacht, mein Liebling."

Ich hatte kaum die Badezimmertür hinter ihm geschlossen, als es klingelte.

„Hi Paul", hörte ich Luca erfreut ausrufen. „Bringst du meine Spielführerbinde vorbei?"

Nein! Ich warf einen verzweifelten Blick auf die Uhr. Es war viertel vor acht. Kam Paul nicht üblicherweise zu spät?

„Paul bringt sicher nur den Spielplan, nicht wahr?", vernahm ich nun auch Alfs Stimme. „Und jetzt geh schön ins Bett, wie's die Mama gesagt hat, Luca."

Zwei Türen fielen ins Schloss und die Stimmen entfernten sich.

Ich trocknete rasch meine Haare, zog mir den Bademantel über und betrat barfuß und mit klopfendem Herzen das Wohnzimmer.

Paul und Alf saßen, in ein Gespräch vertieft, auf dem Sofa. Auf dem Tisch standen zwei Flaschen Bier.

„Hi. Du bist früh." Einen Moment überlegte ich, ob er sich des Risikos, meinem Sohn zu begegnen und ihn somit zu verunsichern, nicht bewusst war.

Unschuldig zuckte Paul mit den Schultern.

Alf warf mir einen verständnisvollen Blick zu. In jeder Hinsicht. „Tja", meinte er schließlich und klopfte Paul auf den Oberschenkel. „Ich verzieh mich dann mal? Oder...?"

„Lass nur, Alfi", warf ich rasch ein. „Ich muss mich sowieso noch anziehen. Kommst du mit, Paul?"

Er trank rasch sein Bier aus und folgte mir ins Schlafzimmer.

„Hab ich irgendwie Ärger gemacht?", fragte Paul und schloss die Tür.

*Hoffentlich nicht*, dachte ich und holte tief Luft. Calvin Kleins *Contradiction* stieg mir in die Nase und wanderte unmittelbar in mein Hirn. Dort begannen Stürme zu toben, als ich Pauls Welpenblick begegnete. Ich öffnete langsam den Gürtel meines Bademantels und trat auf ihn zu. Er taxierte mich und schien nicht zu wissen, was nun zu tun sei. Ich ließ meine Finger über seinen Arm wandern, griff nach seiner Hand und führte sie auf mein Dekolleté. Sie zitterte.

Ich fragte mich, ob er wirklich wusste, was er will und verharrte einen Moment lang.

Pauls Atem wurde schneller. Er streifte mir den Bademantel ab und sah mich begierig an. Das war die Antwort, die ich wollte. Meine Schenkel brannten und so zog ich ihn fester an mich und ließ meine Hände auf Wanderschaft gehen. Als ich den Knopf seiner Hose öffnete, spürte ich deutlich seine Erwartung und schob Paul zu meinem Bett. Er zog seine Hose schneller aus als ich reagieren konnte und bedeckte meinen Körper mit leidenschaftlichen Küssen.

Die Sehnsucht brannte zwischen meinen Schenkeln und ich übernahm die Führung, um schneller zur Sache zu kommen. Ich war ausgehungert. Meine Finger krallten sich in Pauls Rücken, als er endlich in mich eindrang. Sein Herz raste, der Schweiß stand ihm wie silberne Regentropfen auf der Stirn und ich setzte die Erfahrung einer reifen Frau ein, um seinen Höhepunkt hinauszuzögern.

„Oh, Gott!", stöhnte Paul, als er nach zwanzig Minuten zufrieden auf meine Brust sank. „Das war der Hammer", flüsterte er. „Du bist der helle Wahnsinn."

Erschöpft küsste ich seine Schulter und fragte mich gleichzeitig, ob Sex schon immer mit so viel Arbeit verbunden war?

„Ich liebe dich", hauchte er mir ins Ohr.

Miracle war aufs Bett gehopst und legte besitzergreifend seine kleine Pfote auf meinen Kopf.

„Tess?", fragte Paul, „Du mich auch?"

Ich schloss meine Augen und hoffte, mein Puls würde bald wieder zu seinem normalen Rhythmus zurückfinden.

„Liebst du mich?", wiederholte er verunsichert.

„Paul", richtete ich mich auf und legte zärtlich meine Hand auf seine Wange. „Du weißt, dass ich verrückt nach dir bin..."

„Aber du liebst mich nicht?"

„Paul..." Ich sah in sein betroffenes Gesicht. Er ähnelte einem verloren gegangenen, kleinen Jungen und ich fühlte mich plötzlich uralt. „Wir kennen uns doch noch gar nicht lange. Wie kannst du denn da schon von Liebe sprechen?"

„Ich weiß es eben", erwiderte er trotzig und zutiefst verletzt. „Spielst du nur mit mir?"

Widersprüchlichste Gefühle stiegen in mir hoch. Ich war alles andere als auf eine ausführliche Diskussion eingestellt.

„Ich spiele nicht mit dir, Paul", sagte ich deshalb ernst. „Seit ich dich das erste Mal gesehen habe, gehst du mir nicht mehr aus dem Kopf."

„Ja, aber..."

„Lass mich bitte ausreden", mahnte ich. „Zwischen uns liegen mehr als dreizehn Jahre Altersunterschied..."

„Das ist mir doch..."

„Paul!" Langsam riss mir der Geduldsfaden.

Er entschuldigte sich kleinlaut und sah betroffen auf das Muster der Bettdecke.

„Ich bin seit acht Jahren Single. Luca habe ich allein großgezogen. Er ist der Mittelpunkt meines Lebens und das weiß er auch. Schon deswegen kann ich ihm jetzt nicht einfach einen Mann präsentieren und sagen: ‚Guck mal, mein Sohn, du hast Konkurrenz bekommen!'. Das würde ihn doch völlig aus der Bahn werfen. Verstehst du das?"

„Ja."

„Paul, ein Kind bedeutet Verantwortung. Und die nehme ich sehr ernst."

„Ja."

Ich legte meine Hand auf seinen Rücken. Er zitterte.

„Hey, glaube aber bitte nicht, dass ich das hier nicht auch ernst nehme."

Erleichtert sah er zu mir auf.

„Es ist nur nicht einfach für mich, nach so langer Zeit..." Ich verstummte unter seinem leidenschaftlichen Kuss.

## KAPITEL neunundzwanzig

Der November lag wie ein eisiger Teppich über den Dächern und Straßen.

„Paul, weißt du eigentlich, wie spät es ist?", fragte ich ungehalten, als er um dreiundzwanzig Uhr in mein Schlafzimmer wankte. „Wieso bist du überhaupt noch hergekommen?"

„Ich hatte solche Sehnsucht nach dir."

„Lass den Quatsch", knurrte ich, bemühte mich jedoch vergeblich, seinem Welpenblick zu widerstehen. „Mensch, Paul. Seit Wochen kommst du Abend für Abend bei mir vorbei. Deine Kumpels fragen sich doch auch schon, warum du nicht, wie sonst immer, die halbe Nacht mit ihnen durchmachst."

„Sicher."

„Du weißt, dass ich nie von dir erwarten würde, dein ganzes Leben umzukrempeln. Außer vielleicht, etwas weniger zu trinken", fügte ich leise hinzu.

„Hmhm." Er bedeckte meinen Hals mit Küssen. „Ich hab ihnen gesagt, ich gehe zur geilsten Frau der Welt."

„Ach, Paul...", stöhnte ich unter seinen Berührungen auf.

„Und? Wie läuft's so?", fragte Sarah wenige Tage später, als wir beim Brunch in ihrer Küche saßen.

„Meinst du nun Pauls allabendliche Besuche in ihrem Schlafzimmer oder Tess' tägliche Wutausbrüche nach der Arbeit?" Alf warf mir einen ärgerlichen Blick zu.

Sarah nahm zwischen uns Platz. „Was ist denn bei euch los?"

„Ich bemühe mich ja, endlich eine eigene Wohnung zu finden", ignorierte ich ihre Frage und sah betroffen zu Alf. „Ich weiß, dass es dir auf den Keks geht, wenn Paul ständig auf der Matte steht oder das Badezimmer von mir besetzt ist oder..."

„Tess! Tess!"

„...dass du kostenlos Tagesmutter spielst und nicht genug Zeit für Tom hast und..."

„Tess!", schrie Alf nun und sprang von seinem Stuhl auf. „Halt die Klappe!"

Erschrocken ließ ich mein Brötchen fallen und starrte ihn mit offenem Mund an. Selbst Sarah war kurz zusammengezuckt.

Alf trat auf mich zu. „Tess-Schätzchen." Er nahm meinen Kopf in seine Hände. „Ich will doch überhaupt nicht, dass du ausziehst. Hörst du? Luca und du, ihr seid meine Familie. Ich bin dankbar für jeden Tag, den ich mit euch habe. Es macht mir auch nichts aus, wenn Paul abends um elf noch klingelt und sich dann in dein Zimmer schleicht, um ein paar Stunden später wieder zu verschwinden, bevor Luca etwas merkt. Auch deine ewigen Streitereien mit Allwisser höre ich mir an und versuche, deinen Ärger zu verstehen oder zumindest nachzuvollziehen."

„Du hast Streit mit Dr. Allwisser?", warf Sarah überrascht ein.

„Nicht direkt", murmelte ich.

„Nein!" Alf riss theatralisch die Arme nach oben. „Unsere Tess hat doch keinen Streit mit ihrem Chef. Sie giften sich nur täglich an! Ihrem Ärger macht sie dann zu Hause Luft. Was ja auch okay ist, wohlgemerkt."

„Entschuldige bitte, Alf. Dann halte ich zukünftig eben meinen Mund", maulte ich und schob trotzig das Kinn nach vorn.

„Sie versteht es nicht." Kopfschüttelnd lief er in der Küche umher, als sei er ein Ferkel, das auf den Metzger wartet. „Sie versteht es einfach nicht."

„Ja, verdammt nochmal, sag endlich, was los ist", herrschte Sarah ihn ungeduldig an.

Alf lief einmal um den Tisch und ging dann neben mir in die Hocke. „Tess..."

Ich lauschte gespannt. „Ich mag Paul sehr gerne und ich freue mich auch immer über seinen Besuch. Nur dachte ich nicht, dass das alles so... so verkomplizieren würde. Verstehst du?"

„Nö."

Er nahm meine Hand und drückte sie. „Hör zu, Schätzchen. Durch die ganze Heimlichtuerei bist du dermaßen angespannt, dass sich das auch nach außen bemerkbar macht. Nicht, dass du übellaunig wärst. Du bist nur einfach so leicht reizbar geworden."

Ich wollte sein Argument bereits mit einer Handbewegung abwinken, als ich innehielt.

„Das hat mir Luca auch gesagt." Betrübt senkte Alf den Kopf.

„Was?" Mein Puls schnellte nach oben. „Luca?"

Sarah räusperte sich und es klang wie ein stiller Vorwurf.

„Versteh doch. Vincent ist sein bester Freund. Und es sind auch oft nur Kinkerlitzchen, über die du dich aufregst", fügte er hinzu.

„So siehst du das also?", knurrte ich und fühlte mich verraten.

„Tess, es geht hier nicht um die Aussagekraft deiner Beschwerden über Marius." Léon stand unvermittelt in der Küche. „Es geht um deinen Sohn."

Ich kämpfte mit den Tränen. „Wollt ihr mir damit sagen, dass ich eine Rabenmutter bin? Nur weil ich mit Paul..."

Léon fuhr mir über den Mund: „Rede keinen Stuss, Teresa. Hier geht es nicht um Paul. Hast du das noch nicht kapiert? Es geht um die Gefühle deines Sohnes, die du mit Füßen trittst, indem du ständig und unbedacht deinen Unmut über Marius kundtust. Wie soll der Junge sich fühlen?"

Ich wagte es nicht, meinen Schwager in seinem Redeschwall zu unterbrechen. Der Klos in meinem Hals wurde immer dicker und ich fühlte mich plötzlich unendlich allein.

„Marius ist mein bester Mitarbeiter und ein liberaler Vorgesetzter. Er ist keinesfalls das Ekelpaket, als das du ihn hinzustellen versuchst."

*Ist das jetzt eine offizielle Rüge meines Chefs,* fragte ich mich still und blinzelte zu Léon hinüber.

„Er hat sich nicht über dich beschwert, falls du das jetzt denkst. Im Gegenteil. Er beschreibt dich als kompetent, zuverlässig und fleißig. Doch ich möchte es nicht noch einmal erleben, dass Luca zu mir kommt und mich fragt, warum du so böse auf den Onkel seines besten Freundes bist."

„Onkel?", hakte ich überrascht nach.

„Und wenn du glaubst, deine Heimlichtuerei sei von irgendeinem Erfolg gekrönt, dann lass dir mal eines gesagt sein, liebste Schwägerin", ignorierte Léon meine Frage. Er beugte sich zu mir hinab und hob drohend den Zeigefinger. „Dein Sohn ist nicht dumm. Er hat längst bemerkt, dass du mit seinem Trainer vögelst. Er gönnt dir diesen Spaß, ganz bestimmt. Nur weiß er nicht, wieso du ihm dein neues, ach so tolles Glück vorenthältst. Du hörst also jetzt sofort mit diesem Scheiß auf, stehst zu deinem Grünschnabel und versuchst vor allem, wieder das Vertrauen deines Sohnes zu gewinnen."

Ich war vollkommen überfordert mit der Situation. Alfs Ausbrüche war ich inzwischen gewohnt. Auch Sarahs großschwesterliche Eigenarten kannte ich zur Genüge und konnte nach immerhin fünfunddreißig Jahren damit umgehen. Doch dass ausgerechnet Léon mich derart streng ins Gebet nahm, wühlte mich innerlich so sehr auf, als sei ein Tornado durch meine emotionale Welt gefegt.

Zittrig erhob ich mich von meinem Stuhl. „Ich geh dann wohl besser mal", knurrte ich, ohne aufzusehen, „bevor euch noch mehr Vorwürfe einfallen, die ihr mir an den Kopf werfen könnt."

„Oder suche dir einfach einen *richtigen* Mann", folgte mir Léons Stimme, als ich bereits im Flur nach meiner Jacke griff.

„Tess." Sarahs Hand legte sich zärtlich auf meine Schulter. „Bitte, geh jetzt nicht."

Ich kämpfte mit den Tränen, fühlte mich wie ein wildes Tier, das von allen Seiten beschossen wurde und nun sein sicheres Zuhause suchte, um sich dort in aller Ruhe seine Wunden zu lecken. Kopfschüttelnd lehnte ich ab.

„Tess, bitte." Sarahs Stimme klang schmerzlich. Sie legte ihren Kopf auf meine Schulter und schluchzte leise.

„Sarah?" Verwirrt sah ich sie an. „Was...? Was ist los?"

Meine Schwester hakte sich bei mir ein und schob mich ins Schlafzimmer. Dort ließen wir uns rücklinks aufs Bett sinken.

„Lass uns einfach nur mal reden."

Eine ganze Weile sagten wir nichts, lagen nebeneinander und ließen unsere Füße baumeln. Ganz so, wie wir es in früheren Jahren getan hatten. Sarahs beharrliches Schweigen bedeutete mir, dass auch ihr Kummer auf der Seele lag. Der Druck auf meiner Brust löste sich langsam, denn ich hoffte, meine Probleme würden damit etwas in den Hintergrund treten.

„Ich liebe dich", flüsterte sie und strich mir vertraut eine Haarsträhne aus dem Gesicht. „Weißt du eigentlich, wie sehr?"

Ich schluckte. „Ich liebe dich auch, Sarah. Und es tut..."

„Tess", fuhr sie fort und griff nach meiner Hand.

Ich wusste, dass ich jetzt einfach nur zuzuhören hatte.

„Tess, hör auf, dich für alles zu entschuldigen. Ich sagte dir, ich liebe dich. Und ich liebe dich nicht nur als meine Schwester, sondern auch als meine Freundin", erklärte sie und ein Hauch Strenge schwang in ihrer Stimme mit. Sie sah mich mit ihren bernsteinfarbenen Augen hoffnungsvoll an.

Ich fixierte einen Punkt an der Zimmerdecke und erwiderte nichts.

„Weißt du, Tess. Ich denke, verschiedener als wir beide können Schwestern nicht sein. Was meinst du?" Ohne eine Antwort abzuwarten, fuhr sie fort: „Ich meine nicht unsere finanzielle, familiäre oder häusliche Situation. Du warst schon immer ganz anders. Ich war immer die große Schwester, habe brav gelernt, mich gut benommen, war diszipliniert und achte noch heute sehr auf mein Äußeres."

Ich zog missmutig die rechte Augenbraue nach oben.

„Du dagegen warst immer Papas Liebling. Zwar in der Schule eine Katastrophe, keine Ahnung von Tischmanieren und außer Unsinn nichts im Kopf. Aber Papas Liebling. Du wirst nicht glauben, wie oft ich versucht habe, dich auszustechen. Aber ihr beide habt einen Draht zueinander, den niemand anderes kappen kann. Ich wollte das nie verstehen und bin beinahe daran verzweifelt. Das kleine, unscheinbare, rotznäsige Pummelchen sticht mich aus. Und trotzdem habe ich dich schon immer geliebt."

Noch immer schwieg ich.

Und auch Sarah sagte lange nichts mehr. Es war, als würde ihr dies schon ewig auf dem Herzen liegen und sie schien erleichtert, es endlich ausgesprochen zu haben.

Um uns herum war Stille. Das Schlafzimmer befand sich im obersten Stockwerk ihres beeindruckenden Hauses. Für einen Moment fragte ich mich, ob die anderen in der Zwischenzeit Kriegsrat am Küchentisch hielten.

„Sag mal: Wärst du wirklich gegangen?", warf Sarah plötzlich in den Raum.

„Ja."

„Dachte ich mir."

„Ich heiße es nicht gut, dass Léon dich dermaßen angefahren hat. Aber", sie setzte sich auf, „ich denke, dass es langsam an der Zeit ist, reinen Tisch zu machen. Findest du nicht auch?"

„Du meinst, ich sollte..."

„...du solltest endlich zu deiner Beziehung mit Paul stehen", nahm Sarah mir die Worte aus dem Mund.

Ich legte meinen Arm über die Stirn und sammelte meine Gedanken.

„Kannst du oder willst du nicht zu ihm stehen?"

„Ich weiß es nicht", sagte ich matt. „Ich weiß gar nichts mehr."

„Es läuft nicht so, wie du dachtest. Oder?"

Ich nickte.

„Er ist jünger, als du dachtest. In jeder Hinsicht?"

Wieder bestätigte ich kopfnickend. „Weißt du, Sarah", begann ich zögerlich. „Er kommt seit vier Wochen Abend für Abend. Natürlich ist es... Es ist großartig, endlich wieder begehrt zu werden und das auch ausleben zu können."

„Aber, Süße", unterbrach sie mich, „es ist doch auch vorher nicht so gewesen, als hättest du keine Angebote gehabt. Du hast sie nur ignoriert."

„Ja, klar. Aber es war vorher auch nie so gewesen, dass mich ein Mann dermaßen verrückt gemacht hat." Ich schickte einen verhaltenen Lacher hinterher.

„Außer..."

„Außer!"

Es bedarf keiner Worte mehr. Wir wussten beide, von wem wir sprachen.

„Tess." Sarah tätschelte aufmunternd meinen Oberschenkel. „Vier Wochen. Das ist nichts. Gib ihm eine Chance, sich zu beweisen."

„Hmhm", murmelte ich skeptisch. „Und du?"

Sie stand auf und öffnete die Balkontür. „Hast du deine Kippen einstecken?"

Ich folgte meiner Schwester nach draußen. Wir schnatterten vor Kälte wie zwei balzende Gänse und teilten uns eine Zigarette.

„Wie ist er denn eigentlich so?", fragte Sarah und rieb sich die Oberarme.

„Paul?" Ich suchte nach einer passsenden Beschreibung. „Inzwischen ausdauernd. Ja, so könnte man es nennen. Selbst wenn er, wie so oft, vorher noch mit seinen Kumpels unterwegs war und ordentlich einen im Tee hat."

„Aber?" Sie grinste mich erwartungsvoll an.

Ich seufzte. „Ich muss ihm halt immer sagen, was er tun und was er lassen soll."

„Unsicher?"

„So könnte man das wohl nennen."

Sarah legte ihren Arm um meine Schulter und schob mich ins Zimmer zurück. „Na ja, Süße. Er sieht in dir die reife, erfahrene Frau. Ich glaube, es ist schon eine ganz große Nummer für ihn, dich überhaupt erobert zu haben. Und nun hat er einfach Angst, etwas falsch zu machen."

„Möglich."

„Jetzt hör mal, Schwesterchen. Seit acht Jahren meisterst du nicht nur dein eigenes, sondern auch Lucas Leben. Und das bemerkenswert gut. Und noch länger lässt du dir von keinem Mann irgendetwas sagen. Du hast eine gewisse Selbstständigkeit, die du auch nach außen trägst. Ist es da ein Wunder, wenn Paul sich etwas, nun ja, sagen wir mal, unbeholfen fühlt?"

„Jaja, alles möglich", murrte ich. „Bestimmt sogar. Aber was ist mit dir?"

Sarah räusperte sich. „Lu ist wirklich ein großartiges Kind. Ich hoffe, Enya und Mika werden ihm wenigstens ein bisschen ähnlich", schob sie versonnen nach.

„Sarah?"

Ihre Augen füllten sich mit Tränen. Sie wandte sich von mir ab und öffnete die Schublade ihres Nachttisches.

Angst beschlich mich. „Holst du da jetzt eine Knarre raus, um das Erbe deiner Patenschaft anzutreten, oder was?", versuchte ich, einen seichten Witz zu platzieren.

Sarah wischte sich über das Gesicht und reichte mir etwas. „Das... Das habe ich heute Früh auf unserem Dachboden gefunden."

Ich starrte auf das schon arg verblasste Polaroidfoto. Das blanke Entsetzen stand mir im Gesicht, mein Puls raste und mein Magen drehte sich um. „Das... Das ist..."

„Das ist der Henker."

„Henker", keuchte ich. Meine Beine gaben endgültig nach. Ohne meinen Blick abzuwenden, ließ ich mich auf das Bett sinken. „Woher...?"

„Dachboden", antwortete Sarah und hob bedeutend den Zeigefinger. „*Unser* Dachboden."

„Aber, wie...?"

Ihr Gesicht war ausdruckslos, doch ich wusste, dass unter der Oberfläche alles Mögliche ablief.

„Du meinst, Léon kennt den Henker?"

Sarah kniff die Lippen zusammen. „Oder Léon *ist* der Henker."

„Sarah!" Ich schlug mir entsetzt mit der Hand auf die Brust.

„Nun überleg doch mal, Tess", erwiderte sie trocken. „Ich lernte Léon ein Jahr nach Lucas Geburt kennen. Begeistert war er ja schon immer von dir."

„Was soll...? Du weißt..." Mich beschlich Panik. „Du glaubst doch nicht im Ernst...?"

Sie zuckte mit den Schultern.

„Nein", rief ich fast hysterisch aus. „Nein! Nein! Sarah, nein! Das... Das *kann* nicht sein!"

„Und was macht dich da so sicher?", fragte sie heiser und ich bemerkte eine Spur Hoffnung in ihren Augen.

„Nein!", wiederholte ich und lief nervös im Zimmer auf und ab. „Nein! Es kann nicht Léon sein."

Sarah griff nach meinem Arm. Sie zitterte. „Warum? Warum nicht, Tess?"

„Ich weiß es!"

„Was macht dich so sicher?"

Ich schloss die Augen. Beinahe körperlich spürbar konnte ich mir die Begegnung mit dem Henker in Erinnerung rufen.

„Er fühlte sich anders an."

„Was?" Sarah sah keineswegs erleichtert aus. „Fühlte sich *anders* an?"

„Ja. Ja", versicherte ich ihr. „Sein Gesicht... Léon ist viel weicher."

„Tess! Du warst sturzbetrunken und bekifft!"

„Nein, Sarah." Noch nie in meinem Leben war ich mir so sicher. Ich griff nach ihrer Hand und sah ihr tief in die Augen. „Léon ist größer. Da bin ich sicher. Léon ist nicht der Henker."

Sie dachte kurz nach und atmete dann auf. „Wenn du dir sicher bist..."

„...bleibt nur die Frage: Wer ist der Mann auf diesem Foto?"

Noch nie hatten meine Schwester und ich eine Unterhaltung mit so viel Schweigeminuten geführt.

„Was weiß Léon eigentlich?" Ich saß im Schneidersitz auf dem Boden, starrte Löcher in die Luft und spielte gedankenverloren mit meinem Haar. „Wie viel weiß er?"

Sarah rutschte vom Bett und nahm mir gegenüber Platz. „Nun ja..."

Ich fragte mich, wie loyal meine Schwester war.

„Am Anfang unserer Beziehung fragte er mal, wer Lucas Vater sei. Ich hab ihm gesagt, dass ich das nicht wisse. Irgendwann mal... Sorry, Süße... Aber irgendwann hab ich mich verplappert und gesagt, dass du selbst nicht wüsstest, wer sein Papa ist."

Nervös rutschte ich von einer Pobacke auf die andere.

„Aber, glaub mir. Bitte, Tess. Ich habe *nie* auch nur ein Wort über den Henker verloren."

Ich atmete auf. „Also weiß er nicht, wer der Henker ist."

„Oder er weiß nicht, dass *er* Lucas Vater ist?" Sarahs Augen vergruben sich in meinem Gesicht.

„Verdammt! Hör schon auf", erhitzte ich mich. „Léon ist nicht Lucas Vater!"

Besänftigend nahm Sarah meine Hand. „Schon gut, Kleine. Es tut mir leid." Sie atmete scharf aus. „Das Foto hat mich nur ziemlich durcheinandergebracht."

Wieder schwiegen wir. Beinahe laut. Es war, als höre man unsere Gedankengänge rattern.

„Sarah. Wenn Léon das Foto gehört, dann weiß *er* doch, wer der Henker ist?"

„Willst du ihn fragen?"

Noch bevor ich mit erhobenen Händen ablehnen konnte, traf mich die Antwort mitten ins Gesicht.

„Ich werde mich hüten, einen Namen zu nennen."

Unsere Köpfe flogen zeitgleich herum und wir starrten zum Türrahmen. Darin lehnte Léon, die Arme demonstrativ vor seiner Brust verschränkt und mit erhabenem Gesichtsausdruck.

„Léon!" Sarah sprang auf. „Du hast gelauscht", rief sie entsetzt aus.

„Ich habe nicht gelauscht, Prinzessin. Ihr denkt nur einfach zu laut."

„Arschloch!", knurrte ich und schob das Kinn trotzig nach vorn. Er trat langsam auf uns zu. „Damit wären wir wohl quitt?"

„Quitt? Wie meinst du das?" Verwirrt sah ich zu Sarah auf.

Ein arrogantes Grinsen umspielte Léons Lippen. Er setzte sich auf den Boden und sah mich sekundenlang nur an.

Ich spürte, wie mein Magen sich verkrampfte,

„Ich dachte, ich komme hoch und entschuldige mich bei dir, falls ich vorhin etwas zu barsch gewesen sein sollte... Zu einem Sensibelchen wie dir", schickte er ironisch nach.

„So?"

„Aber dieses ‚Arschloch'... Keine sehr gewählte Ausdrucksweise."

„Léon", warf Sarah nun energisch ein, „wenn du weißt, wer der Mann auf dem Foto ist, dann *musst* du es sagen. Er ist schließlich... Verdammt! Warum hast du dieses Bild überhaupt auf unserem Dachboden versteckt?"

„Versteckt?" Er küsste Sarah und schüttelte leise lachend den Kopf. „Ich habe gar nichts versteckt. Das ist alter Ramsch. Ich habe ihn nach oben geräumt, damit du nicht meckerst, ich würde meinen Kram überall rumliegen lassen. Weiter nichts."

„Aber du musst..."

Sein Lachen verstummte. „Nein, Sarah. Ich muss gar nichts. Und ich werde mich hüten, auch nur ein Wort zu irgendjemandem zu sagen. Weder zu ihm", er sah uns entschlossen an, „noch zu euch."

Ich wühlte in meiner Jackentasche, stand auf und betrat den Balkon.

„Jetzt redet erst einmal nur eine. Und das bist du, liebste Schwägerin. Ich denke, dein Sohn hat eine Erklärung verdient", drang Léons Stimme in mein Ohr. „Aber lass dir nicht zu viel Zeit. Paul wird in einer halben Stunde hier sein."

„*Was?*" Ich verschluckte mich am Zigarettenrauch und hustete hektisch aus. Nun sah ich aus wie *Grisu*, der kleine Drache, der Feuerwehrmann werden wollte.

Schadenfroh grinsend verließ Léon das Schlafzimmer.

„Mama?" Lucas Kopf weilte in meinem Schoß, als er wenige Minuten später mit mir auf dem Bett saß. Ich streichelte zärtlich sein Haar. „Mama, hast du Angst vor mir?"

Verwirrt hielt ich inne. „Angst? Wieso Angst?"

„Na, weil du mir nicht gesagt hast, dass du…" Er richtete sich auf und seine großen, blauen Augen funkelten mich fragend an. „Na, dass du und der Paul, dass ihr euch liebhabt?"

Ich atmete hörbar nervös aus. „Weißt du, Lu. Wir waren so lange allein. Du und ich. Nur wir beide. Ich wollte einfach nicht, dass du glaubst, du würdest Konkurrenz bekommen."

„Mama", erhitzte er sich. „Ich habe doch keine Angst vor Populenz. Fußball ist ja schließlich auch ein Potenzsport, manchmal."

Ich verkniff mir ein Grinsen. „Konkurrenz, Schatz."

„Ja, das auch."

„Und", tastete ich mich vorsichtig voran, „macht es dir denn gar nichts aus?"

Luca baute sich vor mir auf. „Mama. Ihr Erwachsenen wollt doch immer knutschen. Dann kannst du das ja jetzt mit Paul machen. Und ich hab ja auch was davon. Er kann nämlich mal kommen, wenn ich noch nicht schlafe und mit mir extra Training machen."

Ich schmunzelte ob seines Verständnisses für meine Bedürfnisse und der Gleichstellung seiner eigenen.

„Obwohl…" Luca tippte mit dem Finger gegen sein Kinn und kniff die Augen zusammen. „Trainieren tu ich ja auch schon mit Marius. Aber…" Sein Arm schnellte nach oben. „Wenn der Paul bei uns schlafen darf, dann darf das der Vincent auch mal."

Ich stimmte erleichtert zu. „Klar, mein Schatz."


Als wir gemeinsam in die Küche zurück gingen, saß Paul bereits am Tisch. Von Léon, Sarah und Alf belagert wie ein Rudel Hyänen, machte er mir einen recht eingeschüchterten Eindruck. Doch seine Anwesenheit ließ mein Herz schon wieder schneller schlagen.


„Habt ihr ihn jetzt genug beschnuppert?" Ich strich Paul über den Rücken.

„Alfred hat mich angerufen. Ich komme direkt vom Spiel", entschuldigte er sich für sein legeres Outfit.

„Und?" Léons Stimme klang barsch und ließ Paul kurz zusammenzucken.

„Was?"

„Wie habt ihr gespielt?"

„Vier zu Eins. Zwei Vorlagen, zwei Tore."

„Respekt."

„Hmhm." Paul sah hilfesuchend zu mir auf. Er schien mit dieser Situation völlig überfordert.

„Hallo erstmal", lächelte ich und gab ihm einen zarten Kuss.

Es schien wie eine Erlösung für ihn und er legte seinen Arm um meine Taille. „Hi."

Trotz aller Bemühungen blieb die Atmosphäre befangen. Zwar kannte Paul Alf bereits und Sarah bemühte sich redlich, die Stimmung aufzulockern. Doch Léon hielt sich distanziert und wirkte beinahe unterkühlt.

„Alles okay?", fragte ich Paul am späten Nachmittag, als wir Hand in Hand zu unseren Autos schlenderten.

„Hmhm."

„Klingt aber nicht sehr überzeugend."

„Doch, doch." Er bemühte sich, zu lächeln. „Alles okay."

„Du kannst nicht so mit Léon, hm?"

„Ach, Quatsch", wehrte Paul ab und ich wusste, dass er log.

„Na, dann." Ich schloss den Wagen auf und ließ Luca bereits einsteigen.

Paul parkte direkt hinter mir. Unschlüssig trat er von einem Fuß auf den anderen. „Hast du...? Wollen wir...? Ich meine, morgen nach dem Turnier... Ich würde dich und Luca gerne einladen. Zu McDonalds, oder so?"

Ich räusperte mich. „Klar, gerne", presste ich heraus. „Aber, ich zahle selbst. Du armer, kleiner Azubi", fügte ich lachend hinzu.

Seinem Gesichtsausdruck nach zu urteilen, wusste er mit meinem Humor noch nicht so recht umzugehen. „Wenn du meinst."

Ich strich ihm liebevoll über die Wange, legte meine Hand in seinen Nacken und zog ihn näher an mich heran. „Bis morgen dann?"

„Bis morgen." Er küsste mich und stieg dann in seinen Wagen.

## KAPITEL dreißig

„Viel Glück bei deiner Feuertaufe, Schätzchen." Alfs Worte klangen mir noch in den Ohren, als ich mit Luca am darauffolgenden Vormittag die Sporthalle betrat.

Luca war vorangelaufen und angesichts der bei einem heimischen Fußballturnier natürlich stark vertretenen Henneliner Gesellschaft wurde mir nun doch etwas flau im Magen. Erleichtert sah ich Sabrina und Christiane, die mir aufgeregt winkten, und steuerte direkt auf sie zu.

„Guten Morgen, Frau Dorn." Allwisser tauchte plötzlich in der Menge auf und grüßte höflich.

„Guten Morgen", gab ich knapp zurück und ließ Lucas Sporttasche fallen.

Allwisser schnaufte kurz.

„Oh! Oooh!", entschuldigte ich mich rasch, als ich bemerkte, dass er wieder einmal Opfer meiner Unachtsamkeit geworden war. „'tschuldigung."

„Du hast's aber auch mit Marius."

„Was?", kam es Allwisser und mir wie aus einem Mund.

Christiane lachte. „Na ja, du wirst ihn bald kaputtgemacht haben."

Ich zog die Stirn kraus und mahnte mich selbst zu mehr Freundlichkeit. „Er hält doch sicher ein bisschen was aus", scherzte ich und klopfte ihm sachte mit dem Handrücken auf seinen bemerkenswerten Sixpack.

„Wie Sie meinen", kommentierte er den unerwarteten Körperkontakt und rieb sich die Nase.

*Eins zu Null für ihn*, ärgerte ich mich still.

Dennoch sah ich verhalten lächelnd zu ihm auf. „Luca würde Vincent gerne mal über Nacht einladen. Wäre das okay? Kommenden Samstag ginge bereits. Auf jeden Fall. Danach haben wir ein Auswärtsspiel. Aber wenn Sie ihm seine Sportsachen mitgeben, kann er gerne mit uns fahren und Sie haben..."

„Frau Dorn?", unterbrach er mich.

„Ja?"

„Würden Sie mich auch mal zu Wort kommen lassen?"

„Ja."

„Lu hat bereits mit mir gesprochen. Und wenn Sie nichts dagegen haben, würden wir ihn am kommenden Samstag gerne mit ins Kino nehmen. Er könnte bei *uns* übernachten. Ist Ihnen das recht?", fragte Allwisser förmlich.

„Na gut, ja." Ich spürte, wie sich ein Arm um meine Hüfte legte und drehte mich um. „Hi Paul."

Er gab mir einen scheuen Kuss, doch ich spürte sofort das Blut in meinen Kopf steigen. Alle Blicke waren auf uns gerichtet.

„Holla!", rief Christiane aus. „Was geht denn hier ab?"

Paul strahlte. „Sind die Kinder schon in der Umkleide?", ignorierte er die überraschten Gesichter und drängte sich an ihnen vorbei.

„Tess?" Sabrina gab mir einen Schubs mit der Schulter.

„Hey", eilte nun auch Thomas herbei. „Ich hab mich doch eben versehen, oder?"

„Nein. Hast du nicht", grinste Christiane. „Unsere Tess hat sich Frischfleisch geangelt."

„Wie lange geht das denn schon zwischen euch?"

Ich hob die rechte Hand.

„Fünf Wochen?" Christiane nickte anerkennend. „Das habt ihr aber gut geheim gehalten."

„Hmhm. Aber seid mir nicht böse, Leute", wand ich mich. „Mein Dienst fängt gleich an."


Ich brachte Lucas Tasche in die Umkleidekabine, wünschte ihm viel Glück und eilte dann zu dem Stand, der zwecks Verpflegung der Turnierteilnehmer und Zuschauer eigens aufgebaut worden war.

„Also, das ist ja... Hätte ich nicht gedacht", flüsterte Sabrina und half mir beim Belegen der Brötchen.

„Warum?", erwiderte ich – vielleicht eine Spur zu patzig. „Weil er so viel jünger ist als ich?"

„Nein. Nein, Tess." Sie sah mich beleidigt an. „Eigentlich nur, weil ihr so verschieden seid."

Sofort tat es mir leid, ihr gegenüber so voreingenommen gewesen zu sein. „Entschuldige, Brina. Ich wollte dich nicht anblaffen."

„Schon gut, Tess", seufzte sie. „Ich weiß ja, wie das ist. Heimlichtuerei kann ganz schön aufs Gemüt schlagen. Ich hatte mal zwei Jahre was mit einem verheirateten Mann. Glaube mir, ich weiß, wovon ich rede."

„Oh", stieß ich aus. „Echt?"

„Ja", murrte sie. „Will ich aber nicht mehr drüber reden."

Ich akzeptierte ihre Haltung. So wie ich auch akzeptieren musste, in den kommenden Tagen, vielleicht sogar Wochen, wegen meines Verhältnisses mit Paul angesprochen zu werden.

„Wird noch der eine oder andere blöde Spruch kommen", vermutete Sabrina. „Nur gut, dass du nicht auf den Mund gefallen bist."

„So? Findest du?"

Sie lachte. „Na, hör mal. Du hast schon ‚ne ganz ordentliche Klappe. Außer bei Marius vielleicht", fügte sie hinzu und knuffte mir spielerisch gegen den Arm.

„Vielleicht gibt es ja auch noch Menschen, vor denen Frau Dorn Respekt hat, Sabrina?" Allwisser warf mir einen Seitenblick zu.

Ich suchte fieberhaft nach einer passenden Antwort. Doch bevor ich etwas erwidern konnte, war er auch schon grinsend in der Menge verschwunden.

„Blödmann", zischte ich ihm nach.

„Lass das bloß mal nicht Christiane hören", flüsterte Sabrina mir zu. „Die beiden sind doch ganz dicke miteinander."

„Brauchst nicht flüstern. Sie hat mir schon gesagt, dass Allwisser sie ganz *wuschig* macht." Ich zog eine üble Grimasse.

„Na ja. So ganz abgeneigt scheint *er* aber auch nicht zu sein."

Meine Grimasse erstarb. „Wieso?"

Sabrina zuckte nur mit den Schultern. „Meine ja nur..."

Unwillkürlich schweifte mein Blick über die Zuschauer und ich sah recht bald Allwisser und Christiane einträchtig beieinanderstehen. Als sie vertraut ihren Arm um seine Schulter legte, versetzte es mir einen leichten Stich in der Magengrube. Zeitgleich patschte ich mit der flachen Hand gegen meine Stirn.

*Jetzt tickst du völlig aus, Tess*, sagte ich mir still und schüttelte jeden weiteren Gedanken ab.

Zwischen den einzelnen Spielen herrschte an unserem Stand reger Betrieb. Sabrina und ich hatten alle Hände voll zu tun. Für die

Kinder der teilnehmenden Mannschaften stellten wir kleine Naschtüten bereit.

„Noch jemand ohne?", rief ich gegen das lautstarke Geschnatter an.

„Ja, hier!", strahlte Paul und platzierte seine Hände auf meinem Po.

Sabrina räusperte sich laut.

„Große Jungs bekommen nur das hier", schmunzelte ich und küsste ihn kurz, aber innig.

„Hm, schmeckt auch viel besser", lachte Paul und eilte zurück zur Mannschaft.

Grinsend wendete ich mich wieder meiner Arbeit zu.

„Zwei Kaffee, bitte."

Ich hielt den Atem an und sah auf. „Hi Gitte", presste ich heraus.

Sie machte einen leicht bestürzten Eindruck. „Hallo Teresa. Sehen wir uns doch schneller wieder, als erwartet."

„Hmhm." Ich bemühte mich, das Zittern meiner Finger unter Kontrolle zu bekommen, als hinter Gitte auch Ottfried, ihr Mann, erschien. „Zwei Kaffee waren das?"

„Ich mach das schnell", schlug Sabrina geistesgegenwärtig vor.

„Nein, lassen Sie das Teresa machen", zischte Gitte, „sie kümmert sich ja auch so rührend um den Rest unserer Familie, nicht wahr?"

„Hi Tess", grüßte Ottfried und beugte sich dann zu seiner Frau hinab, die ihm etwas ins Ohr flüsterte. Wenig später sah er auf und warf mir einen vorwurfsvollen Blick zu. „Ach?"

Mir rauschte das Blut in den Ohren. Ich stellte die Tassen auf den Tresen und versuchte, Ruhe zu bewahren. Inzwischen zitterte ich am ganzen Körper.

„Einen Euro, bitte." Sabrina schob sich vor mich und lächelte Gitte freundlich an.

Ich trat einen Schritt zurück, inständig hoffend, die Show hätte nun ein Ende.

Doch Gitte und Ottfried machten keinerlei Anstalten zu gehen.

„Kann ich sonst noch etwas für Sie tun?", fragte Sabrina und reichte ihnen das Wechselgeld.

Ottfried ging um den Tresen herum und direkt auf mich zu. „Findest du das in Ordnung, Teresa?"

Ich schwieg betroffen.

„Teresa!", zischte er und packte meinen Oberarm. „Antworte mir. Findest du es in Ordnung, mit einem Jungen zu schlafen, der... Der..."

„Dreizehn Jahre", unterstützte ihn Gitte.

„...der dreizehn Jahre jünger ist als du?"

„Ottfried, Paul ist volljährig." Mehr fiel mir nicht ein.

Ottfried verdrehte die Augen. „Pff! Volljährig! Er ist in Ausbildung. Er hat noch sein ganzes Leben vor sich."

„Und mit fünfunddreißig ist *mein* Leben schon am Ende?", keifte ich – inzwischen wieder etwas an Courage gewonnen.

„Teresa!" Sein Griff wurde fester. „Willst du nur deinen Spaß? Oder unserem Sohn die ganze Zukunft verbauen?"

„Das ist verantwortungslos, Teresa", mischte sich nun auch Gitte ein.

Im Augenwinkel erkannte ich Paul, der nichts Böses ahnend direkt auf uns zukam. Als er seine Eltern entdecke, hielt er inne und schnappte nach Luft.

„Lass mich bitte los, Ottfried." Mein Arm schmerzte bereits.

„Nein", knurrte er. „Du hörst mir jetzt mal zu, Mädchen."

Paul wagte sich nicht von der Stelle.

Ich behielt Gitte und Ottfried im Auge, um eine mögliche Eskalation zu verhindern.

„Was denkst du dir nur?"

„Kann ich irgendwie behilflich sein?", hörte ich Allwisser fragen. „War der Kaffee kalt?"

Ottfried lockerte seinen Griff. „Äh, nein." Er musste seinen Kopf in den Nacken legen, um Allwisser in die Augen schauen zu können.

„Würden Sie dann bitte die Dame loslassen", forderte er Ottfried ruhig, aber nachdrücklich auf.

Ottfried kam seiner Aufforderung nach, warf mir noch einen wütenden Blick zu und entfernte sich dann wortlos – genau in Pauls Richtung.

Ich beobachtete den Beginn einer hitzigen Diskussion, bevor ich mich Allwisser zuwandte. „Danke", murmelte ich.

„Wie bitte?" Er beugte sich zu mir hinab, sein Mundwinkel zuckte.

„Vielen Dank, Herr Dr. Allwisser", nuschelte ich und ignorierte das schadenfrohe Grinsen.

„Keine Ursache, Frau Kollegin."

Nach meinem Dienst verkroch ich mich in die hinterste Ecke, um von dort die letzten Spiele und die große Siegerehrung zu beobachten. Mir war zum Heulen zumute. Und auch Paul sah trotz des ersten Platzes seiner Mannschaft keineswegs glücklicher aus.

„Mensch, Tess-Schätzchen. Ich habe dich überall gesucht!" Alf nahm neben mir Platz und legte besorgt seinen Arm um meine Schultern. „Sabrina hat mir schon erzählt, dass das hier und heute nicht nur eine Feuertaufe war, Schätzchen. Du musstest wohl durch die Hölle gehen."

„Könnte man so sagen", erwiderte ich matt. „Aber Paul hatte ebenfalls eine Unterredung mit dem Teufel."

„Sieht auch ziemlich mitgenommen aus, der Junge."

„Was hast du da?" Ich sah auf das Glas in seiner Hand.

Alf hielt es mir unter die Nase. „Einen Asbach-Cola. Trink, Mädchen. Du hast's nötig."

Dankend nahm ich an und leerte das Glas in einem Zug. Danach verzog ich angewidert das Gesicht. „Gut."

„Soll ich dir noch einen holen?"

„Bitte."

„Bin gleich wieder da, mein Hase." Er tätschelte verständnisvoll meine Schulter und stand auf.

Allwisser ging an mir vorbei und zwinkerte aufmunternd. Doch ich war viel zu deprimiert, um mich über seine nette Geste zu wundern.

Wenige Minuten später hatte ich zwei weitere Gläser geleert.

„Tess, es tut mir leid, dass ich das so sagen muss. Aber die besten Voraussetzungen habt ihr nicht gerade."

„Wem sagst du das?" Ich ließ den Kopf hängen und starrte in mein leeres Glas. „Verdammt!"

Eine Weile schwiegen wir einmütig und beobachteten die Menschenmassen, die an uns vorbeiströmten.

„Ich schau mal nach Lu", sagte ich entschlossen, stand auf und kam dabei leicht ins Wanken.

„Soll ich nicht lieber..."

„Nein", fiel ich Alf ins Wort. „Aber du kannst trotzdem mitgehen. Wir essen jetzt erst noch etwas und fahren dann nach Hause."

Seufzend stimmte Alf zu und folgte mir in die Umkleidekabine. Paul beglückwünschte seine Mannschaft zum Turniersieg, konnte seine Freude allerdings wenig überzeugend vermitteln.

„Mama, das haben wir doch gut gemacht?", krähte Luca, als er mich im Türrahmen stehen sah.

Zwölf Augenpaare waren hoffnungsvoll auf mich gerichtet. Paul blickte betreten zu Boden.

„Ihr wart super, Jungs. Und Emily!" Ich rang mir ein stolzes Lächeln ab. „Und jetzt kommt mit. Ich schmeiß eine Runde Würstchen und Pommes!"

Grölend rannten sie nach draußen.

Alf folgte ihnen rasch und organisierte die versprochene Mahlzeit.

„Paul?"

Er starrte noch immer auf den Boden.

Ich setzte mich unweit von ihm auf eine Bank und bemerkte die Blässe, die sich über sein Gesicht gelegt hatte. „Paul. Möchtest du mir irgendetwas sagen?"

Er zögerte und nahm dann mit bekümmertem Blick neben mir Platz. „Sie werden sich auch wieder einkriegen", versicherte er heiser. „Ganz bestimmt."

„Das glaube ich nicht." Vorsichtig tastete ich nach seiner Hand. „Ich denke nicht, dass sie mich jemals akzeptieren werden."

„Dann ist's mir egal." Er klang nicht sehr überzeugend.

„Paul, du bist ein Familienmensch. Du bist harmoniebedürftig. Das geht nicht gut."

Er holte tief Luft. Ohne mich anzusehen, fragte er: „Nachdem es so lange gedauert hat, soll es jetzt so schnell vorbei sein?"

Ich antwortete nicht. Es war, als hätte man eine Schlinge aus Stacheldraht um mein Herz gelegt und zöge nun langsam zu.

„Lass uns morgen nochmal drüber reden", bat er.

Meine Augen brannten. „Nein, Paul. Wir können es nicht besser reden. Oder anders."

Ich stand auf und legte meine Hand auf seine Wange.

„Aber, Tess. Ich liebe dich doch..."

Ich wandte mich ab, als sich die Tränen nicht mehr zurückhalten ließen, und flüchtete zur Toilette.

Zehn Minuten später kehrte ich zurück zu unserem Tisch, an dem nun zwölf schmatzende Kinder saßen und unzählige Elternteile plauderten. Möglichst unauffällig nahm ich Platz.

„Wo ist denn der Paul?", rief Julian durch das Stimmengewirr.

Ich war dankbar für den Asbach-Cola, den mir Alf umgehend über den Tisch schob. „Er ist schon weg."

Sabrina scheuchte Emily von ihrem Stuhl und setzte sich neben mich. „Alles okay?"

„Hm", stieß ich aus. „Ja. Jetzt wahrscheinlich. Wieder."

Allwisser sah kurz von seinem angeregten Gespräch mit Christiane auf.

„Gib mal noch einen", forderte ich Alf auf, nachdem ich ausgetrunken hatte. „Muss ja eh leer werden."

Skeptisch schob er sein Glas über den Tisch.

## KAPITEL einunddreißig

Nach alter Tradition saßen im Anschluss an ein Hallenturnier die heimischen Trainer, einige Eltern und engagierte Hobbyfußballer beisammen und plauschten noch eine Weile – so lange jedenfalls, bis die Kinder fast im Stehen einschliefen oder alle Vorräte des Events aufgebraucht waren. Eine zugegebenermaßen verantwortungslose Angewohnheit, an der jedoch seit Jahren festgehalten wurde.

„Mama, spielst du eine Runde mit?", zerrte Luca an meinem Arm.

Ich warf einen Blick auf die Uhr. Es war früher als mein Alkoholspiegel vermuten ließ. „Lu, mein Schatz", beklagte ich, „wir gehen jetzt besser mal nach Hause. Du musst morgen in die Schule und ich zur Arbeit."

„Och, Mama", drängelte er. „Nur ein einziges Spiel. So spät ist es doch noch nicht."

Ich suchte gerade nach einem passendem Gegenargument, als Christiane mir sinnbildlich in den Rücken fiel.

„Komm schon, altes Haus", forderte sie mich mit einem Klaps gegen den Hinterkopf auf. „Ein Spielchen wird doch gehen? Oder wenigstens Siebenmeterschießen?"

Ihr Vorschlag wurde einstimmig angenommen.

Schnaubend erhob ich mich von meinem Stuhl und folgte ihnen in die Sporthalle.

Alf hatte bereits die Ärmel hochgekrempelt und traf, seinem Talent entsprechend, daneben.

Allwisser dagegen verblüffte mit seinem Können und badete anschließend in Lob und Anerkennung. Ich schüttelte den Kopf über Christianes übertriebene Aufmerksamkeit.

„Hab überhaupt nicht die passenden Schuhe an", feixte Sabrina und deutete auf ihre Pumps.

Ich sah an mir hinab. „Von den drei Paar sind auch keine die richtigen."

Wir lachten und ich hoffte, Paul für eine kurze Zeit vergessen zu können. Doch als Luca mir den Ball positionierte, packte ich all meine Wut, all meine Enttäuschung und all meinen Frust in den Schuss und versenkte das Leder im Tor.

Allerdings legte auch mein rechter Schuh ein Eigenleben an den Tag. Schwungvoll und mit enormer Geschwindigkeit schleuderte er in hohem Bogen durch die Halle – sein Flug wurde erst durch Allwissers Gesicht gebremst.

„Oh, Shit!" Ich blieb wie angewurzelt stehen, als Allwisser energisch auf mich zukam.

„Ich hätte es wissen müssen. Ich hätte es wirklich wissen müssen", knurrte er und gab mir den Schuh zurück. Er hatte ihn unterhalb des rechten Auges getroffen und es war bereits eine deutliche Schwellung zu erkennen.

Mein Kiefer bebte, meine Augen brannten und ein Tränenausbruch stand unmittelbar bevor.

„Was mich brennend interessiert, Frau Dorn", fuhr Allwisser fort und die Schläfe an seiner Stirn pochte. „Machen Sie das eigentlich mit Absicht?"

„Tut... Tut mir leid..." Ich war müde, deprimiert und der Alkohol tat sein Weiteres. „Ich mach alles kaputt", schluchzte ich.

„Tess! Schätzchen..." Alfs Hand legte sich auf meine Wange.

„Lassen Sie mal, Alfred." Allwisser trat näher und sah mich ernst an. „Frau Dorn, Ihr Schuh ist in *meinem* Gesicht gelandet."

„Ja! *Ich* mache alles kaputt..."

Allwisser atmete scharf aus und schüttelte den Kopf. „Mitkommen!"

Unerwartet hakte er sich bei mir ein und schob mich in den Aufenthaltsraum.

„Marius!", folgte Christiane.

Er drehte sich noch einmal um und warf der verwirrten Menge einen strengen Blick zu.

Keiner wagte, uns zu folgen. Doch ihre Augen waren gespannt auf uns gerichtet.

Allwisser führte mich aus ihrem Blickfeld, drückte mich auf einen Stuhl und nahm mir gegenüber Platz. „Nun hören Sie schon auf zu heulen, Frau Dorn."

„Ich... Ich kann... Kann nicht..."

„Und ob Sie können." Allwisser reichte mir ein Taschentuch.

Ich schüttelte den Kopf. „Nein."

Wieder atmete er scharf aus. Dann rückte er näher, sodass meine Knie zwischen seinen Beinen waren, und legte zögernd die Arme um meine Schultern.

Fragend sah ich zu ihm auf.

„Na, dann machen Sie schon", brummte er sanft.

Ich ließ meinen Kopf auf seine Brust sinken und heulte mich ordentlich aus.

„Ich... *hick...* bin der dümmste Mensch der ganzen Welt", krächzte ich nach einer Weile.

Allwisser rieb mir sachte den Rücken. „Nein, sind Sie nicht, Frau Dorn."

Ich atmete erleichtert auf.

„Vielleicht nur etwas..."

Augenblicklich begann ich erneut zu weinen.

Er seufzte. „...nur etwas tollpatschig. Manchmal.“

„Wie konnte ich mich nur darauf... *hick...* einlassen? Wie konnte ich es nur so weit kommen lassen? Ich hätte... *hick...* es doch wissen müssen.“

„Manchmal tun wir Dinge, über die wir vorher nicht nachdenken.“ Allwissers Stimme klang ungewohnt sanft. „Wir tun sie, weil wir es wollen. Und wir lernen daraus. Oder auch nicht.“

„Und... Und habe ich daraus gelernt?“

Ein zaghaftes Lächeln umspielte seine Lippen. „Das kann ich Ihnen nicht sagen, Frau Dorn. Ich weiß es nicht. Ich weiß nur...“

Meine Hand ruhte auf seiner durchtrainierten Brust und mit einem Mal hatte ich das überwältigende Bedürfnis, in seinen strahlend blauen Augen zu versinken. Erwartungsvoll sah ich ihn an.

„...dass Sie heute rotzbesoffen sind.“

Trotzig schob ich das Kinn vor. „Mensch, bist du blöd.“

„Auch möglich“, lachte er und lehnte sich zurück.

Der Alkohol drückte mir aufs Gemüt. „Ich denke nur... *hick...* was habe ich meinem Kind angetan? Was wird Luca denken und von mir halten? Ich bin ja so eine... *hick...* Rabenmutter!“

„Ach, was“, tat er meine Bedenken mit einer Handbewegung ab. „Lu wird wegen dieser belanglosen Affäre keinen Schaden davontragen. Er ist ein kluger und selbstbewusster Junge. Und Sie ihm ganz sicher eine gute Mutter. Auch wenn Ihr Verhalten heute Abend nicht sehr vorbildlich war.“

„Musst du denn immer... *hick...* so verdammt ehrlich sein?“

„Bin ich das denn?“

Ich zog die Schultern nach oben und ließ meinen Kopf erneut auf seine Brust sinken. „Ich bin eine Katastrophe.“

„Vermutlich. Ja.“

„Och, nö...“

Seine Brust bebte, als er leise lachte. „Das wollten Sie jetzt nicht hören, ich weiß.“

Ich sah ihn an und musste selbst grinsen. „Aber weißt du, was, Herr Dr. Allwisser?“ Sachte tätschelte ich seine Wange. „Du kannst auch ganz in Ordnung sein... *hick...* und trotzdem kann ich dich nicht leiden.“

Er zwinkerte mir zu und nickte. „Gut.“

## KAPITEL zweiunddreißig

Das Erwachen am darauffolgenden Morgen war grau-en-voll! Ich hatte keine Erinnerung mehr, wie und wann wir nach Hause gekommen waren. Meine Augen waren geschwollen und dick wie Kuheuter und ich putzte meine Zähne, als würde ich dafür bezahlt. Doch der üble Geschmack im Mund ließ nicht nach.

„Du siehst ganz schön scheiße aus, Schätzchen", bestätigte Alf meinen Allgemeinzustand. „Willst du heute nicht lieber zu Hause bleiben?"

„Hm", knurrte ich. „Wer trinken kann, kann auch arbeiten gehen. Hat schon Papa gesagt."

„Ich meine ja auch nur."

„Alf, ich habe lediglich einen dicken Kopf. Mehr nicht."

„Mehr nicht. Soso."

Ich spülte meine Zahnbürste ab und drehte mich um. Einen kurzen Moment wurde mir schwarz vor Augen.

„Sonst alles okay?", erkundigte er sich.

Ich zuckte mit den Schultern. „Was willst du denn? Alles im grünen Bereich."

„Dann ist ja gut... Wenn alles im grünen Bereich ist", druckste Alf herum.

Meine Aufnahmefähigkeit lag zwar beinahe bei Null, aber ich wusste, dass irgendetwas in der Luft lag. „Was habe ich angestellt, Alf?"

„Nichts, Tess-Schätzchen. Nichts! Jedenfalls..."

Schlagartig wurde ich mir meines gestrigen Blackouts bewusst. „Was?"

„Nun ja. Du hast Allwisser getätschelt und bist irgendwann an seiner Brust eingeschlafen."

„Oh, mein Gott!" Ich schlug mir mit der flachen Hand gegen die Stirn, was sie mir umgehend brummend dankte.

„Das ist ja nicht schlimm", beruhigte mich Alf.

„Nicht schlimm?" Ich schnappte nach Luft. „Nicht schlimm?"

Er verkniff sich ein Grinsen. „Nein. Schlimmer fand ich, als du ihm sagtest, dass du ihn wegen seiner schönen, blauen Augen auf der Stelle heiraten würdest, wenn er nicht so ein arrogantes Arschloch wäre."

„Was?" Ich war mit einem Schlag hellwach.

Das durfte nicht wahr sein! Wie konnte ich meinem Chef nach diesem Abend noch ohne Scham gegenübertreten?

„Brich mir sofort den Arm!", sagte ich kurzentschlossen.

„Ich soll... Was?"

Ich atmete tief durch, legte besagtes Körperteil über das Waschbecken und forderte ihn nochmals auf: „Brich mir jetzt sofort den Arm!"

Alf tippte sich an die Stirn. „Ich glaub, du spinnst."

„Alf!", flehte ich nun. „Ich kann doch nicht neben ihm im Büro sitzen und so tun, als wäre nichts? Und einfach blaumachen will ich auch nicht. Was soll er denn von mir denken?"

Alf zog die Nase kraus. „Vielleicht, dass du dir den Arm hast brechen lassen, nur um ihm nicht über den Weg laufen zu müssen? Du bist nicht nur bescheuert, du bist eine Katastrophe!"

„Danke", erwiderte ich schnippisch. „Das habe ich schon mal gehört."

„Dann wird auch etwas Wahres dran sein, oder?"

Ich schmollte.

„Nun komm schon, Tess." Alf stellte sich auf die Zehenspitzen und küsste meine Stirn. „Ich glaube, das Kompliment über seine Augen hat ihm schon recht gut gefallen. Alles andere wird er nicht ernstgenommen haben. Er weiß ja, wie betrunken du warst."

Aufmuntern konnte er mich damit nicht. „Betrunkene und kleine Kinder sagen bekanntlich immer die Wahrheit..."

„Ach, wo du es gerade erwähnst. Luca fand es auch nett, dass ihr mal nett zueinander wart. Er meinte zu Vincent: ,Siehste, meine Mama macht ihn kaputt, dafür macht er sie wieder heil'. War das goldig!"

„Na, wie rührend!", spöttelte ich.

Luca blinzelte zur Badezimmertür hinein. „Wie geht's Mama?"

Ein kalter Schauer lief mir über den Rücken. Mein Gott. Was musste mein Kind bloß von mir denken?

„Mama geht's gut, Luca-Schätzchen", versicherte Alf und warf mir einen amüsierten Blick zu. „Sie hat sich nicht mal den Arm gebrochen."

Ich schubste ihn zur Seite und ging vor meinem Sohn auf die Knie. „Lu, mein Liebling. Es tut mir leid, dass ich gestern so viel, zu viel, getrunken habe. Das kommt nie, nie, nie, nie wieder vor. Ich versprech's dir!"

„Ach, lass nur, Mama", unterbrach er mich und schlang seine Arme liebevoll um meinen Hals. „Hauptsache, du weinst nicht mehr."

„Schatz, Alkohol ist keine Lösung, wenn man ein Problem hat. Verstehst du?"

„Ja." Er löste seinen Griff und trottete zum Waschbecken. „Aber wenigstens meckerst du dann nicht mit Marius."

„Stimmt. Und deine Schuhe lernen fliegen", warf Alf kichernd ein.

„Mama?", Luca griff nach meiner Hand und sah mich fragend an. „Paul kommt jetzt nicht mehr?"

Ich presste die Lippen aufeinander und verneinte.

„Schade."

„Find ich auch", gestand ich heiser und räusperte mich. „Muss jetzt aber los, mein Liebling. Ich komme sowieso schon zu spät."

Beklommen betrat ich kurz darauf das Architekturbüro. Susannes Kommentar war meiner Stimmung nicht sonderlich zuträglich.

„Wow, Tess. Du siehst ja heute ziemlich mitgenommen aus", erklärte sie schon von Weitem.

Ich rang mir ein Lächeln ab. „Dir auch einen guten Morgen."

„Sag mal, warst du gestern Trinken?"

„Hmhm", murmelte ich und eilte an ihr vorbei. Miracle folgte mir.

Vorsichtig spähte ich in Allwissers Büro und war erleichtert, es leer vorzufinden. Demnach blieb mir genügend Zeit für eine heiße und, wie ich hoffte, belebende Tasse Kaffee.

Ich setzte die übliche Tagesration für Allwisser und mich auf, startete meinen PC und sah die Post von Samstag durch. Danach war ich bereits so erledigt, dass ich mich setzen musste. Mein Schädel brummte. Ich wühlte in meiner Handtasche nach einem Aspirin, musste jedoch mit purem Koffein vorliebnehmen.

„Mensch, Miri", jammerte ich. „Wie soll ich heute bloß den Tag überstehen?"

Miracle sah mich mitleidig an, gähnte herzhaft und rollte sich dann wieder ein.

„Ja. Penn du nur, kleiner Mann. Würde ich jetzt auch lieber." Meine Gedanken schweiften ab. Paul. Paul und immer wieder Paul. Sein Name hallte ununterbrochen in meinen Ohren. Bilder huschten an meinem inneren Auge vorbei und trieben meine Sehnsucht nach ihm an.

Mich fröstelte und so legte ich meine Hände um die Tasse, um deren Wärme aufzunehmen, als schwungvoll die Tür geöffnet wurde.

„Guten..."

Ich erschrak und zuckte so sehr zusammen, dass sich die eine halbe Tasse Kaffee über den Stapel Post ergoss, der vor mir lag. Die andere Hälfte fraß sich wie ein Feuerdrache durch mein T-Shirt.

„...Morgen", vervollständigte Allwisser und betrachtete skeptisch mein Missgeschick.

„Guten Morgen", erwiderte ich und wagte nicht, ihn anzusehen. Schnell kramte ich in meiner Schublade nach einem Taschentuch.

„Verdammt", fluchte ich leise, als er mir eine Packung *Tempo* über die Schulter hielt.

Einen Moment lang tat es mir von Herzen leid, ihn als *arrogantes Arschloch* bezeichnet zu haben, und ich bedankte mich. „Nett von Ihnen."

Als ich ein leises Lachen vernahm, drehte ich mich um. Verwundert sah ich zu ihm auf.

Er schmunzelte noch immer und um seine Augen hatten sich kleine Fältchen gebildet. Die Schwellung vom gestrigen Abend war inzwischen etwas zurückgegangen, schimmerte jedoch blau.

„Ich hätte nicht gedacht", begann er und räusperte sich amüsiert, „dass ich es erleben darf, wie Sie selbst Opfer eines Missgeschicks werden. Und dann auch noch Ihres eigenen", fügte er hinzu.

Mich überkam plötzlich das übermannende Bedürfnis, ihm den Hals rumzudrehen. Und so vergaß ich die ganze Scham über mein peinliches Benehmen und fauchte: „Dann genießen Sie diesen Anblick. Es wird der letzte sein!"

Ich streifte mir die Strickjacke von den Schultern und bemerkte zu spät, wie viel Einblick mein durchweichtes T-Shirt gab.

„Danke, das werde ich", grinste er und schlenderte befriedigt in sein Büro.

„Mist! Mist! Mist", fluchte ich leise und war den Tränen nahe. Dass es dazu heute nicht viel bedurfte, war klar.

Ich mahnte mich zur Ruhe, kniete mich auf den Boden und presste meine Brust gegen die Heizung – was allerdings keine gute Idee war. Schon nach kurzer Zeit fürchtete ich, meine eher bescheidene Oberweite würde gleich in Flammen aufgehen – wie bei *Mrs. Doubtfire*, nur ohne Kochen. Deprimiert schleppte ich mich an meinen Schreibtisch zurück.

„Was...? Was war das eben?" Allwisser sah mich verwirrt und amüsiert zugleich an.

Verdammt! Warum musste er sich immer so anschleichen?

„Nun. Wonach sah es denn Ihrer Meinung nach aus, Herr Dr. Allwisser?", antwortete ich schnippisch. Mein Schädel brummte, mir schmerzten inzwischen alle Glieder und das Koffein stieß mir in regelmäßigen Abständen auf. Kurz gesagt: Meine Laune war auf dem Nullpunkt.

Er legte seine Hand in den Nacken. „Meiner Meinung nach? Hm... Lassen Sie mich mal überlegen, Frau Dorn."

Ich warf ihm meinen bösesten Blick zu.

„Es sah aus, wie der verzweifelte Versuch nach etwas Wärme und Geborgenheit."

Meine Hand schnellte nach vorn. Drohend hob ich den Bürolocher, doch mein Verstand kam noch rechtzeitig zum Einsatz.

„Kommen Sie mal mit", forderte er mich mit wackelndem Zeigefinger auf und ging in sein Büro. Dort öffnete er eine Schranktür.

Ich folgte ihm widerstrebend und warf dann einen Blick auf die mir dargebotene Garderobe. „Ja, und? Was ist das?"

„So etwas nennt man *saubere Kleidung*, Frau Kollegin", sagte er seufzend. „Die zieht man an." Er fischte ein weißes T-Shirt aus dem Regal und hielt es mir hin.

Ich verschränkte demonstrativ die Arme vor der Brust und sah ihn mit zusammengekniffenen Augen an.

„Wir haben heute viel zu tun, Frau Dorn."

„Ja, und?", blieb ich trotzig.

Er zog seine rechte Augenbraue nach oben. „Wäre es nicht für alle angenehmer, sie würden nicht schon auf zwanzig Meter Entfernung den Duft von brasilianischem Kaffee verströmen? Noch dazu, wo Sie heute ein nicht sehr sonniges Gemüt ausstrahlen?"

Ich spürte, wie sich das Blut in meinen Adern erhitzte. „Geht Sie meine Ausstrahlung überhaupt irgendetwas an?"

Allwisser atmete tief ein, drückte das Shirt gegen meine Brust und erklärte barsch: „Sie sehen aus wie Sau. Ziehen Sie sich gefälligst um!" Dann nahm er in seinem voluminösen Chefsessel Platz.

Meine Stimmung hatte auf Oberhitze geschaltet – ich *kochte* inzwischen!

„Wie Sie wollen, Chef", zischte ich und knallte das T-Shirt auf seinen Schreibtisch. *Dir werd' ich's zeigen*, versprach ich still. Ostentativ zog ich mein verschmutztes Oberteil aus und das frische Shirt an. „Zufrieden?"

Er lächelte matt und wendete sich seiner Arbeit zu.


## KAPITEL dreiunddreißig

Über Allwissers Ignoranz, ob der doch mehr oder weniger prekären Situation in seinem Büro, vergaß ich Kopf- und Gliederschmerzen und stürzte mich wie eine Irre in die Arbeit. Bis zur Mittagszeit wechselten wir kein einziges Wort mehr miteinander. Die angespannte Atmosphäre schlug sich in derart nieder, dass selbst die Kollegen nur das Nötigste mitteilten, um mein Büro dann auf schnellstem Wege wieder zu verlassen.

Dennoch ließ ich pünktlich zur Pause den Stift fallen und pfiff nach Miracle, um mit ihm eine Runde im Park spazieren zu gehen. Kalte Luft schnitt mir ins Gesicht und ich steckte mir zähneklappernd eine Zigarette an, als mein Handy klingelte.

„Hi Süße", seufzte Sarah. „Es tut mir so leid. Ich habe gerade mit Alf gesprochen."

„Und was tut dir jetzt mehr leid?" Ich nahm auf einer vermoderten Holzbank Platz. „Dass Paul seine eigene Mutter einer alten Mutter wie mir vorzieht? Oder dass ich mich vor Allwisser bis auf die Knochen blamiert habe?"

„Beides. Aber hat Paul sich inzwischen nochmal gemeldet?"

„Nein", erwiderte ich und war mir nicht sicher, wie ich diese Tatsache einschätzen sollte. „Es würde nichts ändern. Wir können es nicht besser reden. Ich hoffe nur, dass wir trotzdem weiterhin normal miteinander umgehen können."

„Versteh mich nicht falsch, Tess", bat Sarah. „Aber ich glaube, dieser Vorfall gestern hat dir mehr als deutlich bewiesen, dass er, zumindest geistig, doch viel jünger ist als du dachtest."

Ich musste ihr seufzend zustimmen. „Und jetzt kann ich es unter der Rubrik ‚Fehler meines Lebens' verbuchen."

„Nein, unter ‚Erfahrung'."

Die Verbindung wurde schlechter. Es ächzte und knackte in der Leitung.

„Sarah, wo bist du eigentlich?"

„Ach, deswegen habe ich ja auch angerufen."

Ich hörte Fahrgeräusche im Hintergrund.

„Tess, stell dir vor. Karin hat geheiratet. Ganz heimlich in Las Vegas. Und jetzt hat sie mich für eine Woche zu sich eingeladen."

Ich runzelte die Stirn. „Karin? Kenn ich nicht. Und warum lädt sie dich in ihre Flitterwochen ein?"

„Karin ist eine Kollegin aus München", erklärte Sarah. „Und sie hat mich eingeladen, weil ihr Mann in Vegas geblieben ist."

„Wie bitte?"

„Du, das musst du dir mal vorstellen", erhitzte sie sich. „Er hat sie in der Hochzeitsnacht mit dem Portier des Hotels betrogen. Hammer, oder?"

Ich lehnte mich zurück. „Na, da lob ich mir doch *mein* Leben."

„Genau, Süße. So sehe ich das auch."

Das laute Krächzen eines falsch eingelegten Ganges war zu hören. Ich schüttelte den Kopf. Eine besonders gute Autofahrerin war meine Schwester noch nie.

„Übrigens habe ich Léon nochmal wegen des Fotos bearbeitet. Oder es zumindest versucht."

„Und?"

„Er ist stur wie sieben Ochsen", knurrte Sarah verärgert. „Er meinte, er sei doch nicht Gott, dass er sich dermaßen in dein Schicksal einmischen könne."

Ich stöhnte enttäuscht auf. „Er mischt sich doch sonst auch immer ein."

„Ja, das habe ich ihm auch gesagt. Doch Léon ist der Meinung, dass du schon ganz von selbst draufkommen würdest. Wie immer er das auch gemeint hat", setzte sie hinzu.

„Na, gut", seufzte ich. „Dann wünsche ich dir eine schöne Woche bei der frischverlassenen Braut. Und fahr vorsichtig, bitte."

„Und du hältst mir die Ohren steif. Versprochen, Schwesterherz?"

„Ja."

„Und wenn irgendetwas sein sollte, ruf mich an. Versprochen?"

„Ja."

„Und..."

„Sarah", unterbrach ich sie barsch. „Mir frieren gleich die Finger ab! Also lass gut sein. Küss mir die Kleinen und pass auf euch auf."

Kaum hatte ich aufgelegt, zappelte das Handy erneut in meiner unterkühlten Hand.

„Was denn noch?", plärrte ich hinein.

„Na, na, na! Was sind denn das für Töne?", drang Léons Stimme in mein Ohr.

Ich stand auf und machte mich auf den Weg zurück ins Büro. „Na, du schweigsamer Krieger?"

„Sauer? Oder was ist los?"

„Léon, mir frieren hier gleich die Finger ab. Mal abgesehen davon, dass meine Mittagspause schon seit fünf Minuten zu Ende ist."

„Hey, du sprichst mit dem Boss", lachte er.

Ich zog die Nase kraus. „Das erklär mal Allwisser."

„Ich hab schon gehört, dass er gestern gerade nochmal mit einem blauen Auge davon gekommen ist. Im wahrsten Sinne des Wortes."

„Lass deinen Sarkasmus", grollte ich. „Davon bekomme ich schon mehr als mir lieb ist."

„Tessa", klang er nun sanft. „Es tut mir leid wegen Paul. Das meine ich ganz ehrlich."

„Obwohl du uns sowieso keine Chance gegeben hast?" Ich flüsterte, als ich am Empfang vorbei ging.

„Komm am Donnerstag vorbei, Tessa, und lass uns reden, ja?"

„Donnerstag?"

„Ja, ich gehe zwei Tage früher ins Wochenende."

„Aber Sarah kommt doch gerade nach München?"

Léon lachte. Ich liebte diese maskuline Herzlichkeit, die sich wie das Grollen eines Bärs anhörte. „Denkst du, ich setze mich zu ihr und Karin und höre mir den ganzen Abend an, wie sie über meine Artgenossen herziehen?"

Er konnte mir ein Lächeln abgewinnen. „Nein, denke ich nicht. Bis Donnerstag dann, okay?"

„Okay, Tess. Und bring dein Saunatuch mit. Bye."

Allwisser erwartete mich bereits.

Ich ließ das Handy in meine Handtasche gleiten und meinte vorsorglich: „Das war der Chef."

Er erwiderte nichts, legte einen Stapel Unterlagen auf meinen Tisch und ging zurück in sein Büro.

Miracle folgte ihm.

Als ich sicher war, dass er mich nicht mehr sehen konnte, streckte ich die Zunge heraus und fuhr kurz zusammen, als mein Handy piepte. Schnaubend zog ich es aus meiner Tasche und öffnete die Kurzmitteilung.

ICH VERMISSE DICH, PAUL

Es versetzte mir einen Stich ins Herz. Natürlich, natürlich vermisste ich ihn auch. Doch es änderte nichts an unserer Situation. Viel zu lange war ich nur auf mich selbst konzentriert. Gab mich einer vollkommen idiotischen Selbsttäuschung hin. Ich war verrückt nach Paul. Aber ich würde nichts mehr für ihn riskieren – so besonnen war ich inzwischen.

VERMISSE DICH AUCH, ABER HOFFE, WIR WERDEN WENIGSTENS FREUNDE.

Ich las mir die Antwort noch mehrere Male durch und bestätigte mit ‚Senden'. Weder er noch ich durfte es schwerer machen, als es ohnehin schon war. Ein Fass ohne Boden war das Letzte, das ich jetzt gebrauchen konnte. Schon allein Lucas wegen nicht.

Paul reagierte nicht mehr. Dafür stand das Telefon auf meinem Schreibtisch kaum still. Ein Großprojekt war in Planung und alle Beteiligten hielten es für notwendig, sämtliche Fragen im Vorfeld telefonisch zu klären.

„Architekturbüro Dubois de Luchet, Büro Dr. Allwisser. Sie sprechen mit Frau Dorn, guten Tag", leierte ich bemüht höflich herunter.

„Hi Tess. Hier ist Christiane", flötete es mir ins Ohr. „Du bist ja arbeiten?"

Ich stutzte. „Äh. Ja. Hi Christiane."

„Kannst du mich mit Marius verbinden?"

„Natürlich."

Ich drückte den Übergabeknopf und wartete, bis Allwisser abnahm. „Privatgespräch", teilte ich knapp mit. „Christiane."

„Danke, Frau Dorn."

Allwisser nahm das Telefonat umgehend entgegen und ich hörte, wie er sich von seinem Chefsessel erhob. „Allwisser ... Hi Christiane. Was gibt's? ... So? ... Natürlich."

Er lachte und schloss dann sachte die Tür.

Verdammt! Jetzt hatte er mich neugierig gemacht.

Vorsichtig, um nicht vielleicht durch das Milchglas entdeckt zu werden, schlich ich an sein Büro und presste mein Ohr gegen die Wand.

„Klar! ... Natürlich kann ich das machen. ... Nein, nein. Du weißt, dass ich mir dafür die Zeit nehme. ... Immer doch." Wieder hörte ich ihn entspannt lachen. „Du hast ja den Schlüssel."

Mein Herz schlug inzwischen bis zum Hals. Allwisser hatte eine Affäre mit Christiane. Ich war fassungslos. Ausgerechnet Christiane. Und sie hatte bereits einen Schlüssel. Zu seiner Wohnung?

Noch während ich darüber nachsann, öffnete sich die Bürotür und Allwisser baute sich vor mir auf.

„Lauschen Sie etwa, Frau Dorn?", fragte er streng.

Vor Schreck verschluckte ich mich und brach in einen Hustenanfall aus. Geistesgegenwärtig stützte ich die rechte Hand an der Wand ab und zerrte mit der linken an meinem Schuh.

„Nein, wie kommen Sie denn darauf?", antwortete ich entrüstet. „Ich habe lediglich... In meinem Schuh... Ein Stein oder sowas..."

Er wusste genau, dass ich log, verzog jedoch keine Miene. „Dann achten Sie bitte darauf, dass er dieses Mal an ihrem Fuß bleibt. Der Schuh."

## KAPITEL vierunddreißig

Ich atmete erst auf, als die Haustür hinter mir ins Schloss fiel. Der Duft von Bratwurst und frischen Kräutern stieg mir in die Nase und erinnerte mich daran, dass ich heute noch keinen einzigen Bissen zu mir genommen hatte.

„Hallo Tess", rief Alf aus der Küche. „Wie war dein Tag? Schlimmer als Armbruch?"

„Wo ist Luca?", ignorierte ich seine Frage und spähte über seine Schulter auf den Herd.

Alf schob mir ein Salatblatt in den Mund. „Wo wird er schon sein? Bei Vincent natürlich."

Ich ging zum Kühlschrank, griff nach einem Bier, stellte es aber kurz darauf wieder zurück.

„Du bist ganz schön spät heute", bemerkte Alf und ich spürte seinen erwartungsvollen Blick im Nacken.

„Lass die Wurst nicht anbrennen", sagte ich und entschied mich für eine Flasche Wasser.

Alf trat von einem Fuß auf den anderen. „Mensch, Tess. Jetzt erzähl schon", drängelte er und stutzte. „Was trägst du da überhaupt? Wessen T-Shirt ist das? Tess! Erzähl!"

„Gut, gut. Bevor du mir hier noch einen Nervenzusammenbruch bekommst." Ich nahm einen großzügigen Schluck Wasser und setzte mich.

„Zuerst habe ich mir heute Früh meinen Kaffee übergeschüttet. Und Allwisser lästerte noch, dass ich endlich mal Opfer meiner eigenen Blödheit geworden bin."

„Das hat er nicht gesagt?", warf Alf sofort ein.

„Nein, so nicht", räumte ich ein. „Aber so ähnlich. Dann hat er mir dieses Teil in die Hand gedrückt. Ich solle mich gefälligst umziehen."

„Nein!"

„Doch!"

„Ach?"

Ich grinste schadenfroh. „Hab ich dann auch gemacht. Vor seinem Schreibtisch."

„Nein!"

„Doch!"

„Ach?" Alfs Augen weiteten sich und seine Finger trommelten aufgeregt auf dem Tisch.

„Und dann habe ich gehört, wie er mit Christiane telefonierte. Die zwei haben ein Verhältnis. Sie hat sogar schon seinen Schlüssel."

„Nein!"

„Doch!"

„Ach?"

„Ihr hört euch aber lustig an", kicherte Luca und schlang seine Arme um meinen Hals.

Kopfschüttelnd stand Alf auf und stellte drei Teller auf den Tisch. „Pfft", machte er dabei immer wieder ungläubig.

„Sarah ist diese Woche in München", erzählte ich Alf, als wir nach dem Essen gemeinsam die Spülmaschine einräumten. „Sie besucht eine ehemalige Kollegin. Karin oder so. Die hat in Las Vegas geheiratet und wurde von ihrem Mann schon in der Hochzeitsnacht mit dem Portier betrogen. Irre, was?"

„Wie klein doch da die eigenen Probleme werden", blinzelte er.

Ich überhörte seine Anspielung. „Kann ich Donnerstag zu Léon? Er kommt Mittwoch schon zurück und meinte, wir müssten mal wieder reden."

„Das fragst du mich?"

Ich hob abwehrend die Hände. „Na, hör mal, Tante Alf. Du bist schließlich mein Babysitter."

„Deiner oder Lucas?"

„Lucas natürlich."

Er nickte. „Gut. Bei *dir* hätte ich nämlich total versagt."

„Blöde Kuh", feixte ich.

„Selber blöde Kuh."

Nachdem Luca ins Bett gegangen war, machten wir es uns im Wohnzimmer bequem. Ich hielt mich tapfer an meiner Flasche Wasser fest, während Alf einen Wein genoss.

„Sag mal", meinte er nach einer Weile, „hat Allwisser echt was mit Christiane?"

„Natürlich", behauptete ich, obwohl ich mir nicht sicher war. „Er hat die Tür zugemacht, als sie miteinander telefoniert haben."

„Und wie konntest du da...? Du hast gelauscht!" Er warf mir einen missbilligenden Blick zu.

„Nein, nicht wirklich... Na... Doch."

Alf schwenkte das Weinglas in seiner Hand. „Und jetzt sagst du mir bestimmt auch gleich, dass er dich dabei erwischt hat?"

Ich senkte den Kopf und starrte betroffen zu Boden. „Hmhm."

„Du bist mir echt ein Herzchen. Menschenskinder! Wie kann nur so viel Scheiße an einem einzigen Schuh kleben?"

Ich lehnte mich zurück und stützte die Füße am Couchtisch ab. „Das, mein Schätzchen, frage ich mich inzwischen auch."

Als ich mit Luca am nächsten Tag vor der Sporthalle parkte, wurde mir flau im Magen. Mir war bange vor der ersten Begegnung mit Paul seit unserer Trennung. Erleichtert erkannte ich nur Christiane, die sich an der Hallentür zu schaffen machte.

Es waren noch mehr als zehn Minuten bis Trainingsbeginn und ich zündete mir rasch eine Zigarette an. „Machst'n da?", fragte ich neugierig.

„Hi Tess. Aufschließen."

Ich war verwirrt. „Und warum?"

„Weil ich den Schlüssel habe? Und die Kinder Training?" Sie grinste.

Und ich kannte inzwischen ihre Art von Humor.

*Schlüssel*, ratterte es plötzlich in meinem Hirn und meine grauen Zellen kamen in Bewegung.

„Paul hat mich gestern Vormittag angerufen. Er kann nicht kommen." Sie warf mir einen skeptischen Blick zu. „Hat mir den Schlüssel vorbeigebracht. Und ich hab Marius angerufen, ob er das Training übernehmen könnte. Gestern Mittag, du weißt doch?"

„Ja", erwiderte ich und mir dämmerte, dass ich das Telefonat völlig falsch verstanden hatte. Mein Gesicht kribbelte vor Scham.

Zu allem Überfluss traf just in diesem Moment Allwisser ein.

„Marius?", begrüßten ihn Luca und Julian überschwänglich. „Machst *du* heute das Training?"

„Ja", sagte er gespielt streng. „Heute ist Kondition gefordert, Jungs!"

In der Tat stellte sich Allwisser als überaus disziplinierter, von den Kindern jedoch begeistert angenommener Trainer heraus. Ich legte anerkennend die Stirn in Falten.

„Marius ist richtig gut. Stimmt's, Tess?" Christiane schmunzelte verzückt.

„Wenn du es sagst."

„Wie meinst du das?"

„So, wie ich es sage."

Sie schielte mich von der Seite an. „Warum kannst du ihn eigentlich nicht leiden? Er hat dir doch gar nichts getan."

Ich zuckte mit den Schultern.

„Du bist diejenige, die ihm ständig Schuhe an den Kopf wirft oder mit der Autotür die Nase bricht", sagte sie hitzig.

„Was heißt hier *ständig*?", giftete ich. „Außerdem werfe ich keine Schuhe. Und die Nase war auch nicht gebrochen."

„Na, ist schon gut."

Beleidigt knallte ich Lucas Trinkflasche auf die Sitzbank und ging nach draußen, um eine Zigarette zu rauchen.

„Mensch, Tess. Jetzt zicke doch nicht so rum", rief Christiane mir nach und folgte.

Ich legte abwehrend meinen linken Arm über die Brust und sah stur in eine andere Richtung.

„Tess", versuchte sie einzulenken. „Hey."

„Hör mal, Christiane", schnaubte ich. „Nur weil der Kerl *dich* ganz wuschig macht, brauche *ich* ihn noch lange nicht toll finden, oder? Mal ganz abgesehen davon, kann er mich genau so wenig ausstehen wie ich ihn. Also. Mach mal halblang. Ich hab ihn schließlich nie mit Absicht verletzt."

„Aber ziemlich oft."

Meine Nerven begannen zu prickeln. „Na ja, er kann sich ja in deinen Armen ausweinen und bedauern lassen, falls ich versehentlich ein Wattebällchen auf seine Hand fallen lasse", spottete ich.

„Du bist echt 'ne blöde Kuh."

„Hör ich in letzter Zeit öfter. Trotzdem danke." Ich sah dem aufsteigenden Zigarettenrauch nach.

Christiane lehnte sich sachte an mich. „Er weint sich ja nicht mal bei mir aus", murmelte sie traurig.

Ich zögerte nur einen kurzen Moment und legte dann meinen Arm um ihre Schulter. „Was'n los, Mädchen?"

„Ach", murrte sie. „Ich baggere mir hier einen ab und komme kein Stück voran."

„Hm, vielleicht hat er's ja nur noch nicht kapiert?"

„Was? Dass ich auf ihn stehe? Oder dass ich die Liebe seines Lebens bin?"

„Beides vielleicht?"

Sie wischte sich eine Träne von der Wange und ich fühlte mich beklommen, eine so starke und selbstbewusste Frau wie Christiane weinen zu sehen.

„Wie... Wie hast du's Paul eigentlich verständlich gemacht?"

Damit war ich eindeutig überfragt. „Es hat sich halt irgendwie ergeben."

„Irgendwie ergeben?" Sie rümpfte die Nase.

Mein Gott, ich wusste doch nicht, was ich ihr raten sollte. „Es war Oktoberfest. Paul war betrunken, ich war betrunken. Da gab ein Wort das andere und wir hätten beinahe im Herrenklo gevögelt."

„Echt?"

„Na ja, aber ob das eine so gute Idee ist?"

Christiane dachte angestrengt nach. „Immerhin ist es schon mal *eine* Idee."

Ich antwortete mit einem Achselzucken.


KAPITEL fünfunddreißig


Zunächst bemerkte ich Alfs betrübtes Gesicht gar nicht, als Luca und ich nach dem Training nach Hause kamen.

„Du", plapperte ich aufgeregt drauf los. „Ich muss dir unbedingt etwas erzählen. Ich bin ja echt so blöd!"

„Ich... Ich muss dir auch etwas sagen, Tess."

„Alfi. Wie bescheuert. Christiane und Allwisser haben überhaupt nichts miteinander! Und der Schlüssel, den sie hatte, das war der Hallenschlüssel." Ich bückte mich und nahm Miracle auf den Arm, der ungeduldig an meinem Bein kratzte. „Paul konnte heute nicht kommen. Keine Ahnung, wo er war."

„Er war hier."

„Obwohl, Allwisser macht echt ein hervorragendes Training... äh?" Erst jetzt waren Alfs Worte in mein Bewusstsein vorgedrungen. „Was?"

Miracle spürte deutlich meine plötzliche Nervosität und leckte meine Wange ab.

„Warum? Wieso? Ist ihm irgendetwas passiert?"

Alf schüttelte zurückhaltend den Kopf. „Nein, nicht wirklich."

„*Nicht wirklich*? Warum war er hier? Was wollte Paul?"

„Reden. Er wollte einfach nur reden."

Wir nahmen am Küchentisch Platz. Ich sah Alf aufmerksam an.

„Seine Eltern wissen inzwischen, dass du dich von ihm getrennt hast, nach dieser Aktion am letzten Sonntag. Aber sie glauben nicht recht, dass du wirklich die Finger von ihm lassen wirst. Und sie glauben auch nicht, dass er die Finger von dir lassen wird. Sie wollen ihm den Geldhahn zudrehen, wenn sie nur die kleinste Vermutung haben..."

„Und was heißt das im Klartext?"

Alf seufzte. „Sie wollen, dass er sein Amt als Trainer der G-Jugend abgibt."

„Was? Spinnen die?", rief ich atemlos. „Das kann doch nicht wahr sein!"

Alf sah mich ratlos an. „Er war total deprimiert. Weißt du, er... Na ja, du bedeutest ihm nun mal noch sehr viel. Zu viel. Viel zu viel. Ich fürchte, er hat schon mit dem Gedanken gespielt, hier einzuziehen."

„Nein, oder?"

„Tess", atmete er laut aus, „er ist wirklich noch ein kleiner Junge."

Betroffen schüttelte ich den Kopf. Dann fasste ich einen Entschluss.

„Alfi", schnaufte ich, „Miri muss nochmal raus. Und ich brauche unbedingt frische Luft. Bin gleich wieder da." Ich zog meine Jacke über und pfiff nach Miracle.

Der Himmel war klar und in dunkles Blau getaucht. Ein zarter, wenn auch eisiger Windhauch umspielte meine Nase und pustete meine Gedanken frei, als ich zielstrebig durch Hennelins Straßen eilte, um vor einem ockergelben Haus zum Stehen zu kommen. Entschlossen drückte ich den Klingelknopf.

„Entschuldigt bitte, wenn ich so spät noch störe", sagte ich, ohne zu zögern, als man öffnete.

„Paul... Paul ist nicht da", raunte Ottfried und spielte sicherlich mit dem Gedanken, mir die Tür gleich wieder vor der Nase zuzuschlagen.

„Ich möchte nicht zu Paul", setzte ich schnell nach. „Ich möchte zu euch. Wenn ich darf."

„Was ist denn...?" Gitte spähte über Ottfrieds Schulter und war sichtlich überrascht. „Teresa?"

Ich nickte und lächelte vorsichtig.

„Paul ist nicht da!"

„Teresa will auch nicht zu ihm, sondern zu uns", erklärte Ottfried ungehalten.

„Zu uns?"

Die Kälte wanderte meine Beine hinauf. Ich verschränkte die Arme vor der Brust und zog die Schultern schützend nach oben. Ich fror wie ein Bettnässer.

„Ottfried, Gitte, hört mal", bat ich deshalb rasch. „Wir sind erwachsene Menschen und wir kennen uns schon über dreißig Jahre. Da werden wir doch mal ein paar Minuten vernünftig miteinander reden können?"

„Ich weiß nicht", schwankte Ottfried, gab jedoch dem versteckten Schubs seiner Frau nach. „Dann komm halt mal rein."

Erleichtert folgte ich ihnen ins Wohnzimmer und sah mich unauffällig um, bevor ich dankend auf dem cremefarbenen Sofa Platz nahm. Die Einrichtung war eine exakte Kopie aus *Schöner Wohnen* – höchstwahrscheinlich Ausgabe vier aus 1995. Auf Dekoration schien Gitte keinen gesteigerten Wert zu legen. Lediglich vier oder fünf Bilder von Paul zierten die weiße Raufasertapete.

„Was willst du?", fragte Ottfried ohne Umschweife.

Gitte stellte ein weiteres Glas auf den gebeizten Holztisch und schenkte Orangensaft ein.

„Danke."

„Was willst du, Teresa?", wiederholte Ottfried mürrisch. „Wir haben dir unseren Standpunkt schon am Sonntag klargemacht."

Miracle sprang auf meinen Schoß und leckte meine Hand. Diese Vertrautheit gab mir Halt. Und Kraft. „Ottfried", begann ich selbstbewusst. „Die Frage ist: Was wollt ihr?"

Gitte setzte sich neben ihren Mann und blinzelte mich mit ihren graublauen Augen erwartungsvoll an.

Bevor er etwas erwidern konnte, fuhr ich fort: „Ihr wollt das Beste für euren Sohn. Ich habe selbst einen Sohn und verstehe eure Sorge. Dafür, dass ich diejenige war, die euch diese Sorgen bereitet hat, möchte ich mich ganz aufrichtig entschuldigen."

Ottmar atmete tief ein und warf Gitte einen vielsagenden Blick zu. Sein Gesichtsausdruck nahm weichere Züge an. Das Eis schien gebrochen.

„Wir...", hüstelte er. „Wir nehmen deine Entschuldigung an, Teresa."

„Paul macht das Ganze sehr zu schaffen, weißt du", gestand Gitte.

Ottfried versetzte ihr einen mahnenden Schubs gegen den Oberschenkel. „Ist gut jetzt!" Er schien eindeutig nicht gewillt, auch nur einen Millimeter von seiner konservativen Einstellung abzuweichen.

„Ich möchte euch einfach wissen lassen, dass ich nie etwas Böses im Sinn hatte. Ich wollte das alles überhaupt nicht. Jedenfalls wollte ich es nie so weit kommen lassen." Mein Gewissen strafte mich Lügen. Doch ich musste die Situation entschärfen und Pauls Eltern Honig ums Maul schmieren, wenn ich etwas erreichen wollte. „Ihr... ihr habt einen wirklich großartigen Sohn und ihr könnt mit Recht stolz auf ihn sein."

Ottfried wirkte noch immer skeptisch. „Ich habe mich da völlig gedankenlos und aus eurer Sicht wohl verantwortungslos auf etwas eingelassen, das...", ich schluckte trocken, „...das keine Zukunft hatte. Es war falsch."

Ottfried nickte zufrieden.

„Ich habe das eingesehen", erklärte ich und legte eine Kunstpause ein.

Miracle räkelte sich auf meinem Schoß.

„Und Paul hat das ebenso eingesehen."

„Ich weiß nicht", wandte Gitte besorgt ein.

Ich nahm einen Schluck Orangensaft und atmete durch. „Ihr wart es, die gesagt haben, dass er noch sehr jung ist. Und deshalb müsstet ihr auch besser als alle andere wissen, wie schnell sich Gefühle und Interessen in diesem Alter verlagern."

Sie mussten mir Recht geben.

Langsam tastete ich mich zum eigentlichen Grund meines Besuches vor. „Ihr liebt euren Sohn, so wie ich meinen Sohn liebe. Tagtäglich kämpfen wir um ihr Glück. Wir denken, mit unserer Erfahrung könnten wir ihnen den richtigen Weg ebnen und dabei vergessen wir manchmal, dass wir genau diese Erfahrung auch nur deshalb haben, weil wir auf unserem Weg schon viele Steine aufgesammelt haben. Wir können unseren Kindern zeigen, wo es lang geht. Aber wir sollten ihnen auch die Chance geben, einer anderen Richtung zu folgen."

Gitte und Ottfried zogen verwirrt die Stirn kraus. Ich fragte mich inzwischen selbst, welchen parapoetischen Unsinn ich da gerade von mir gab.

„Tatsache ist doch", startete ich einen erneuten Versuch, „Paul muss lernen, mit der Sache umzugehen, eine Erfahrung gemacht haben. Es ist", ich sah Gitte eindringlich an, „gerade für dich als Pädagogin doch sicher nicht zu verantworten, euren Sohn dermaßen unter Druck zu setzen?"

Ich spürte, wie das Eis, auf dem ich mich gerade bewegte, immer dünner wurde.

„Was willst du uns damit sagen?", fragte Ottfried gereizt.

„Lasst Paul weiter seine G-Jugend trainieren. Bleibt für ihn die Eltern, die ihr seid. Liebevoll, verständnisvoll, fürsorglich. Vertraut ihm einfach. Und, bitte... Vertraut auch mir."

Ich widmete mich dem kleinen Fellbündel auf meinem Schoß und schwieg, um ihnen die nötige Bedenkzeit zu geben.

„Nun gut", meinte Ottfried nach einer Weile und räusperte sich. „Du könntest Recht haben. Soll Paul halt weitermachen. Wir vertrauen darauf, dass du dich anständig verhältst. Und er sich auch."

„Du *bist* anständig, Teresa", fügte Gitte hinzu. „Das beweist, dass du hergekommen bist. Möchtest du vielleicht noch ein Glas Wein mit uns trinken?"

„Nein, nein. Danke." Ich hob abwehrend die Hände. „Dem Alkohol habe ich abgeschworen", versuchte ich, die Situation noch etwas aufzulockern, bevor ich fortfuhr: „Ich muss nach Hause und Luca ins Bett bringen. Und... Sagt Paul nicht, dass ich hier war, ja?"

Ich fühlte eine Last von meinen Schultern, meinem Gewissen und auch von meinem Herzen genommen, als ich mit Miracle nach Hause schlenderte. Ich hatte abgeschlossen – mit dem unguten Gefühl, für einen Fehler nicht geradegestanden und Menschen verletzt zu haben. Und ich hatte abgeschlossen mit Paul.

„Wo warst du, Mama?", fragte Luca, schlug die Bettdecke zur Seite und streckte mir die Arme entgegen.

„Ich habe Verantwortung übernommen, für etwas, das ich getan habe", erklärte ich ihm nicht ohne eine Spur Stolz. „Ich habe mich bei Menschen entschuldigt, obwohl ich es selbst nicht unbedingt für notwendig erachte. Trotzdem habe ich es getan."

Seine Augen vergruben sich in mein Gesicht. „Was war das genau, Mama?"

*...und versuchst vor allem, wieder das Vertrauen deines Sohnes zu gewinnen,* klangen mir Léons Worte noch in den Ohren.

Ich streichelte Luca sanft über die Stirn. „Weißt du, mein Liebling. So wie ich mir für dich nur das Allerbeste wünsche, so tun das Pauls Eltern für ihn. Und sie fanden es nun mal gar nicht gut, dass er eine Freundin hat, die so viel älter ist als er."

„Aber Alfi ist doch auch älter als ich und trotzdem mein Freund?"

Ich schmunzelte. „Ja, aber du willst Alfi schließlich nicht heiraten."

„Wollte der Paul dich denn heiraten?"

„Ich... Ich weiß nicht."

„Aber warum waren seine Eltern dann böse?"

Ich pustete die Wangen auf. „Weil Paul und ich dauernd geknutscht haben", konfrontierte ich ihn kindgerecht mit der nackten Wahrheit.

„Ach so. Aber was war falsch daran?"

„Tja, mein Sohn, das weiß ich auch nicht. Und ich habe mich trotzdem bei Pauls Eltern dafür entschuldigt. Weil zwar Paul und ich die Freundschaft mit Knutschen wollten, aber sie nicht, weil ich so viel älter bin als er."

„Und war das jetzt richtig?"

„Es war einfach anständig, Lu", sagte ich überzeugt. „Richtig finde ich persönlich es nicht. Aber sie. Und allein das zählt jetzt. Manchmal muss man im Leben auch Dinge tun, von deren Richtigkeit man nicht überzeugt ist, aber weiß, dass man damit von jemand anderem Schaden abwenden kann."

„Und dann ist es auch irgendwie richtig."

„Irgendwie ja."

„Ich bin stolz auf dich", flüsterte Alf mir zu, als ich die Tür zum Kinderzimmer schloss.

„Ja", murmelte ich, „so ein bisschen bin ich das auch."

Mit dieser Gewissheit konnte ich dem kommenden Freitag gelassen entgegensehen. Auch wenn Pauls Anblick nach wie vor mein Herz ein wenig höherschlagen lassen würde.


## KAPITEL sechsunddreißig

„Im ersten Moment dachte ich, Ottfried springt mir an die Gurgel", endete ich am nächsten Abend mit meiner Erzählung.

Léon hörte aufmerksam zu. „Es war gut, dass du dich so entschieden hast. Damit wäre wenigstens *eine* Sache geklärt."

Ich zündete mir eine Zigarette an. „So? Warum? Wo besteht denn sonst noch Nachfrage?"

„Sag du es mir."

Nein, ich war noch nicht bereit, Léon erneut auf das Polaroidfoto anzusprechen. Obgleich er mir das Gefühl vermittelte, willig und auskunftsbereit zu sein.

„Was macht Allwissers Auge?", fragte er, als ich beharrlich schwieg.

„Immer noch blau."

„Wenn du so weitermachst, wird er sich noch zusatzkrankenversichern müssen."

„Sind wir heute witzig?"

„Immer."

„Ich weiß."

Wieder verfielen wir in minutenlanges Schweigen.

Ich drückte meine Zigarette aus und sah ihn auffordernd an. „Schwitzen?"

„Schwitzen!"


Im Keller des Dubois de Luchet-Anwesens befand sich eine beeindruckende finnische Sauna mit allem Drum und Dran. Sie wurde gerne und oft genutzt, von Familienangehörigen und auch von Freunden. Aus diesem Grund legten Léon und ich ohne Scham unsere Kleidung ab und begaben uns in den holzgetäfelten Raum, in dessen heißer Luft ein Hauch Orange mitschwang.

„Ich bin verwundert", grubelte Léon, „dass du noch nicht gefragt hast."

„Wonach?" Ich breitete mein Saunatuch aus und nahm neben ihm Platz.

Seine Augen funkelten mich frech an. „Nach dem Foto."

„Warum sollte ich?"

„Nun ja. Vielleicht, weil der Mann auf diesem Bild eine Bedeutung für dich hat?"

„Wie kommst du darauf?"

Léon wischte sich eine Schweißperle von der Brust. „Ich bin nicht sicher, ob ich das richtig verstanden habe..."

„Ach, so läuft der Hase", schnarrte ich. „Da ist sich jemand nicht ganz sicher und glaubt, er könne mich hintenrum ausfragen?"

Léon lächelte überheblich. „Glaub mir, Tess. Ich bin mir sicher. Ich würde es nur gerne von *dir* hören."

Pah. Auf seine Tricks fiel ich nicht mehr rein. „Und *was* würdest du gerne von mir hören?"

„Dass der Kerl auf dem Foto der Vater deines Kindes ist?"

Mist! War doch kein Trick.

„Und dass du keinen Schimmer hast, wer sich unter dieser Maske verbirgt?"

Ich schluckte.

„Und dass du vermutest, *ich* könnte dieser Kerl sein?"

„Nein! Nein, nein, nein!", widersprach ich hastig. „Ich vermute das nicht. Das habe ich auch Sarah gesagt. Du kannst unmöglich der Henker sein."

„Und was macht dich da so sicher?"

„Herrgott nochmal", erhitzte ich mich. „Ich dachte, du hast gelauscht? Ich habe doch schon alles erklärt."

„Aber sicher bist du dir nicht."

Sein anhaltend arrogantes Gehabe machte mich nervös. Ich rang verzweifelt nach einer Antwort.

„Verflucht, Léon. Ich bin eine Frau. Und Frauen spüren sowas nun mal."

„Dass ich nicht lache."

Wild gestikulierend war ich aufgesprungen. „Lach du nur. Aber es *ist* so! Außerdem war er ein bisschen kleiner als du und... Und deshalb kannst du es nicht gewesen sein. Ich weiß es einfach. Damit basta."

Léon griff nach meiner Hand und zog mich sachte auf die Bank zurück. „Nun mal langsam. Warst du nicht mal wieder betrunken? Und bekifft?"

Verdammt, er hatte Recht.

„Ich... Ich... Na, und?" Verzweiflung hatte mich gepackt.

Sein Handrücken fuhr zärtlich über meine Wange. „Er ist Lucas Vater. Ich kann verstehen, dass dich das ziemlich aus der Bahn wirft."

Ich lehnte meinen Kopf an seine Schulter. „Weißt du, wie lange ich schon versuche, es zu verdrängen? Ich kenne nicht einmal seinen Vornamen. Nicht einmal sein Gesicht. Jedenfalls nicht wirklich. Ich habe alles allein auf die Reihe gekriegt. Nicht mal Sex war nötig. Na ja, zumindest dachte ich das. Aber wenn ich in das Gesicht meines Kindes schaue, dann sehe ich ihn. Genauso wie in meinen Träumen. Die immer wieder kommen, ohne dass ich es möchte. Er ist allgegenwärtig und doch nicht da. Nicht greifbar. Obwohl..."

„Hm?"

„In meinen Träumen kann ich ihn spüren. Ich berühre ihn und weiß, er ist es. Wenn ich seine Brust, seinen Rücken streichle, seine Arme berühre, meine Hand in seinen Nacken lege... Dann ist es beinahe, wie blind lesen können."

„Und das ist es, woran du ihn erkennst?"

„Das ist es."

Wir sprachen ganz leise, ganz bedacht.

„Willst du dir sicher sein?"

Ich verstand die Frage nicht und glotzte verwirrt.

Léon nahm meine Hand und legte sie auf seine Brust. Unsere Körper glühten und Schweiß sammelte sich auf meiner Oberlippe.

Ohne zu antworten, ließ ich meine Finger über seine Muskeln wandern. Ich schloss die Augen, glitt über seine durchtrainierten Oberarme und verharrte dann auf seinem Rücken. Mein Herz raste und die Luft knisterte, als ich meine Hand in seinen Nacken legte. Ich spürte Léons Atem, während seine Lippen meinen Hals berührten. Ein Schauer jagte durch meinen Körper.

Seine Küsse bedeckten mein Gesicht, bis seine Zunge vorsichtig meinen Mund öffnete. Er drückte mich sanft zurück und ließ seine Hand meine Schenkel hinaufgleiten. Ich spürte deutlich sein Verlangen und war kurzzeitig versucht, ihm nachzugeben.

„Sicher", stießen wir gleichzeitig keuchend aus und setzten uns unverrichteter Dinge wieder auf.

„Gut", schluckte Léon und bedeckte seine jetzt stramme Männlichkeit mit dem Saunatuch. „Dann könnte ich dir ja sagen, wer der Kerl auf dem Foto ist."

„Tust du aber nicht."

Er grinste. „Noch nicht."

Die letzten Minuten saunierten wir schweigend. Und auch der Abschied fiel eher still aus. Wir mussten nichts sagen, um uns gegenseitig zu versichern, dass wir bei Sarah kein Wort darüber verlieren würden. Sie könnte dieses *Experiment* vollkommen missverstehen. Denn an seiner unendlichen und bedingungslosen Liebe zu ihr gab es weder für Léon noch für mich den geringsten Zweifel.

„Ich danke dir", flüsterte ich und küsste sanft seine Wange.

Léon nahm mich noch einmal liebevoll in den Arm. „Und ich vertraue auf deine Intuition."

## KAPITEL siebenunddreißig

Am nächsten Trainingsabend schien es, als wolle Christiane in die Offensive gehen.

„Meine Güte, hast du dich rausgeputzt", bemerkte ich überrascht und kramte nach meinen Zigaretten.

Auch Sabrina hielt mit ihrer Bewunderung nicht hinterm Berg „Mensch, Christiane. Heute noch was vor? Du siehst toll aus."

Christiane strahlte wie ein Frühlingsmorgen, als Allwisser ihr ebenfalls einen anerkennenden Blick zuwarf. „Neue Frisur?"

Erst in diesem Moment fühlte ich mich beinahe schäbig neben ihr. In meinen ollen Hüftjeans, den ausgelatschten Turnschuhen und der abgewetzten Lederjacke, die mal Papa gehörte und seither wie ein Schatz von mir gehütet wurde. Sie roch noch immer nach ihm.

Christiane achtete nicht weiter auf uns und folgte Allwisser in die Sporthalle.

Mit gemischten Gefühlen beobachtete ich ihr vertrautes Gepänkel.

„Sag mal, Tess. Ist da was zwischen den beiden?", fragte Sabrina und nahm neben mir Platz.

Ich hielt vorsichtig nach Paul Ausschau. „Ganz bestimmt ist da was zwischen den beiden. Bleibt nur die Frage, was sich daraus noch ergibt", antwortete ich im Vertrauen.

Lautes „Roaaahr!" dröhnte in unseren Ohren, als die Kinder von der Umkleidekabine in die Halle stürmten.

„Da kommt Paul." Sabrina stupste mir gegen den Oberschenkel. „Ihr habt euch Sonntag ja das letzte Mal gesehen, oder?"

„Hmhm." Ich nickte in seine Richtung und lächelte vorsichtig.

Paul sah betreten zu Boden und nahm sofort das Training auf.

„Na, komm schon, Tess. Lass uns noch eine rauchen gehen", forderte Sabrina mich nach zwanzig Minuten auf. „Dein Gesicht wird ja immer länger."

Wortlos stand ich auf und warf einen letzten Blick zurück. Paul schien mich bis in alle Ewigkeit ignorieren zu wollen und Allwisser amüsierte sich prächtig mit Christiane. Einen Augenblick lang wusste ich nicht, was mich mehr verletzte.

„Komm mal her!" Sabrina zog mich unvermittelt an ihre Brust und drückte mich herzlich. „Besser?"

Überrascht, aber dennoch erfreut über ihre spontane, körperliche Aufmunterung, nickte ich.

„Unsere zwei Ableger scheinen es sich auch nicht gerade leicht zu machen."

„Luca und Emily? Wie meinst du das?"

Sabrina zog ein zerknülltes Stück Papier aus ihrer Jackentasche. „Davon habe ich massig in Emilys Zimmer gefunden."

Ich nahm den Zettel in die Hand und lächelte. „Mensch, Brina. Guck dir das an. Wie süß!"

Unzählige Herzen rahmten die Namen EMILY & LUCA. Darunter waren mit rosa Buntstift mehrere Pärchen gezeichnet, küssend, händchenhaltend, umarmend. Das Mädchen mit frechem Pferdeschwanz unter einem Bandana, der Junge mit Hahnenkamm. Eindeutig Karikaturen unserer Kinder.

„Davon hat Lu mir gar nichts erzählt."

„Sie hat's ihm auch nicht gegeben."

Wir sahen uns in mütterlicher Einstimmigkeit an.

„Mädchen sind immer nur brav", summte ich leise und schob einen Seufzer nach. „Mädchen sind immer nur scheiße. Mädchen sind immer zickig. Mädchen sind alle so."

Sabrina schmunzelte einvernehmlich. „Jungen sind immer nur fies. Jungen sind immer nur peinlich. Die haben 'ne große Klappe. Jungen sind alle so."

„Redet ihr von mir?"

Ich zuckte zusammen, als Paul wie aus dem Nichts neben mir auftauchte.

„Nein", antwortete Sabrina und trat rasch ihre Zigarette aus. „Wir haben's gerade von Luca und Emily. Ach!", meinte sie dann rasch. „Genau nach den beiden wollte ich ja schnell mal schauen."

Wir sahen ihr nach, bis sie in der Halle verschwunden war.

„Und, Paul? Wie geht's dir?"

Seine traurigen Augen sagte mir, wie überflüssig diese Frage war.

„Wird auch schon wieder", murmelte er.

Zögernd legte ich meine Hand auf seinen Rücken. „Paul. Es hat einfach nicht sein sollen." Ich wusste selbst, wie bescheuert diese Aussage war und fügte hinzu: „Das Leben hat noch so viel zu bieten. Du darfst nur die Augen nicht davor verschließen."

„Kann sein."

Wir schwiegen eine Weile und ich spürte seinen fragenden Blick.

„Paul", unterbrach ich schließlich die Stille, „es ist auch für mich nicht leicht. Aber ich habe gelernt, mit solchen Enttäuschungen umzugehen. Es ist für mich sicher ebenso ein Verlust wie für dich."

„Ja?"

„Ja."

Er vergrub seine Hände in die Hosentaschen. „Na, dann... Wir sehen uns", sagte er und ging zurück zum Training.

„Bleibt ja wohl nicht aus", murmelte ich und stellte verblüfft fest, dass mein Herz beinahe in einem normalen Rhythmus schlug.


„Sag mal, Lu. Wie lange willst du denn wegbleiben?" Ich stand im Zimmer meines Sohnes und sah besorgt auf den Stapel Bettlaken, den er in seiner Sporttasche verstauen wollte.

Er freute sich schon den ganzen Tag auf seine heutige Übernachtung bei Vincent und stöhnte genervt auf. „Mama. Wir machen doch ein Camp!"

„Ein Camp?", wiederholte ich amüsiert. „Auch mit Lagerfeuer im Kinderzimmer?"

„Oh, Mann! Du verstehst gar nix."

Beleidigt schob ich die Unterlippe nach vorn. „So? Deine Mama versteht gar nichts?"

Luca stemmte seine Fäuste in die Hüfte. „Das ist nur was für Männer", erklärte er bestimmt.

„Na, das wird Fiona aber freuen", murrte ich.

Wie kam mein Sohn dazu, mich plötzlich so außen vor zu lassen?

„Mama, sie darf doch auch mitspielen, wenn sie will", erklärte er altklug. „Aber sie hat ja immer mit dem Baby zu tun oder sitzt in ihrem Schlafzimmer und weint. Und mit Marius kann man immer so toll spielen. Der hat Ideen! Und ist auch richtig lieb. Und lustig!"

„Fiona weint?", hakte ich erschrocken nach. „Weißt du denn, warum, Lu?"

„Na, wegen Vincents Papa."

„Vincents Papa." Ich kam ins Grübeln.

In den letzten Tagen und Wochen war einfach zu viel passiert, als dass ich meine Gedanken inzwischen hätte ordnen können. „Vincents Papa..."

„Ja-haaa, Vincents Papa." Luca verstand meine Verwirrung nicht. „Der ist doch ein Engel."

Endlich machte es *Klick!* Natürlich! Ich erinnerte mich an das Gespräch mit meinem Sohn bei McDonalds und schlug mit der flachen Hand gegen meine Stirn. Bezüglich seiner Aussage, Vincents Papa sei ein Engel, spottete ich, Lucas Vater wäre in diesem Fall dann wohl Gott. Und während der letzten Standpauke erwähnte Léon beiläufig, Allwisser sei Vincents Onkel.

„Und deshalb wohnen Vincent, Fiona und der kleine Marius jetzt erst mal bei dem großen Marius. Weil, der Papa ist nämlich totgefahren worden vor ein paar Monaten. Und deshalb hat der Marius auch extra das tolle Haus gekauft. Damit Platz ist für alle, bis sie eine eigene Wohnung haben, und damit die Fiona mit dem Baby nicht alleine ist."

Lucas Worte waren kaum mehr notwendig, damit ich mir eingestehen musste, Allwisser völlig falsch eingeschätzt zu haben. Er schien tatsächlich nicht das arrogante Arschloch zu sein, für das ich ihn immer hielt. Ich schüttelte mich.

„Tess, ich freu mich so, so sehr über deine Einladung", strahlte Fiona und reichte mir einen kleinen Blumenstrauß.

„Komm schon, Fiona." Mit einer Handbewegung bat ich sie herein. „Ich find es schön, dass du so kurzfristig zugesagt hast."

Als ich Luca am gestrigen Abend zu Vincent brachte, lud ich Fiona spontan auf eine Tasse Cappuccino ein. Allwisser unternahm derweil mit den Kindern einen Ausflug in den Spielepark, was Fiona etwas freie Zeit verschaffte.

„Hach, da ist ja auch das Findelkind." Sie sah verzückt auf Miracle hinab, der zu ihren Füßen kleine Kunststücke aufführte. „Du bist sicher weich?"

Ich räusperte mich. „Soll ich Marius mal halten?", fragte ich und streckte die Arme nach ihm aus.

„Ach, ja", schnaufte sie, „das wäre nett. Weißt du, Marius kümmert sich ja liebevoll um den Kleinen. Aber er ist den ganzen Tag arbeiten und Marius Junior ist mitunter sehr anstrengend. Ich fürchte, er spürt, dass..." Sie widmete ihre Aufmerksamkeit rasch dem noch immer hopsenden Hund und ging in die Hocke. Dennoch blieben mir die Tränen, die über ihre Wangen rannen, nicht verborgen.

„Die Gefühle der Mutter spürt ein Kind, vor allem im Mutterleib, sehr intensiv", sagte ich sanft und strich Marius Junior zärtlich mit dem Finger über die Nase.

„Ich", begann Fiona schluchzend. „Ich war gerade im vierten Monat schwanger. Daniel hat sich so auf unser Baby gefreut. Weißt du, wie er gestrahlt hat, als er über die Straße ging, um mich von meinem Gynäkologen abzuholen? Er strahlte noch, als ihn der Wagen erfasste und... Er war auf der Stelle tot."

„Oh, mein Gott!", entfuhr es mir und ein Schauer lief über meinen ganzen Körper. Wie bei einem Schlag in die Magengrube trieb es auch mir Tränen in die Augen. „Fiona. Das tut mir so unendlich leid."

Ich legte meinen Arm um ihre Schultern. Marius öffnete die Augen und schmatzte zufrieden.

„Er ist Daniels Hinterlassenschaft", schluckte Fiona und sah ihren Sohn liebevoll an. „Das Wertvollste, das man von seinem Partner bekommen kann. Es tut nur immer noch so weh. Bitte entschuldige, ich bin nicht herkommen, um dir etwas vorzujammern."

„*Vorzujammern*", wiederholte ich und fuhr ihr sachte über das Haar. „Fiona, ich bitte dich. So schätzt du mich doch nicht ein? Ich bin jederzeit für dich da. Wenn du Hilfe brauchst, wenn du einfach nur reden, schweigen, lachen oder weinen willst."

Ich spürte eine gewisse Vertrautheit zwischen uns und meinte jedes Wort ernst.

Ein zaghaftes Lächeln umspielte ihre Lippen. „Das Gefühl hatte ich schon, als ich das erste Mal mit dir geredet habe."

„Na, siehst du."

„Mama! Das war so geil", sprudelte Luca vor Begeisterung über, als Allwisser ihn am späten Nachmittag nach Hause brachte. Er verschwand plappernd mit Vincent im Kinderzimmer.

Vollbeladen und unentschlossen stand Allwisser in der Tür.

„Danke, Herr Dr. Allwisser", räusperte ich mich und deutete den Flur entlang. „Fiona und Marius sind in der Küche. Kommen Sie doch bitte rein."

Er nickte höflich und bemerkte meinen Blick auf sein zerzaustes Haar. „Wir waren noch im Schwimmbad. Luca bekam eine Badehose von Vincent."

„Hmhm. Habt ihr Durst?", rief ich ins Zimmer, erhielt jedoch keine Antwort und wandte mich wieder Allwisser zu. „Möchten Sie etwas trinken?"

„Danke, nein. Wir möchten nur Fiona abholen."

Sein unterkühltes Verhalten versetzte mich in ein Wechselbad der Gefühle. Ich fand es unglaublich, dass ausgerechnet dieser gerade furchtbar kühl und hart wirkende Mann ein so warmes und weiches Herz haben sollte.

„Na, dann." Ich ging in die Küche und Allwisser folgte in angemessenem Abstand. „Keine Angst, hier fällt Ihnen bestimmt kein Blumentopf auf den Kopf", konnte ich mir einen bissigen Kommentar nicht verkneifen.

Er blieb stehen und begutachtete den antiken Besen, den Alf zwecks eigenwilliger Dekoration über der Küchentür aufgehängt hatte. „Der Besen ist schon da. Kann die Hexe ja nicht weit sein", sagte er trocken und wieder lag das gewohnt überhebliche Grinsen auf seinem Gesicht.

Ich atmete tief durch und zwang mich Fionas wegen zu Zurückhaltung.

„Och, Spike!", heulte Fiona gespielt. „Du bist ja schon da."

„Was heißt hier ‚schon'? Habt ihr den ganzen Nachmittag vertratscht, Fine?"

„Frauen tratschen nicht", widersprach sie und machte einen langen Hals, um sich einen Kuss abzuholen. „Frauen besprechend die wirklich wichtigen Dinge des Lebens und fördern den sozialen Zusammenhalt der Gemeinschaft."

Ich war erstaunt und verwirrt über die Wandlung, die Allwisser in Gegenwart seiner Familie plötzlich annahm. Seine Augen leuchteten vor Glück und Zufriedenheit, als er seinen Neffen herzte.

„Spike?", hörte ich mich selbst sagen.

Fiona grinste mir zu. „Ja, Spike. Den Namen hat er, seit er drei ist."

„Und daran bist du schuld", fügte Allwisser wie beiläufig an und warf mir einen schrägen Blick zu.

„Stimmt, Bruderherz. Aber was kann ich dafür, wenn du vor lauter Aufregung, weil du endlich eine Schwester bekommen hast, eine ganze Packung Nägel verschlucksst, nur damit du groß und stark wirst?"

Ich versuchte, mir ein Lachen zu verkneifen. „Ernsthaft?"

„Ernsthaft", versicherte Fiona. „Aber groß und stark ist er tatsächlich geworden. Findest du nicht auch, Tess?"

„Äh..." Meine Wangen begannen zu glühen, als ich mir Allwisser zum ersten Mal überhaupt genauer ansah. „Denke schon."

## KAPITEL achtunddreißig

„Ein Maskenball?" Fassungslos starrte ich Léon an. „Das kann doch nicht dein Ernst sein? Wer macht denn eine so bescheuerte Betriebsfeier?"

„Wir, mein Schatz", antwortete er grinsend und strahlte überzeugend seine Begeisterung für diese Idee aus. „Und das Silvester, mitten in München."

„Da gehe ich nicht hin", schmollte ich. „Ist mir viel zu doof."

Wir saßen an diesem zweiten Weihnachtsfeiertag mit der ganzen Familie nach einem üppigen Festmahl im Wohnzimmer meiner Eltern. Die vergangenen Wochen waren geprägt von außerordentlicher Hektik im Architekturbüro und ungewöhnlicher Ruhe, was mein Privatleben betraf. Allwisser und ich warfen uns nach wie vor tägliche Spitzen zu, wobei wir dennoch darauf achteten, den anderen nicht wirklich zu verletzen. Paul war imstande, mir freundschaftlich und ohne Melancholie entgegenzutreten und schien mit seinen Eltern wieder im Reinen zu sein. Sabrina und Christiane traf ich im wöchentlichen Training, wobei Letztere ihre Interessen verlagert und seit zwei Wochen eine feste Beziehung mit dem Pizzalieferanten hatte. Mit Fiona pflegte ich regen eMail-Kontakt und fühlte mich ihr verbundener denn je.

„Du *wirst* kommen, Tess", bestimmte Léon und duldete keinerlei Widerspruch. „Die Sache ist schon lange vorbereitet, die Bahntickets und Hotelzimmer reserviert und bezahlt."

„Maskenball", maulte ich trotz allem. „Wer hatte bloß diese saublöde Idee?"

Léon und Sarah warfen sich vielsagende Blicke zu und mir dämmerte, dass es auf ihrem gemeinsamen Misthaufen gewachsen war.

„Marius hat sich übrigens krankgemeldet", sagte Léon beiläufig zu Sarah, als er in die Küche schlenderte. „Den armen Kerl hat's ganz schön erwischt."

„Pff", spottete ich leise, „Aber dieses Mal bin *ich* nicht dran schuld."

„Komm schon, Süße. Das wird sicher lustig." Sarah zwinkerte mir aufmunternd zu. „Und die Kinder sind auch gut untergebracht. Mama und Papa freuen sich schon so sehr drauf, sie mal ordentlich verwöhnen zu dürfen."

„Aber München ist so weit und ausgerechnet Silvester..."

„Luca und du, ihr werdet ein wundervolles und ereignisreiches neues Jahr haben. Und", Sarah kniete vor mir nieder und legte ihren Kopf in meinen Schoß „sagst du ihm nicht immer, dass keine Maßeinheit der Welt euch je wirklich trennen könnte?"

„Hm", knurrte ich.

„Na, siehst du. Es wird wunderschön werden. Das Hotel *Sculpture* hat traumhafte Zimmer und einen atemberaubenden Festsaal. Du wirst ganz hin und weg sein. Und Léon hat sich solche Mühe gemacht."

„Du meinst wohl, er hat Frau Schaller die Mühe gemacht?"

„Nein, er hat seine Sekretärin nicht damit beauftragt. Léon hat alles selbst organisiert."

Ich zog erstaunt meine rechte Augenbraue nach oben.

„Brauchst gar nicht so zu gucken, Schwesterherz. Mein Mann hat's eben drauf!" Sarah grinste süffisant. Und ein bisschen beneidete ich sie.

Mir wurde das Herz schwer, als ich am frühen Silvestermittag meinen Sohn noch einmal in die Arme schloss. „Du bist schön brav, mein Schatz, ja?"

„Mensch, Mama", stöhnte er gequält. „Das weißt du doch!"

„Ja, ich weiß, Lu. Ich wollte es nur nochmal von dir hören."

Noch einmal richtete ich das Wort an meinen Vater und erinnerte: „Egal, wie sehr Luca auch bettelt: Keine Feuerwerkskörper. Versprochen?"

„Teresa, meine Kleine", Papa legte die Hand unter mein Kinn. „Habe ich je ein Versprechen nicht gehalten?"

Ich ließ die Schultern hängen und starrte auf die Sporttasche neben mir. „Ich will da nicht mit, Papa."

„Komm her, meine Kleine." Er nahm mich fürsorglich in den Arm. „Da kann ich jetzt leider auch nichts machen. Gönne uns doch diese zwei Tage mit Luca. Außerdem bist du es deinem Schwager schuldig. Und vielleicht auch dir selbst? Du brauchst eine Auszeit. Du brauchst mal wieder deinen Spaß. Genieße es. Und denke daran, was ich dir sagte." Sein Mund war nun ganz dicht an meinem Ohr. „Egal was passiert, ich stehe immer hinter dir."

„Nun mach schon, Tess", drängelte Sarah. „Er fährt ein."

Widerwillig verabschiedete ich mich von Luca und meinem Vater, schnappte meine Tasche und eilte zu Sarah.

„Sag mal", folgte ich meiner Schwester keuchend in unser Abteil, „bin nur ich so blöd? Oder wann hast du dich von Enya und Mika verabschiedet?"

„Was denkst du, womit ich den ganzen Vormittag verbracht habe, hä?"

Wir verstauten das Gepäck und nahmen unsere Plätze ein.

„Marco, Otto, Uli und Karla steigen beim nächsten Halt ein", überdachte ich laut die Teilnehmerliste unserer Zweigstelle. „Eva und Susanne nehmen einen Zug später."

„Ja. Nun hör aber mal auf, an das Geschäft zu denken. Wir wollen einfach nur Spaß haben."

„Oh, ja. Und wie", knurrte ich missgelaunt.

Sarah seufzte. „Mach doch nicht jetzt schon miese Stimmung. Freue dich einfach über diese Abwechslung. Es wird unvergesslich werden, das verspreche ich dir."

„Hmhm." Ich sah aus dem Fenster und ließ meine Gedanken treiben, bevor Sarah noch auf die Idee kam, mir weitere vier Stunden die Notwendigkeit dieser absurden Feier schmackhaft zu machen.


Das *Sculpture* bestach mit beeindruckender Schönheit durch die außergewöhnliche Architektur und der stilvollen Einrichtung. Bemerkenswert, wie auch auf das kleinste Detail größten Wert gelegt wurde.

„Ein Gemeinschaftsprojekt", flüsterte mir Sarah zu, als wir vom Portier auf unsere Zimmer geführt wurden. „Léons und Marius' Baby."

„Léons und Allwissers Baby", erklang mein fragendes Fast-Echo.

Sarah nickte geheimnisschwanger. „Sie haben es vor drei Jahren gemeinsam gebaut. Muss nur nicht jeder wissen."

„Léon gehört ein... *dieses* Hotel?"

„Pscht", ermahnte sie mich. „Jaaa-ha! Ihm und Marius."

Der Portier räusperte sich. „Suite Sieben für die gnädige Frau Dorn." Als er die Tür öffnete und ich einen ersten Blick in meine Unterkunft warf, verschlug es mir den Atem.

Ich trat ein und ließ meine Augen durch den Raum wandern. „Puh! Darf ich hier für immer wohnen bleiben?"

„Es freut uns, dass das *Sculpture* Ihren Ansprüchen genügt", verbeugte sich der Portier und verabschiedete sich.

„Möchte er gar kein Trinkgeld?", hakte ich bei Sarah nach.

„*Wo* sind wir hier?", näselte sie. „*Wer* sind wir?"

„Aha." Ich ließ mich sinnenfreudig auf das warme, weiche Himmelbett fallen.

Sarah kramte in meiner Sporttasche.

„Kannst du mir mal sagen, was du da tust?"

Sie ließ sich nicht beirren und wühlte unbeeindruckt weiter.

„Saaa-raaah?"

„Ist es das?"

„Was?"

218

„Dein Kostüm?" Ihre Wangen färbten sich vor Aufregung rot. Doch die Ernüchterung folgte auf dem Fuße.

„Hab keins."

„Dachte ich mir." Sie ließ sich auf den Fußboden sinken und sah mich strafend an. „Und nun?"

„Bei Kostümzwang zieh ich mir halt Ottos Schlafanzug über", antwortete ich flapsig.

„Das hast du dir so gedacht!" Sarah sprang auf und eilte in ihre Suite. Wenig später kam sie zurück – mit einem großen, flachen Karton in der Hand. „Hier."

Neugierig öffnete ich den Deckel und entfernte das zartrosa Papier.

„Was? Zum Teufel! Soll *das* sein?" Ich breitete das schlichte, weiße Seidenkleid auf meinem Bett aus und hielt zwei prachtvolle Flügel aus weichsten Daunenfedern fragend nach oben.

„Das ist ein Kostüm", feixte Sarah schadenfroh.

„Das ist eine Karikatur."

„Red keine Blödsinn!" Sie strich bewundernd über den fließenden Stoff des Kleides.

„Sarah. Kein Kostüm der Welt könnte unpassender sein."

Sie rümpfte die Nase. „Stell dich nicht so an. Du gehst jetzt duschen und danach rolle ich dir die Haare ein."

„Haare einrollen?" Fassungslos starrte ich sie an. „Sag mal, geht's noch?"

„Du bist 'ne richtig blöde Kuh. Weißt du das?"

„Ja, das weiß ich."

„Trotzdem werden die Haare eingerollt."

„Na, gut." Ich ergab mich meinem Schicksal. Denn letztendlich wollte ich ja auch keine Spielverderberin sein.

„Lass dich anschauen, du Engel", flötete Sarah zwei Stunden später und ließ mich mittels Zauberstab eine Pirouette drehen. „Traumhaft!"

„Sieh dich doch erst mal an, du gute Fee", gab ich beschämt zurück.

Sarah trug ein limettengrünes Kleid, das ihre üppige Oberweite beneidenswert zur Geltung brachte. Ihr Haar hatte ich zu einem

Mozartzopf geflochten. Die Flügel waren aus zartem Nylonstoff gefertigt und mit unzähligen, funkelnden Steinchen besetzt.

„Nein, du wirst der Star des Abends sein. So schön wie heute warst du noch nie. Das wird... Das wird einfach der Wahnsinn!"

„Blödsinn", bremste ich ihre Euphorie.

Vorsichtig blinzelte ich in den Ganzkörperspiegel. Kleine Löckchen umspielten mein dezent geschminktes Gesicht. Sarah hatte viele einzelne Strähnen locker nach oben gebunden und mit sternförmigen Klammern fixiert. Die wortwörtlich federleichten Flügel befestigten wir an der dazugehörigen Korsage, über die sich sanft der dünne Stoff des Seidenkleides legte.

„Aber man sieht meinen String", bemängelte ich.

„*Aber man sieht meinen String*", wiederholte Sarah und zog eine Grimasse.

„Und der Ausschnitt ist auch ganz schön gewagt. Hinten wie vorne."

„*Und der Ausschnitt ist auch ganz schön gewagt*", erklang erneut ihr spöttisches Echo.

Ich schob beleidigt meine Unterlippe nach vorne.

„Tess. Selbst dein Tätowierer hat schon mehr von dir gesehen als dieses Kleid preisgibt."

Ich sah sie resigniert an und schüttelte den Kopf. „Sarah, mit dem habe ich auch geschlafen."

„Okay, blöder Vergleich", musste sie zähneknirschend zugeben. „Trotzdem. Du siehst einfach umwerfend aus. Und deshalb setzt du jetzt auch endlich mal deinen Hintern in Bewegung. Es ist gleich acht."

Ich blies die Wangen auf, schob meine Brüste nach oben und stemmte beide Hände in die Hüfte. „Dann mal los", sagte ich. *Nur gut, dass Allwisser heute nicht da ist*, fügte ich still hinzu.

Wie von Sarah erwartet – und von mir befürchtet – waren sämtliche Augen neugierig auf uns gerichtet, als wir den Festsaal betraten. Meine Schwester sonnte sich selbstbewusst in der Bewunderung der rund fünfzig Angestellten. Mir jedoch schlug das Herz bis zum Hals.

„Hallo und guten Abend", grüßte sie in die Menge und legte ihren Arm um meine Taille. „Das ist meine Schwester Tess." In ihrer Stimme schwang ein Hauch Stolz mit.

„Tess arbeitet bei *uns*", vernahm ich erleichtert Susannes Worte und war froh, wenigstens ein bekanntes Gesicht zu sehen.

Wir schüttelten unzählige Hände und ich hörte so viele Namen, dass ich glaubte, mir ein neues Adressbuch zulegen zu müssen.

„Meine Güte, Tess. Du siehst..." Marcos Augen wanderten begierig über meinen Körper. „Ich meine... Puh! Da geht einem ja das Messer in der Tasche auf!"

Sarah beäugte ihn skeptisch. „Sie müssen Marco Römer sein?"

„Oh", räusperte er sich verlegen. „Entschuldigen Sie, Frau Dubois de Luchet."

„Nichts für ungut, Herr Römer", lächelte sie honigsüß. „Solange Sie Ihre Finger von meiner Schwester lassen."

„Sarah!" Entsetzt über ihre gnadenlose Indiskretion hielt ich kurz die Luft an. „Sorry, Marco. Aber..."

„Ist okay, Tess. Hab schon verstanden. Ich... Ich wünsche euch noch einen schönen Abend." Eingeschüchtert zog er sich zurück.

„Sag mal, Sarah. Was ist denn mit *dir* los?"

„Mit mir? Wieso?"

„Na, weil du hier so rumblökst?"

„Ich? Ich blöke doch nicht rum, Tess. Ich möchte mich nur amüsieren."

„Und das ginge nicht mit Marco?"

„Nein, das ginge nicht mit Marco."

Ich seufzte.

„Ein Engel und eine gute Fee. Das ist Balsam für meine geschundenen Augen." Léons mitreißendes Lachen war durch den ganzen Saal zu hören.

Ich drehte mich um und sah einen verwegenen Piraten auf uns zukommen.

„Na, wenigstens hat Léon ein treffendes Kostüm", sagte ich matt.

„Hallo Traum meiner schlaflosen Nächte, Frau meines Lebens, Mutter meiner Kinder." Léon begrüßte Sarah mit einer Leidenschaft, die mir das Blut in den Kopf jagte.

Er zwinkerte mir süffisant zu.

Der Anblick seiner nackten Brust erinnerte mich unweigerlich an unsere *heiße* Unterredung in der Sauna. Ich schluckte.

„Die gute Fee hat uns einen Engel gezaubert?"

Sarah schlang ihren Arm um Léons Taille und streichelte seine durchtrainierten Arme. „Sieht sie nicht einfach traumhaft schön aus?"

„Darf ich darauf antworten?" Léon knabberte an Sarahs Ohrläppchen.

Ich zog missmutig eine Augenbraue nach oben. „Hey, ihr zwei. Es gibt hier Hotelzimmer, in die ihr euch zurückziehen könnt, falls es euch zu wohl wird."

Léon beugte sich zu mir hinab, hauchte einen Kuss auf meine Stirn und flüsterte: „Dann merke es dir gut, mein Engel."

Bereits gegen zweiundzwanzig Uhr hatte die Stimmung ihren Höhepunkt erreicht. Die Kollegen pflegten untereinander ein ausgesprochen freundschaftliches Verhältnis. Inzwischen kannte ich alle beim Vornamen und hatte mit der Mehrzahl der männlichen Belegschaft und einem kleinen Teil der weiblichen Angestellten eine flotte Sohle aufs Parkett gelegt. Meine Füße brannten nicht mehr, sie glühten!

„Aua", jammerte ich und streifte mir die Riemchensandalen von den Füßen. Ich nahm einen Eiswürfel zur Hand und rieb ihn über die schmerzenden Stellen, als vor meinen Augen noch ein weiteres Paar Füße erschien.

*Nein, nein! Nicht schon wieder*, dachte ich und versuchte, den vermeintlichen Tanzpartner einfach zu ignorieren.

Dieser jedoch blieb ohnehin stumm und verharrte an Ort und Stelle.

Irritiert ließ ich meinen Blick nach oben wandern. Die schwarze Hose saß locker auf seinen Hüften und als mein Blick seinen nackten Oberkörper erreichte, blieb mir für Sekunden die Luft weg. Ich schloss rasch die Augen und spürte mein Herz im Brustkorb hämmern.

„Das ist nicht wahr! Das ist nicht wahr!", beruhigte ich mich flüsternd.

Ich sah auf, um mich dessen zu versichern.

Doch er war noch immer da. Leibhaftig, in voller Größe, in seiner ganzen Pracht – gleichsam meinen Träumen entsprungen. Die Henkersmaske war der letzte Beweis.

## KAPITEL neununddreißig

Es erschien wie eine Ewigkeit, die wir voreinander standen, zitternd, schwer atmend, und nur seine Augen funkelten durch die Schlitze des Stoffes, wie Lapislazuli, bis er sich endlich zu mir hinab beugte und flüsterte: „Schön, dich wiederzusehen, Tess."

Ich atmete tief seinen Duft ein und mir wurde schwindelig. Er war es! Bestimmt...

Instinktiv legte ich meine Hand auf seine Brust und ließ sie langsam bis zum Bauchnabel gleiten. Es bestand kein Zweifel mehr.

„Du... Du hast mir gefehlt. So sehr gefehlt", hörte ich mich selbst leise sagen und war kaum imstande, noch einen klaren Gedanken zu fassen.

„Ist das wahr?" Seine Stimme klang rau, fast heiser. Und obwohl ich sie niemals zuvor hörte, war sie mir auf seltsame Weise vertraut.

Seine Nähe hüllte mich in einen Mantel der Geborgenheit, der Sehnsucht, der Begierde, dem Gefühl, meine Seele verloren und in ihm wiedergefunden zu haben.

Ich blendete alles um mich herum aus, als seine Hand zärtlich meine Wange berührte.

Es war, als wanderten eine Million Insekten über meinen Körper, während wir uns Minuten später in meinem Hotelzimmer wiederfanden.

Offenbar löste ein Sensor den Betrieb der kleinen Nachttischlampe aus, die nun den Raum mit zartem Dämmerlicht erfüllte.

Die Drähte meiner gefederten Flügel gaben nach, als der Henker leise die Tür hinter uns schloss und mich gegen die Wand drückte.

„Willst du das wirklich?", flüsterte er und bedeckte meinen Hals mit Küssen.

Ich schob zitternd mein Kleid nach oben, schlang mein linkes Bein um seine Hüfte und presste meinen Körper an ihn.

„Ohne zu wissen, wer ich bin?", hakte er heiser nach.

Meine Hand wanderte unter den Saum seiner Hose und verharrte auf seinem Po.

„Ich sage dir dann, wer du bist."

Geschickt öffnete er die Korsage und streifte das Kleid von meinen Schultern. „Wenn das so ist", hauchte er mir ins Ohr, „vertraust du mir auch?"

Ich hatte meine Atmung kaum noch unter Kontrolle. Als ich seine beachtliche Männlichkeit an meinem Schenkel spürte, zerriss es mich beinahe vor Lust. Ich wollte ihn, mit jeder Faser meines Körpers.

„Vertraust du mir?", wiederholte er leise.

Ich nickte und schloss die Augen.

Der Henker berührte meinen Hals und ließ seine Hand beinahe unerträglich langsam über meinen nackten Körper wandern.

Sehnsucht brannte. Ich legte den Kopf in den Nacken und genoss sein zärtliches Streicheln. Dies war kein Hinterhof, weit und breit kein Dixi-Klo. Ich war weder betrunken noch durch einen Joint benebelt – doch bis in die Fingerspitzen erregt.

Ich spürte, wie kalte Seide meine Augenlider berührte und zuckte zusammen.

„Vertraust du mir?", hörte ich den Henker erneut leise fragen.

„Blind!", gab ich ihm ohne Zögern zur Antwort und ließ zu, dass er meine Augen verband.

Vorsichtig nahm er meine Hand und führte sie zu seiner Brust. *In meinen Träumen kann ich ihn spüren*, hallten meine eigenen Worte in meinem Kopf wider. *Ich berühre ihn und weiß, er ist es. Wenn ich seine Brust, seinen Rücken streichle, seine Arme anfasse, meine Hand in seinen Nacken lege... Dann ist es beinahe, wie blind lesen können.*

Und so geschah es. Mit dem Unterschied, dass ich nun auch in seinem Gesicht lesen konnte. Er hatte seine Maske gelüftet. Doch nur meine Finger konnten es sehen.

Sachte führte er mich zum Bett und ich tastete mich zum Bund seiner Hose vor, die alsbald von seinen Hüften glitt. Der Henker bedeckte meine Schultern und mein Dekolleté mit Küssen und fuhr mit seiner Zunge meinen Hals hinauf, bis sich unsere Lippen berührten. Noch immer schmeckte er herrlich nach Himbeeren.

224

Ich glühte unter seiner Leidenschaft, meine Beine gaben nach und ließen mich auf das Bett sinken. Ihn nicht sehen zu können, trieb mich schier in den Wahnsinn, dennoch spürte ich die daher gesteigerte Intensität seiner Berührungen und gab mich ihm bedingungslos hin.

Der Henker verwöhnte mich nach allen Regeln des Kamasutra, bis sein Atem fester und seine Küsse fordernder wurden. Als er schließlich mit seiner ganzen Pracht in mich eindrang, hatte ich schon längst aufgehört, meine Orgasmen zu zählen. Wir ergänzten uns, als seien wir füreinander geschaffen.

Minuten später barg er seinen Kopf erschöpft an meinem Hals.

Ich keuchte noch immer und war fast atemlos. Zögernd griff ich nach dem Knoten meiner Augenbinde.

„Halt!" Ich spürte, wie der Henker meine Hand packte. „Warte. Bitte..."

Ich gehorchte und vernahm ein leises Klacken.

Als er mir das Seidentuch von den Augen nahm, war es stockfinster im Raum. Nichts war zu erkennen, kaum die Umrisse seiner selbst.

Er streichelte noch einmal mein Dekolleté und ließ sich dann auf den Rücken sinken.

Vorsichtig tastete ich nach ihm und bettete meinen Oberkörper auf seiner Brust.

Wir hüllten uns in einvernehmlich vertrautes Schweigen.

„Wer bin ich?", flüsterte der Henker nach einer Weile und streichelte mein Gesicht.

Ich griff nach seiner Hand und küsste ihre Innenfläche. Mein Herz machte einen Hüpfer und gab mir den Anstoß zum Reden. Ich hatte keine Scheu mehr. „Du bist der Vater meines Kindes", sagte ich offen heraus.

Ich konnte spüren, wie er die Luft anhielt. Und ich konnte hören, wie fest er schluckte.

„Du hast einen Sohn."

Noch immer sagte er kein Wort und Besorgnis machte sich in mir breit.

„Luca ist *mein* Sohn?", krächzte der Henker plötzlich.

Seine Worte trafen mich wie ein Hammerschlag. Blitzschnell richtete ich mich auf und suchte panisch nach dem Lichtschalter.

„Autsch!"

„'tschuldigung!" Ich musste den Henker im Gesicht getroffen haben. Doch darüber konnte ich jetzt nicht nachdenken. Ich musste diesen verdammten Lichtschalter finden! Ich musste wissen, wer der Henker war. Ich musste ihn sehen! Woher kannte er Lucas Namen?

„Links", hustete er. „Links!"

Ich tastete völlig ziel- und planlos nach dem Objekt, das im wahrsten Sinne des Wortes die Wahrheit ans Licht bringen würde.

„Links", krächzte der Henker inzwischen mitgenommen. „Das andere Links!"

Ich stand völlig neben mir und fürchtete, in nicht allzu ferner Zukunft in eine ganz besondere Art Hysterie auszubrechen, als er meinen Körper auf das Bett zurückpresste und seinen Körper erneut an mich schmiegte.

Danach klackte es kurz und ich blinzelte, bis sich meine Augen an die neuen Licht- und Sichtverhältnisse gewöhnt hatten.

Der Henker lag neben mir und seufzte schwer. Doch ich wagte nicht, einen Blick auf ihn zu werfen.

„Warum?", flüsterte er. „Warum erfahre ich erst jetzt, dass ich einen großartigen Sohn habe?"

Ich war versucht, ihn anzuschauen. „Weil... Weil ich weder deinen Namen..."

„Ich weiß, ich weiß", unterbrach er mich. „Aber als du erfahren hast, dass wir ein Kind bekommen...?" Seine Worte waren kaum zu hören.

Ein Klos steckte in meinem Hals, der mit jeder Sekunde größer und fester wurde. „Frieder schien der Einzige, der dich kannte. Aber..."

„Frieder", hustete er. „Frieder war es auch, der mir einen falschen Namen und eine falsche Telefonnummer gegeben hat."

Noch bevor ich meinen Kopf in seine Richtung drehte, war er aufgestanden. Ein schwacher Lichtstreifen legte sich über seinen Körper. Seine obere Hälfte verschwand im Dunkel.

„Hast du mich je gesucht?"

Ich musste mich in höchstem Maße konzentrieren, um ihn überhaupt wahrzunehmen. Auf seine Frage antwortete ich: „Hast *du* mich denn gesucht?"

„Ich habe dich gefunden. Ich habe *euch* gefunden."

„Und?"

„Und? Das frage ich dich, Dornreschen."

Ein Schauer lief mir über den Rücken.

„Ist es nur das, was du vermisst hast?"

„Nein", widersprach ich – beinahe panisch, krabbelte über das Bett und streckte meine Hand nach ihm aus. „Nein. Du bist... Es ist..." Ich ließ meine Gefühle sprechen. „Es ist, als hätte ich meine Seele verloren und sie in dir wiedergefunden."

„Das weißt du?"

„Das weiß ich."

„Egal, wer ich bin?", versicherte er sich.


Wir hörten dumpf das gesamte Kollegium von Zehn auf Null zählen.

Der Henker drehte sich um.

Mein Herzschlag hatte die zulässige Höchstgeschwindigkeit längst überschritten.

Als lauter Jubel ausbrach, setzte er sich auf das Bett und in den direkten Schein der Lampe.

Im selben Moment brach in meinem Bewusstsein ein Feuerwerk aus.

„Oh, Gott!", schrie ich und sprang, wie von einer Tarantel gestochen, auf. Ich schlug die Hände über dem Kopf zusammen und rannte wie eine Irrsinnige durch die Suite. „Oh, Gott!", rief ich immer wieder aus. „Das kann nicht wahr sein! Das kann einfach nicht wahr sein!" Ich war kaum noch in der Lage, meine Reflexe unter Kontrolle zu bringen. „Ich glaube es nicht! Das ist unmöglich!"

Der Henker beobachtete stumm mein desolates und völlig irrationales Treiben.

Irgendwann ließ ich mich erschöpft ins Bett zurückfallen.

„Geht's jetzt wieder?", fragte er nach weiteren, schweigsamen zehn Minuten.

„Ja", knurrte ich. „Und jetzt hören Sie endlich auf mit dem blöden Geflüstere."

Er räusperte sich. „Entschuldige bitte, aber ich habe gerade eine fiese Erkältung hinter mir und bin stimmlich noch etwas angeschlagen."

„Hm."

Eigentlich konnte ich ihm gar nicht wirklich böse sein. Und nur der Himmel wusste, warum?

„Ich heiße übrigens Marius." Es klang wie ein Friedensangebot.

Ich rieb meine Nase. „Macht nichts."

Ein melancholisch-geheimnisvoller Ausdruck lag auf Marius' Gesicht, als er mich ansah.

„Ich kann dich nicht leiden", schmollte ich.

„Na, und? Ich dich auch nicht."

Mit vor der Brust verschränkten Armen lagen wir nebeneinander. Ich fand die Situation so komisch, dass ich mein Grinsen nicht lange zurückhalten konnte.

Als Marius' Mundwinkel zuckte, prustete ich laut los.

Sein Lachen ging nach kurzer Zeit in einem Hustenanfall unter.

„Alles okay?", fragte ich besorgt und legte meine Hand auf seine Stirn.

Marius zwinkerte mir zu und nahm mich in den Arm. Ein Gefühl der Sicherheit und des Vertrauens durchströmte meinen Körper. Es war, wie nach einer langen, langen Reise endlich anzukommen. Wo auch immer...

Mein Handy lärmte und zappelte auf dem Nachttisch und ließ mich aus dieser Geborgenheit hochschrecken.

„Alfi, mein Schatz! Ein frohes, neues Jahr", rief ich in das Telefon.

In der Leitung knackte und knarzte es. „Dir auch, Tess-Schätzchen. Bist du gut ins neue Jahr gekommen?"

Ich warf Marius einen zärtlichen Blick zu und schmunzelte. „Könnte man so sagen, Alf."

„Es ist so still bei dir?", fragte er misstrauisch. „Eure Party ist doch noch nicht zu Ende?"

„Nein, Alf. Ich glaube, die Party geht jetzt erst richtig los."

„Was?"

Ich vernahm deutliches Gerangel um den Telefonhörer.

„Ich wünsche dir auch ein frohes, neues Jahr, Tessa-Schatz", grölte Tom und fuhr, bevor ich ihm antworten konnte, fort: „Da ist noch jemand für dich."

„Prosit Neujahr, Mama!"

Beim Klang seiner Stimme wurde mir ganz warm ums Herz. „Lu, mein Liebling. Du bist ja noch wach?" Ich lehnte mich zurück. „Ich wünsche dir auch ein glückliches, neues Jahr!"

Marius war unauffällig näher gerückt.

„Mama, wir feiern hier auch eine Party", teilte Luca mir begeistert mit. „Warum ist es denn bei eurer Party so leise? Hä?"

Ich vernahm laute Hintergrundgeräusche.

„Die Oma will auch noch mit dir reden. Und mit Onkel Léon und Tante Sarah."

„Hör mal, mein Schatz", bremste ich ihn eilig aus. „Léon und Sarah sind gerade nicht hier. Sie sollen später anrufen. Und, Lu..." Ich rang einen kurzen Moment mit meinen Gefühlen und dem Verantwortungsbewusstsein Luca gegenüber. „Hier ist noch jemand, der dir, glaube ich, auch ein gutes Jahr wünschen möchte."

Ich reichte Marius das Telefon. Er sah mich dankbar an.

„Hi Drippelkönig", räusperte er sich.

Eine spürbare Spannung lag in der Luft. Dann rief Luca plötzlich erfreut aus: „Marius!"

Ich hielt mein Ohr an die Rückseite des Handys und rieb es nun verstohlen.

„Bist du bei meiner Mama?"

„Ja."

„Hat sie dir wieder wehgetan?"

Mein Blick verdunkelte sich bestürzt ob dieser Frage.

Doch Marius lächelte. „Im Gegenteil, Lu. Im Gegenteil." Er sah zärtlich zu mir auf. „Magst du nochmal mit ihr reden? Ja? Wir sehen uns. Mach's gut, mein Junge."

„Wir... Ich sollte mich aber trotzdem unten nochmal blicken lassen. Springe nur schnell unter die Dusche", meinte ich seufzend, nachdem ich mit meinem Vater gesprochen und meine Mutter nach schier endlosen Minuten endlich abgewimmelt hatte, und legte das Handy auf den Nachttisch. „Möchtest du schlafen?"

„Warum?", fragte Marius und sah gespannt auf.

Verunsichert zuckte ich mit den Schultern. „Dachte nur, dir geht's noch nicht so gut?"

Seine Arme schlangen sich um meine Taille und Küsse legten sich auf meine Schultern wie eine wärmende Decke. „Du hast keine Vorstellung davon, wie gut es mir jetzt geht", flüsterte er. „Aber ich glaube, unten wartet man sicher auch auf dich."

„Meinst du?" Selten war eine Frage überflüssiger.

„Geh schon mal vor", riet er mir mit einem Zwinkern. „Ich komme später nach."

„Wie viel später?", fragte ich und musste wieder einmal feststellen, dass ich mich wohl selbst gern reden hörte.

Marius fuhr mit Zunge meine Wirbelsäule nach. „Sicher keine sieben Jahre", flüsterte er.


Nachdem ich zwar frisch geduscht, dennoch unübersehbar zerzaust und nur notdürftig wiederhergestellt die Festhalle betrat, erkannte Ich die Spannung, die sich in Léons und Sarahs Gesicht abzeichnete.

„Ein glückliches, neues Jahr, Schwesterherz. Und noch viele weitere..." Sarah nahm meinen Kopf in die Hände und vergrub ihre Augen in meinem Gesicht.

„Frohes Neues", griff Léon ein und küsste mich zärtlich auf den Mund. Auch ihm war eine ungewohnte Neugierde anzusehen, als er vorsichtig über meine Schulter zur Tür blinzelte.

Doch ich genoss und schwieg. Vorerst.

„Du... Du siehst irgendwie zerzaust aus", trieb Sarah das Stillen ihres Wissensdursts voran.

Ich fasste mir gespielt unbeeindruckt ins Haar. „So? Sind wahrscheinlich nur die Locken."

„Was hast du denn gemacht?"

„Ich? Warum?"

„Dein Kleid ist zerknittert", zupfte Sarah skeptisch am Stoff. „Und deine Flügel sind auch ramponiert."

„Hm."

„Sarah hat Recht", mischte Léon sich ein. „Du siehst so aus, als hättest du eine Begegnung mit einem Henker gehabt."

„So?", fragte ich gespielt unwissend. „Findest du?"

Wie gerne hätte ich die beiden länger auf die Folter gespannt. Aber meine Hormone tanzten noch immer Polka. Die Katze war aus dem Sack.

„Von wegen *Intuition*", erwiderte ich. „Das habe ich doch alles euch zu verdanken, oder?"

Synchron hielten Sarah und Léon die Luft an und starrten mich, auf wirklich alles gefasst, erwartungsvoll an.

„Hey", verpasste ich beiden einen sanften Knuff. „Ich danke euch. Ich danke euch wirklich. Ich... Ich weiß gar nicht, was ich..." Meine Stimme versagte.

Sarah atmete hörbar auf. „Alles gut gegangen", flüsterte sie und umarmte mich so herzlich, als wäre es das letzte Mal.

Léon klopfte mir erleichtert auf die Schulter. „Aber du hast ihn nicht kaputt gemacht, oder?"

„Ich denke, er schläft jetzt. Seine Erkältung hat ihm wohl doch mehr zu schaffen gemacht, als er glaubte", antwortete ich salbungsvoll.

„Die Erkältung. Soso."

Sarah verpasste ihm einen ermahnenden Seitenhieb. „Und, Tess?"

„Es war unvergesslich, wie du versprochen hast", griente ich süffisant.

„Unvergesslich?"

„Unvergesslich *und* wundervoll."

Sarah reichte mir einen Wodka-Lemon. „Sonst nichts", setzte sie listig nach.

Ein Seufzer ruckte durch meinen Körper. Ich prostete einigen Kollegen zu und beugte mich dann näher an ihr Ohr. „Sarah, ich habe meine Seele wiedergefunden. Ich konnte es spüren, Sarah. Und obwohl der Schreck erstmal groß war, als ich erkannte, wer unter der Maske steckt, war das und alles andere plötzlich unwichtig. Als ich ihm sagte, dass Luca sein Sohn ist... Meine Güte, Sarah. Noch nie habe ich einen solchen Glanz in den Augen eines Menschen gesehen."

Scheiße! Hörte sich das sülzig an! Aber es war schlicht und ergreifend die Wahrheit.

Sarah wischte sich eine Träne von der Wange und schloss mich erneut in die Arme. Mir blieb fast die Luft weg. „Ich bin so glücklich, Tess", schluchzte sie gerührt. „Ich war nicht ganz sicher, ob Léons Idee gutgehen würde."

„Das war ich mir auch nicht", klang Marius' Stimme heiser in mein Ohr.

„Du hast es gewusst?" Ich schwankte zwischen plötzlicher Verärgerung und anhaltendem Glücksgefühl. Ich pumpte meine Lungen auf.

Doch Marius beugte sich dicht an mein Ohr. „Weißt du, wie lange ich schon versuche, es dir zu sagen?"

„Nein."

„Dann erinnere dich doch mal an deinen zweiten Arbeitstag und das Gespräch, zu dem ich dich gebeten habe."

„Ups!"

„Genau."

Als Marius' überraschende Anwesenheit von den Kollegen bemerkt wurde, winkten sie ihm mitteilungsbedürftig zu.

„Ich bin gleich wieder da, okay?"

„Solange es nicht wieder sieben Jahre dauert", erwiderte ich und lächelte selig.

Ich sah Marius nach, wie er zu einer Gruppe Kollegen aus dem Münchner Büro schlenderte. Über der schwarzen Henkershose trug er nun ein lässiges, weißes Seidenhemd. Sein platinblond gefärbtes Haar war zerzaust und verlieh seinem Äußeren einen rebellischen Touch. Ich fragte mich, warum ich ihn mir nicht schon viel früher viel genauer angesehen hatte.

„Weißt du eigentlich, Tess, was du für ein wahnsinniges Glück hast?"

Ich reckte die Schultern. „Ich weiß es jeden Tag, wenn ich in das Gesicht meines Sohnes sehe und... Und jetzt..."

„Jetzt hast du endlich seinen Vater dazu." Sarahs Augen blickten mütterlich fürsorglich. „Er hat kein Wort gesagt. Kein Wort darüber, dass *du* es warst, die einfach abgehauen ist. Damals."

Ich senkte beschämt den Kopf.

„Marius ist für seine Diskretion bekannt", klinkte sich Léon in unser Gespräch ein. „Er wird hier und heute nichts tun – außer abzuwarten."

„Abzuwarten?"

Léon legte seine Hand unter mein Kinn und hob es an. „Tess, du hast alle Trümpfe in der Hand. Marius wird akzeptieren, wenn du Zeit brauchst. Zeit für dich. Und Zeit für Luca. Doch tu ihm nicht an, was du Paul angetan hast. Hör auf mit Heimlichkeiten und lege die Karten auf den Tisch."

Hinweisend klopfte er mir auf die Schulter und begab sich zum DJ. In seiner gewohnt lässigen Art nahm er ihm das Mikro aus der Hand, dankte all seinen Mitarbeitenden für die Arbeit des letzten Jahres und erntete für die Ansprache tosenden Applaus. Zufrieden lächelnd hob er das Glas. „Und jetzt, Leute, lasst uns feiern!"

Léon war ein großartiger Chef. Und ein beeindruckender Mensch. Das Verständnis, die Großmütigkeit und den Respekt, den er seinen Mitarbeitenden zukommen ließ, erhielt er von ihnen tausendfach zurück. Ich nickte stolz und stieß mit Sarah an.

„Ach", vernahm ich ihn erneut unter dem Stimmengewirr, „bevor wir feiern... Da gibt es noch etwas, das mir persönlich sehr am Herzen liegt. Tess?"

„Hä?" Erschrocken blickte ich auf.

„Tess, meine Schwägerin und seit kurzem engagierte Mitarbeiterin in unserer Außenstelle." Er machte eine bedeutungsschwangere Geste. „Sicher wurde zunächst kritisch beäugt, dass ich ausgerechnet einem Familienmitglied einen so verantwortungsvollen Posten übertragen habe. Wobei", er grinste charmant in die Runde, „wir doch sowieso *eine* große Familie sind, oder?"

Zustimmendes Nicken und erneuter Applaus.

Ich war verunsichert. Was, zum Teufel, hatte Léon nun schon wieder vor? Ich spürte, wie mir Hitze in den Kopf stieg und hoffte inständig, mein Deo würde nicht spontan versagen.

Sarah warf mir einen ebenso unsicheren Blick zu.

„Wie bereits erwähnt, lernten die Kolleginnen und Kollegen unserer Zweigstelle meine Schwägerin als äußerst engagierte und kompetente Mitarbeiterin kennen. Und, weiß Gott, das ist sie auch."

„Na, komm schon, Tess", forderten mich Otto, Susanne, Karla und Uli lautstark auf und ich spürte die Blicke unzähliger Augen auf mir haften.

„Gib mir ein Loch, in das ich mich verkriechen kann", knurrte ich Sarah ins Ohr.

Meine Schwester strich mir sanft über die Wange. „Nun mach schon", forderte sie mich auf und blickte zu Léon, der entschlossen auf uns zutrat. „Tu, was nötig ist."

„Ich glaube, es hackt!", schnaubte ich und zeigte ihm den Vogel. „Das geht doch wohl keinen Menschen etwas an!"

Léon baute sich vor mir auf. „Du kannst erzählen, was du willst", erklärte er sachlich und drückte mir das Mikrofon in die Hand.

Tausend wirre Gedanken schossen mir durch den Kopf und mein Gesichtsausdruck ähnelte wohl dem einer Kuh, wenn's blitzt und donnert.


„Ent-entschuldigt, Leute", krächzte ich und hüstelte nervös. Rund fünfzig Augenpaare waren auf mich gerichtet und mein Gesicht begann zu prickeln. „Tja... Äh... Wo mein Schwager mich schon genötigt hat... Nun ja... Blödes Mikro... Ich möchte euch allen ein gutes Jahr wünschen und..."

Ich kam mir selten dämlich vor. Léon hob aufmunternd den Daumen und so fuhr ich mutig fort: „Es mag sein, dass einige von euch mich, ganz bestimmt sogar, für durchgeknallt halten werden oder auch für verantwortungslos, wenn sie... Wenn sie die Geschichte hören, die ich", vorwurfsvoll nickte ich meinem Schwager zu. „Die ich hier wohl erzählen soll."

Ich fasste mir ein Herz und die Worte schienen nur so aus meinem Mund zu purzeln. „Aber ich möchte endlich leben können. Leben mit dem Menschen, der vor sieben Jahren eben dieses grundlegend verändert hat."

Meine Augen flogen suchend durch den Raum. Marius stand inmitten seines Kollegiums und sah gespannt zu mir hinüber. Ein zaghaftes Lächeln umspielte seine Lippen

234

„Es war nur eine einzige Begegnung und ich kannte weder seinen Namen noch sein Gesicht. Doch er gab mir das größte Geschenk, das ein Mensch einem anderen geben kann: Einen Sohn. Sieben lange Jahre habe ich nur von ihm geträumt, ihn in meinem Sohn gesehen und doch nicht wirklich erkannt."

Überraschtes Raunen machte sich in der Menge breit.

„Wisst Ihr, Leute. Ich habe, fürchte ich, viel zu viel Zeit mit Heimlichtuerei vertan. Ich war meinen Eltern, mir selbst und leider auch meinem Sohn gegenüber nicht aufrichtig. Und das möchte ich ändern." Augenzwinkernd warf ich Léon einen Blick zu. „Auch wenn es dazu erst eines Arschtritts meines Schwagers bedurfte."

Die Menge lachte verhalten, zumal noch niemand einordnen konnte, wie dieser Arschtritt zu verstehen war.

„Keine Unaufrichtigkeit, keine Heimlichtuerei mehr", fuhr ich entschlossen fort. Ich fesselte meinen Blick an Marius und sagte leise ins Mikrofon: „Ich habe meine Seele in dir gefunden. Ich habe sie geboren und sieben Jahre großgezogen. Ich wünsche mir, dass es dir ebenso geht und wir nun endlich eine Familie sein können."

„Auch, wenn du mich nicht leiden kannst?" Marius trat grinsend, aber dennoch sichtlich berührt, auf mich zu.

„Auch, wenn ich dich nicht leiden kann", lächelte ich und sah tief in seine Augen, so tief, dass ich glaubte, darin untergehen zu können, ohne zu ertrinken.

„Ich kann dich zwar nicht leiden, aber ich liebe dich", hauchte ich ihm ins Ohr.

„Macht nichts."

## KAPITEL vierzig

Die Heimfahrt traten wir gemeinsam in Marius' Wagen an, nachdem er mich in den frühen Morgenstunden noch einmal von seinen Qualitäten als exzellenter Liebhaber überzeugt hatte.

„Tess? Ich hoffe, du nimmst es mir nicht übel, dass ich heute Nacht noch meine Schwester angerufen habe?"

„Ach, was!", erwiderte ich und schickte einen Seufzer hinterher.

„Sie ist beinahe wahnsinnig geworden vor Freude, weißt du?" Er sprach bedachtsam. „Junior hat seinen Vater verloren. Und Luca hat *seinen* Vater gefunden."

Das Herz wurde mir schwer.

„Ich habe wirklich Hochachtung vor dem, was du getan hast, Tess."

„Was meinst du?"

Er sah kurz von der Fahrbahn. „Deine Ehrlichkeit."

Ich rutschte angespannt von einer Pobacke auf die andere. „Und das werde ich heute noch einmal sein müssen. Meine Familie... Nun ja, niemand außer Sarah und Alf wussten..."

Marius runzelte skeptisch die Stirn. Inzwischen war er wohl auf alles gefasst.

„Ich habe ja nicht gelogen. Ich habe nur, sagen wir mal, die Wahrheit etwas modifiziert."

„Modifiziert?"

Ich blies meine Wangen auf und stieß die Luft hörbar aus. „Ich hab einfach den Vater meines Kindes verheimlicht."

„*Verheimlicht*. Aha." Sein Gesicht entspannte sich. „Ist okay, Tess. Ich verstehe das."

„Aber..."

„Nichts *aber*. Deine Eltern werden es auch verstehen. Irgendwann. Und Lu..." Er schluckte.

Ich legte meine Hand auf seinen Arm und sah ihn zärtlich an. Bis Hennelin sprach keiner von uns mehr ein Wort.


Als wir gegen Nachmittag am Haus meiner Eltern ankamen, wurde mir etwas flau im Magen. Meine Hände begannen zu zittern.

„Wir schaffen das, Dornreschen", nahm Marius meine Hand und drückte sie sanft.

Die Tür wurde aufgerissen und uns lief ein freudig strahlender Luca entgegen. „Mama! Mama", fiel er mir in die Arme.

„Hallo mein Schatz! Oh, wie hast du mir gefehlt!" Ich herzte und küsste ihn, bis meine Sehnsucht nach seiner Nähe vorübergehend gestillt war. „Ich hab noch jemanden mitgebracht", sah ich dann zu Marius auf.

„Hi Drippelkönig!"

„Marius!" Luca sah zu Marius auf, blickte erneut zu mir und grinste. „Hi Marius." Er nahm ihn kurzerhand an die linke und mich an die rechte Hand und schlenderte mit uns zum Hauseingang.

„Oh", rief meine Mutter und wischte die Hände an ihrer Schürze ab. „Teresa, Kindchen. Dein Chef hat dich nach Hause gefahren?"

„Das ist Marius", erklärte Luca neunmalklug und hielt sich noch immer an ihm fest.

Meine Eltern grüßten höflich und reichten ihm die Hände.

Papa zwinkerte mir vielsagend zu. Er führte uns ins Esszimmer, wo Sarah und Léon bereits am reichlich gedeckten Tisch saßen.


Um meiner Nervosität Abhilfe zu verschaffen, zog ich es vor, zunächst den ausführlichen Schilderungen meiner Mutter bezüglich der Silvesterfeier mit den Kindern zu lauschen und unverfänglicher Konversation zu folgen. Im Augenwinkel jedoch verfolgte ich das Tun neben mir.

Luca hatte seinen Arm um Marius gelegt, seine Hand stütze er auf dessen Oberschenkel ab. Die beiden tauschten offensichtlich Geheimnisse aus.

„Was gibt's denn da zu flüstern?", fragte ich neugierig.

Lucas Wangen nahmen eine zartrosa Tönung an.

„Sag's der Mama", forderte Marius ihn kameradschaftlich auf.

Luca blickte beschämt zu Boden. „Ich hab jetzt auch eine Freundin", quietschte er. „Emily."

„Emily?" Mein Herz machte einen Hüpfer. „Wirklich, mein Schatz?"

„Hmhm." Sein Kopf flog freudig auf und ab.

„Wie kommt's?" Es war nicht so, als sei mir seine Zuneigung Emily gegenüber entgangen. Dennoch überraschte mich der plötzliche Sinneswandel, nachdem er wenige Wochen zuvor Mädchen noch grundsätzlich und allesamt als *Zicken* bezeichnet hatte.

Verlegen presste Luca seinen Kopf an Marius' Schulter. Dieser gab ihm Schützenhilfe. „Männersache. Nicht wahr, Lu?"

Ich warf Marius einen Blick zu, der nichts weiter hieß, als ‚Ich werde es sowieso erfahren!'.

Er lächelte verschwörerisch.

„Also, ich muss schon sagen..." Meine Mutter stützte sich auf dem Tisch ab und legte das Kinn in ihre Hand. Ihre Augen wanderten zwischen Marius und Luca hin und her. „Also... Diese Ähnlichkeit..."

„Mama", unterbrach ich sie rasch und stand auf.

Der Moment der Wahrheit war gekommen und das Herz hämmerte mir in der Brust. „Ich... Ich müsste mal kurz mit Luca reden."

Marius räusperte sich. „Tess...?"

Vertraut saß Luca auf seinem Schoß und spielte mit dem Handy. Eine Gänsehaut krabbelte vom Nacken bis zu meinen Zehen. Ich zögerte zunächst, nickte dann jedoch zustimmend. Luca war sein Sohn. Nach sieben langen Jahren konnte er ihn endlich bewusst in die Arme schließen. Und aus diesem Grund sagte mir mein Gefühl, ich solle ihm den Vortritt lassen.

„Okay", seufzte ich. „Mama? Papa? Könnten wir vielleicht kurz in die Küche gehen?"

Irritiert sah Mutter zu mir auf. „Warum denn?"

„Frag nicht so viel und schieb deinen Hintern nach drüben", forderte Papa sie auf.

Kopfschüttelnd gehorchte sie. „Was ist denn nur los?"

Papa ging zielstrebig zum Kühlschrank, holte zwei *Feiglinge* heraus und reichte mir einen davon.

Wir klopften die kleinen Schnapsflaschen mehrmals mit dem Deckel auf den Tisch, öffneten sie und tranken sie in einem Zug aus.

„Was stehen wir hier rum und trinken Schnaps?", erregte sich meine Mutter ungehalten. „Seid ihr noch bei Trost?"

„Mama, ich hab euch was zu sagen", begann ich und warf meinem Vater einen Seitenblick zu. Ich war sicher, er wusste längst Bescheid – ohne, dass darüber ein einziges Wort verloren worden wäre. „Hast du noch einen, Papa?"

Papa hatte. Er hatte noch einen zweiten und einen dritten und – zum Ärger meiner Mutter – auch einen vierten und fünften *Feigling*.

„Ich... Ich möchte mich bei euch entschuldigen", stammelte ich nervös, stand auf und warf einen Blick aus dem Küchenfenster. Auf der Veranda erblickte ich Luca und Marius. Sie waren ganz in ihrem Gespräch versunken. Mein Herz schlug Purzelbäume, als ich erkannte, wie die Augen meines Sohnes mehr und mehr zu strahlen begannen. Erleichtert wandte ich mich Mama und Papa zu und setzte meine Erklärung fort: „Ich möchte mich entschuldigen. Entschuldigen dafür, dass ich... Dass ich viel zu lange nicht ehrlich zu euch war."

„Teresa!" Mutter schlug sich entsetzt auf die Brust.

„Lass sie halt mal ausreden", knurrte mein Vater.

Ich schluckte und spürte, wie meine Wangen zu prickeln begannen. „Ich habe es nicht in böser Absicht getan, das solltet ihr wissen. Doch ich hab mich einfach dafür geschämt und ich dachte... Dachte, ich würde euch nur noch mehr Sorgen machen, wenn ihr die ganze Wahrheit wüsstet."

„Was, um Gottes Willen, ist denn passiert? Sag doch, Kind, was...", schnappte meine Mutter nach Luft.

„Anna", fuhr Papa ihr über den Mund und reichte mir noch einen Feigling.

Ich nickte dankbar. „Auf dieser Faschingsparty, vor fast acht Jahren, da habe ich viel, sehr viel, zu viel getrunken. Ja, und gekifft hatte ich auch."

Meine Mutter schien einer Ohnmacht nahe.

Ich erwischte mich dabei, wie ich ihr einen amüsierten Blick zuwarf und mahnte mich, ernst zu bleiben. Doch die Erinnerungen an die letzten Stunden, das Glück, das so unfassbar nah war... und die paar Fläschchen Feigling versetzten mich in einen Zustand schwebenden Hirns.

Gnadenlos ehrlich teilte ich mit: „Ich hatte den geilsten Sex meines Lebens und wurde schwanger. Das Ergebnis sitzt gerade auf der Veranda."

Ich sah meine Mutter prüfend an – unsicher, wie viel Wahrheit sie noch ertragen könnte. „Ich wusste weder, wie er heißt, noch wie er aussieht. Er trug damals eine Maske. Und bevor... Nun ja, ich... Ich bin einfach abgehauen."

„Abgehauen?" Mama war fassungslos.

„Wollte mir nicht beim Kotzen zugucken lassen", erklärte ich meinem Vater leise.

Er nickte verständnisvoll und ich wandte mich erneut meiner Mutter zu. „Er hat mich gesucht und ich habe natürlich auch versucht, ihn zu finden, nachdem ich erfahren habe, dass ich schwanger bin, aber..."

„Georg, einen Schnaps!", keuchte Mama. Sie war inzwischen blass um die Nase und kippte das Fläschchen in einem Zug, dann schüttelte sie sich und ihr Anblick ließ mich fast bereuen, mir den Druck von der Seele geredet zu haben.

„Kindchen!" Mit ernster Miene tat sie einen Schritt auf mich zu. „Ich bin wohl schockiert, dass du uns so lange belogen hast. Aber ich verstehe auch, dass du... Hach! Das muss ich erst mal verdauen."

Sie seufzte tief, als ich hinter vorgehaltener Hand aufstieß. „Kotzen?"

Ich schüttelte den Kopf. „Pinkeln."

Ihr war anzusehen, wie angestrengt sie über das soeben Gehörte nachdachte.

Papa saß beinahe teilnahmslos am Tisch und grinste still und zufrieden vor sich hin. Er wusste längst, was noch kommen würde.

Immerhin meine Blase erleichtert, kehrte ich in die Küche zurück. Meine Mutter saß völlig benebelt am Küchentisch. Mir war schleierhaft, was sie in den letzten Minuten getrieben hatte.

„Kind", presste sie schließlich heraus, „mir ist schleierhaft, was du in den letzten Jahren getrieben hast."

Himmel! Hatte sie sich in diesen paar Minuten so betrunken?

„Kind", lallte sie weiter, „hast du dich in den letzten Jahren denn nur betrunken?"

So kannte ich meine Mutter nicht und ich war zugegebenermaßen etwas schockiert.

„So kenne ich meine Tochter nicht. Und ich bin zugegebenermaßen ziemlich schockiert."

Verdammt! Was würde denn jetzt noch auf mich zukommen?

„Verdammt!" Sie schlug energisch mit der Faust auf den Küchentisch und sah mich dann mit schmerzverzerrtem Gesicht fragend an. „Was wird denn jetzt noch auf mich zukommen?"

Ich versuchte augenblicklich, meine Gedanken still zu halten. Was hier abging, war doch nicht normal, oder?

„Jetzt kopulieren wir das Ganze nochmal..."

„Rekapitulieren", verbesserte Papa und zog damit ihren Unmut auf sich.

„Ja", knurrte sie und fuchtelte mit dem Zeigefinger vor seiner Nase herum, „du, du, Georg, hast es sicher schon die ganze Zeit gewusst."

„*Was* gewusst?"

„Na, *das* gewusst!"

„Was?"

„Alles!"

„Nein."

„Doch!"

„Aufhören", brüllte ich und missbilligte – nicht zum ersten Mal in meinem Leben – was Alkohol anrichten konnte. „Papa hat gar nichts gewusst. Aber..."

„Er hat Tessa schon immer geliebt und so akzeptiert, wie sie war und ist", stand Sarah unvermittelt in der Küche. „Und das, Mutter, solltest du vielleicht auch endlich einmal tun."

Ihre Worte schwebten im Raum und über uns wie ein Damoklesschwert. Es wurde still.

„Ich... Ich bekomme das alles nicht geordnet", begann unsere Mutter nach schier endlosen Minuten zu schluchzen.

„Warum weint die Oma?" Luca ging besorgt auf seine Großmutter zu. Hilfesuchend blickte er zu Marius.

„Ich nehme an, Luca", antwortete er leise, „dass deine Mama und deine Oma über das gleiche gesprochen haben, wie wir beide eben."

„Aber warum freut sie sich dann denn nicht? So wie ich?"

Meine Mutter schniefte laut in ein Taschentuch und hob ihren Enkel ungeschickt auf den Schoß. „Worüber freust du dich denn so, mein Schatz?" Sie war nun wieder sehr um Haltung bemüht und sah verschämt zu Marius auf. „Gott, Herr Dr. Allwisser, ist mir das jetzt peinlich."

„Oma sagt ja auch *Gott*?", runzelte Luca die Stirn.

„*Gott*?", wiederholte Marius ungläubig.

„Meine Mama hat gesagt, mein Papa ist der liebe Gott."

Léon, der sich bis zu diesem Moment in stiller Zurückhaltung übte, brach in schallendes Gelächter aus.

„Na, weil Vincents Papa doch ein Engel ist."

Léon wandte sich mir mit einem süffisanten Lächeln zu und flüsterte, leider nicht leise genug: „Dann meinst du das also tatsächlich ernst, wenn du Marius ‚Oh Gott!' ins Ohr stöhnst, wenn ihr..."

„Was?" Mutter war abrupt aufgesprungen und ich dankte dem Himmel nicht nur für Lucas sportliches Talent, sondern auch für sein schnelles Reaktionsvermögen. „Teresa!", entrüstete sie sich. „Du hast mit deinem Chef...?"

„Anna", baute sich Léon vor mir auf, bevor meine Mutter mir an die Gurgel springen konnte. „Sie hat mit ihrem Chef *und* mit dem Vater ihres Sohnes..."

Inzwischen schien sie einem Zusammenbruch bedrohlich nahe. Das ganze Schauspiel wurde mir zu viel. Mich drängte es nach endgültiger Aufklärung. Doch diese nahm Luca bereits in die Hand.

„Mensch, Oma. Manchmal kannst du wirklich ganz schön doof sein", knurrte er. „Marius *ist* doch mein Papa!" Mit diesen Worten umklammerte er dessen Taille und streckte eine Hand nach mir aus.

Ein weiteres Mal herrschten Minuten der Stille. Bis Marius sich räusperte und unter der überraschenden und äußerst heftigen Umarmung meiner Mutter beinahe zusammenbrach.

„Nun lass den Mann mal, Anna", förderte Papa sie auf und klopfte Marius kameradschaftlich auf die Schulter. „Willkommen bei den Dorns."

„Wir hätten ihn vorwarnen sollen", überlegte Sarah laut.

Doch Léon lachte nur und erklärte: „Wenn er Tess überlebt, schafft er auch den Rest der Familie."

„Herr Dr. Allwisser", seufzte Mutter.

„Marius", bat er sie sogleich.

Luca sah grinsend zu ihm auf. „Oder Papa?"

„Papa. Ja." Marius hob Luca auf seine starken Arme und trug nicht nur ihn, sondern auch all seinen Stolz, und ich fühlte eine Welle des Glücks und der Zufriedenheit durch meinen Körper rauschen.

Wer seine Hälfte findet und sich mit ihr verbindet, wird eins mit dem Universum und ist ein vollkommenes Ganzes.

E N D E